大学人文素养与写作通识课教材

中南民族大学本科教材建设项目资助

插图本

京派散文
大课堂

陈 啸 ◎ 著

中国社会科学出版社

图书在版编目（CIP）数据

京派散文大课堂：插图本 / 陈啸著. -- 北京：中国社会科学出版社，2024.6. -- ISBN 978-7-5227-4258-8

Ⅰ. I056

中国国家版本馆 CIP 数据核字第 2024729AJ6 号

出 版 人	赵剑英
责任编辑	石志杭
责任校对	周　昊
责任印制	李寡寡

出　　版	中国社会科学出版社
社　　址	北京鼓楼西大街甲 158 号
邮　　编	100720
网　　址	http://www.csspw.cn
发 行 部	010-84083685
门 市 部	010-84029450
经　　销	新华书店及其他书店
印　　刷	北京明恒达印务有限公司
装　　订	廊坊市广阳区广增装订厂
版　　次	2024 年 6 月第 1 版
印　　次	2024 年 6 月第 1 次印刷
开　　本	710×1000　1/16
印　　张	17
插　　页	2
字　　数	235 千字
定　　价	89.00 元

凡购买中国社会科学出版社图书，如有质量问题请与本社营销中心联系调换
电话：010-84083683

版权所有　侵权必究

目 录

引言　散文卮言 …………………………………………（1）

第一讲　京派散文的流变形态 …………………………（1）
　一　形成期：外向的"美文" …………………………（1）
　二　繁盛期：内向的纯散文 …………………………（4）
　三　分化期：变异与走向 ……………………………（7）

第二讲　京派纯散文观 …………………………………（18）
　一　纯散文的自觉与独立 ……………………………（18）
　二　散文究竟是什么 …………………………………（21）
　三　阅读也是一种创造 ………………………………（34）
　　附录　本讲精读篇 …………………………………（37）

第三讲　京派散文的"观察点" …………………………（38）
　一　双栖性"观察点" …………………………………（38）
　二　虚拟性"观察点" …………………………………（41）
　三　错位性"观察点" …………………………………（43）
　四　潜在性"观察点" …………………………………（47）
　五　被动性"观察点" …………………………………（49）
　　附录　本讲精读篇 …………………………………（52）

第四讲　京派散文的语言形象 ······ (54)
　　一　反复"抟弄" ······ (54)
　　二　譬喻奇警 ······ (59)
　　三　行文似绘 ······ (63)
　　四　"文""乐"交融 ······ (70)
　　附录　本讲精读篇 ······ (74)

第五讲　京派散文的"意境""意象" ······ (76)
　　一　中西性意境 ······ (76)
　　二　现代意象的多元经营 ······ (88)
　　附录　本讲精读篇 ······ (102)

第六讲　京派散文的象征段片 ······ (104)
　　一　超现实式段片 ······ (105)
　　二　印象式段片 ······ (109)
　　三　段片连缀 ······ (111)
　　附录　本讲精读篇 ······ (116)

第七讲　京派散文的赋形结构 ······ (117)
　　一　无型之有型 ······ (118)
　　二　有型之无型 ······ (126)
　　三　赋形结构的内在原理 ······ (129)
　　附录　本讲精读篇 ······ (135)

第八讲　京派散文的终极情怀 ······ (137)
　　一　废名：生命的澄明 ······ (137)
　　二　梁遇春：品味人生一切的风景 ······ (148)
　　三　沈从文：美与哀愁永远相连 ······ (159)

四　李广田：人性的地平线……………………………………（167）
　　附录　本讲精读篇………………………………………………（177）

第九讲　京派散文的城乡情愿……………………………………（179）
　一　"思乡"与"还乡"………………………………………………（179）
　二　失落与悲鸣……………………………………………………（185）
　三　"城""乡"两难…………………………………………………（188）
　四　"挑战"与"应战"………………………………………………（192）
　　附录　本讲精读篇………………………………………………（206）

第十讲　新文学教育活动与京派散文……………………………（207）
　一　"施教""受教"与"派"的特性…………………………………（207）
　二　"文人"身份与"散文"京派……………………………………（222）
　三　"京派"与北平（北京）…………………………………………（225）

参考文献……………………………………………………………（228）

附录　京派文人字与人……………………………………………（230）

后记　以一种散文的研究来管窥整个散文………………………（251）

引言　散文厄言

一

在人们的通常观念里，散文文体的创作相当自由，它超越成规且范围宽杂，凡诗歌、小说、戏剧等成熟文体之外不易辨别的文体形式往往都被视为散文。或许正因为这种"自由"与"杂"，散文始终没有形成系统而成熟的理论形态，比之小说、诗歌等文体，散文的文体并不独立，没有被公认的、真正属于自己的审美要素。小说文体的核心要素是"人物""故事情节"与"环境"，诗歌则有"意境""意象""韵律""节奏"等，散文文体则付之阙如。一个没有独立审美要素的文体势必带来散文研究与批评的无章可循。研究者也很难对一个混沌驳杂、无限自由的文类进行完整的理论抽象与叙述建设，故而，散文研究长久以来似乎也鲜有实质性的突破。[①]而且，"自由"的文体也容易带来创作的随意，甚至有人认为散文是练笔的工具、文体的实验、随意的文章。

对于一个相当"自由"的散文文体追问其本体性的特征诚非易事。无论中外，散文概念皆宽泛无边。西方的广义散文是指韵文之外的一切散体文，如小说、寓言、历史散文、宗教散文、科学散

[①] 陈啸：《混沌中的困惑》，《理论与创作》2007年第3期。

文、纯文学散文及学术论文、政论文等。近代以降，小说、历史散文、宗教散文、科学散文、纯文学散文及学术论文、政论文等虽先后分离出去，散文成为与诗歌、小说、戏剧并列的文体概念，但其包容广阔，如游记文学、报道文学、传记文学等诸多文体依然包蕴其中。同样，在中国古代，非韵非骈即散文，中国现代以来则同于西方的诗歌、小说、戏剧、散文四分法。在文学发展史上，散文就是一种母体文类，混沌而宽泛。也正因如此，一直以来，散文到底是什么，始终没有人能说得清楚。

二

什么是散文？散文的本质到底是什么？等等问题，困扰过无数关注散文的人。对于散文的认识，在综合前人研究的基础上，笔者试着归结如下：

（一）散文是自我心灵的艺术

散文以手写心，外露心迹，重主观的宣泄，散文就是述说自己的人格与心情的（如果散文中存有虚饰的内容，也常常有着契约式的真实性）。散文中的"我"往往以作者的真身出现，最能体现作家的个性、人格及生活方式，也最能体现"文如其人"，这是异于小说、戏剧、报告的。小说中也有第一人称的"我"，但并不实指作者本人，乃是作品中人物的叙述口吻。小说、戏剧、报告等，是一种客观的艺术，作者是隐藏的，重客观状写。散文的要义是"真实"，无伪坦率，自然本性。即便是散文中的客观抒写，作者的生活经历、爱好、情感、习惯等也常不经意地渗入其中即带主观的看法。"真我"即可被认定为散文的本体。既然"真我"是散文的本体，那么对于"我"的爱好、情感及观点、个性、习惯等的"真我"的抒写又可进一步规约出作家心灵主体性等诸多不同审美规范及不同层级性的本质特性。

首先,散文是表现作家精神心灵主体性的文体。主体与客体相对立,就哲学领域而言,主体性即人的主观能动性,强调人本质上的自由。散文是表达"真我"的文体,其本质是"自我"性,以"自我"为中心,强调的是创作主体的自觉与主动,故而散文势必有着浓烈的抒情色彩及较强的主体意识。而心灵性与超越性是主体意识的基本内涵。"我"的哲思探求、意境创造等生命体验也正显现出"真我"主体的能动介入,乃自我与社会群体之间进行美学对话的必要方式。如果失去这些,也便失去了散文的美学价值与本色,亦很难称其为散文。精神心灵主体性的根本意义在于独创性,散文是以断片的生活的方式或形态,区别或对抗于集中而完整的社会现实,以边缘性的姿态表达对历史与社会的臧否,故而散文创作主体的精神也势必内在规约着其与众不同的本性,于是深刻犀利、批判精神等审美特性常常为散文所宝爱。散文的自由灵活决定了散文的心灵性,重在内宇宙的开拓。散文的内视性与内省性则决定了散文的心灵主体性与精神主体性。散文贵在有血有泪真性情,人性乃散文的心。

其次,散文是一种具有强烈主观性的文体。散文强调"真我"的抒写,内在决定了散文的世界是一种主观的世界、心灵的世界。它所表现的是"我"的情感、爱好、习惯、观点等,是最具有个性的意味。正如林非先生所说:散文的最高任务重在主观感情的抒发,"将客观的社会、宇宙,反射于主观情感的表现中间,其宗旨是在于从全部客观图景中引出自己强烈的爱憎感情之抒发"[①]。散文的要务就是浓厚地表现创作主体的个性、思想、意识、体验、观点等。诚然,文学创作的基本规律皆是客观世界与主观世界的交融。就小说、戏剧及叙事诗等文体来说,以客观因素为主,属于再现型

---

① 林非:《我和散文研究》,载氏著《林非论散文》,江西高校出版社2000年版,第381页。

史诗类作品。这些再现型文体的作品当中的主观性色彩往往内在且附属于生活的客观性之中，意在为客观社会生活的描摹服务，以便做出激情与倾向性的评判。而散文及类似的散文诗等文学文体则不同，其主观因素居主导地位，属于表现型的抒情性作品。其意在于表现内在情感及思想体验，以主观性情感观照或再现客观社会之图景。史诗类的再现型作品在于努力还原一个客观的世界，给读者一个具体可感觉的真实印象。而散文与类似的散文诗等表现型作品则是在于表现一个幽深的主观世界，把自我所感知到的内在情感、思想、认知等传达给读者以期增进理解与沟通。当然，散文的抒情与诗的抒情也有区别，诗歌的抒情常常以超越常轨的情感冲击抒情主体的感觉与知觉，使之发生变异，以至想象与虚构。散文的抒情仍然属于正常状态下对感知觉的表现，在现实的基础上体现"客观"与"真实"，弥补着诗歌文体所遗漏的抒情区域。

再次，散文的本质是想象的"真实"。散文的"真实"意在想象中的"真实"，而"真实"则表现在"真诚""真挚"与"本色"等。散文排斥虚假与造作，其精神内在要求着散文的现实性及真实性。不同于小说的虚构，散文是纪实的，意在描绘生存的时空。当然，散文的"本真"也不是完全的实际生活刻板的"真实"，它是想象中的真实，有着自己的审美规定。个人过往的经历很难实现完全复原与再现，难以具备即时性，加之岁月的淘洗与时间跨度，创作主体难免不以想象等主观因素介入，由是有了个人经验对过去经历整合的色彩，一定程度的虚构也就在所难免，但这种虚构又非小说的自由虚构，而是有着较大现实真实的限制性。小说以虚构为主，真实附属于虚构，散文以真实为要，主体的纪实夹以部分或细节的虚构都是可以接受的，有时也是在所难免的，然而它终究还是为了写实的需要，也常常被认为是真实的。较之于诗，散文感知觉的客观成分也显然更多，诗的自由与变异大于散文。散文的感知觉易束缚于物理的、生理的、事理的感觉，对这些感觉宜若即若离。散文文体的"真实"本性则意味着其表现生命本真性的"真诚"与"真挚"。它排斥虚构与虚伪，是忠实性的契约关系。当然，散文的真诚有深浅之别，它受制于心灵的窗户的打开程度与思想及知识的涵养程度。客观上的"真实"与主观上的"真挚"是内在相通的。散文家古道热肠，活生生地、真挚地表现自我对于整个世界独特的体验与感受是散文创作的基点。散文与读者的距离很近，所表现的是此岸的人生，而小说则不然，小说家常常像"魔鬼一样，他把自己身上的种种恶、种种善，化为掌中人物，走到社会中去为善为恶。当这些有翼的天使或恶魔，进入千家万户以后，他则躲在自己的阳台上，叼着雪茄窃笑"[①]。散文文体的"真实"还表现于"本色"。就如厨川白村所说："如果在冬天，便坐在暖炉旁边的安乐椅，倘在夏天，便披浴衣，啜香茗，随随便便和好友任心闲话，将这些照样移在纸上的东西就是 Essay。"[②] 散文既不似诗歌那样天马行空、兀自腾挪、如梦如幻，亦不似小说那样在叙述中隐去作者。诗人之心很精致，被多样的文字装饰着，小说家之心则躲于情节与人物之后难见庐山真面目，而散文家之心是真性情、真体悟的裸露呈示，生命之光照射无遗，故而散文的基调是"本色"，它要表现一个真实的"我"。

"人如其文，文如其人"，这句话用来形容散文文体，应是再恰当不过了（当然也有相对的）。其文正道出了其人的全部精神世界。读其文，可以观其人。诚然，散文文体的"真我"本性与作家本身足以达到镜像般相互映照的奇妙效果。不作伪、不虚饰、尚本色，任心照样，既是散文文体的美学标准，亦是写作主体的内在规约。

最后，散文以自我扩张为目的，表现自我的主观性，哪怕这主观有时甚至是一种偏见。散文不管怎么写，永远似在夫子自道。以

[①] 高建群：《散文要清理门户》，载贾平凹主编《散文研究》，河北大学出版社2000年版，第56页。

[②] 转引自佘树森编《现代作家谈散文》，百花文艺出版社1986年版，第61页。

自我"生命"的存在去体验、感悟"人"求学、求业、求爱等生命途中伴随而来的失落、焦虑、孤独、希望、兴奋等各种可能遇到的基本情感。但散文的"主观"又不尽相同于诗的"主观",诗是极端的,散文是中和的;诗歌是绝对的,散文是相对的。散文表达的是一种日常与现实的情感,诗歌则属于太初或终极的状态。散文的"主观"可以区别于诗歌文体,更能区别于小说、报告、论文等偏重于客观性的文体。

(二) 散文的主体是"语言"

散文一般篇幅不长,不似小说或戏剧,艺术性的优长难以在散文文体中得以"驰骋"。小说或戏剧常以情节的曲折、矛盾的复杂、人物的生动等取胜,而相对"短小"的散文其"驰骋"的"疆域"似乎只集中于"语言"。诚然,散文文体对语言的要求应高于小说、戏剧等文体。散文应追求凝练与精美。小说、戏剧中的语言多为叙述语言与视角人物的语言。叙述语言与视角人物的语言一般来说多为日常语言,尤其是视角人物的语言,往往还有其特定的身份、财产经济状况、受教育的程度等多种限制,明了到位即可。而且,作者叙述和描写的文字,也要注意同所表现的人物、生活保持和谐一致,娇柔华美,反失真实。故而,朴素、简洁、准确、到位等审美特性应是小说、戏剧语言的常态。而散文则不然,散文追求"本色"与"真诚",不以"艺术"取胜,而以凸显"语言"为要。当然,诗歌文体也追求语言的凝练与含蓄,同样有着较高的要求,但比之语言,诗歌更为重视含蓄的意义及意境、意象、韵律、节奏等自身更根本的特性。而散文如若除去了美的语言,剩下的无疑是"枯萎"与"干瘪"。故此,散文的语言不仅是散文的载体,而应是散文的本体。

较之诗歌、小说等文体,散文的语言美有着特殊的规定。第一,朴素美。散文是"本色"的艺术,散文语言内在要求了形象、自然、亲切、真实、口语化、谈话风、简洁、潇洒、畅达，这种稍作雕琢的朴素美，质朴中显光彩，平淡中见优美。散文语言的朴素美乃平淡中之绚烂至极，丰约适宜，言近旨远，辞浅意深。当然，散文语言的朴素美也不等于完全的自动化，有时尚须保有"青果味"，这是散文语言特有的一种风味，如周作人等人的散文语言以口语为基础，加上欧化语、古文、方言等元素，杂糅调和而成"涩味"和"简单味"。京派散文本身即体现着散文文体的本质属性。第二，内在节奏美。似音乐中交替出现的有规律的强弱、长短的现象一样，散文的语言也讲究音韵与节奏的和谐和鲜明。但散文的"节奏"往往不单单在于外在语言形态的节奏，更是作者心灵情感内在节奏的外化。当创作主体产生心灵感应并体会着外物进而产生和谐的共鸣，内在的节奏便自然流出。感情或至情一旦孕育于胸，虽无意于字句的排列与组合，但因其感情的自由流淌，便会有错落有致、或奇或偶、或长或短的文字写出。散文的音韵节奏不像诗歌那样刻意讲究整齐的句法与押韵，关键在于恰切合宜地使用诸如排比句、对偶句、复叠句及适当的声韵、音调，也就可以使得散文的语言达到一种铿锵有力的韵味。或者说，散文语言的内在节奏，正呼应着作者心灵的内在节奏。散文语言的内在节奏美，在京派散文观及其散文创作中，同样也有集中的体现。第三，鲜明、真切、生动。散文文体重在抒写个人性的感受、印象与体验。这就势必要求散文的语言鲜明、准确、充满活力。既能精要而微地表达含义，又富有表情，传神写照，达到以少总多的抒情效果。另外，散文文体一般篇幅有限，不似诗歌的雕琢与跳跃，也不似小说的平易与舒展，因而散文语言的简洁凝练、洒脱自然、虚实并重、文情并茂，以及小说文体的纪实性与诗歌文体的抒发性等审美特点都是散文文体的内在要求。

（三）散文的本体是"情思"

"情思"意指散文的情感与思考因素，恰如"人物""故事"

"情节""环境"之于小说、"韵律""节奏""意境""意象"之于诗歌的意义一样,散文无情思,则难称其为散文。散文重在以情感人,无论描写或叙述,写人或论理,都渗透着浓烈的感情色彩。散文正是通过情感表达的方式状写主体心灵之世界与外部世界的沟通以期引起读者的共鸣。散文的情感因素是其突出亦是本质的特性。诚然,小说、诗歌等文体也不能缺少情感,但小说的情感往往受制于角色主体,有其自身性格与情感演变的逻辑和独立性,而且,小说中的情感是相对理性与多元的,它表现于人物、故事情节与环境的多向冲突与起伏中。诗歌的感情常悬浮于日常生活之上,是高度凝练的形而上意味的类感情,具有普遍性与通约性。而散文文体的感情则强调个人性感情的外化与当下的日常性,具有时空上的差异性与生命本真性的新鲜感。散文文体除了必要的情感性,同时还要富有思想性。单纯的情感,必流于泛情。思想与情感之于散文是相依相成的。有情但不拘泥于情,以超越于其上之"理"统摄于情,而主体在观照外在的景、事、物之"理"时又以情来亲近,使之不至于悬离与高蹈。情感与理性并存且保持一种动态的平衡使得散文理中含情,情中蕴理,温暖亲切,理趣自生。

(四) 散文的神髓是文化

散文是一种古老的文体,无论中外,散文自古有之。尤其在中国,散文算是特产,五四新诗、戏剧等文体几乎都是外来的,小说也受了外国文学的影响。古老的散文文体与传统文化从来就有着密切的关系。文化当可视作散文文体的本质属性。文化与散文的关系是一体两面、互为表里的关系。在中国,这种密切的关系不仅体现在散文的实用因子与中国尚实用的理性的契合,还体现在二者之于人的情感和心灵的共质。中国文化特别是传统文化在很大程度上可以决定中国散文的内容以至形式。传统是存在于今天的历史因素。作为一种有着悠久传承历史且与传统文化关系如此密切的文体,散文不可能脱离传统，它理应在寻求自身发展的前进路途中把传统作为自己的参照和起点。而且，人是文化的动物，作为一种强调自我呈现的文体，这也势必规约着散文的文化本体性。

（五）散文的本性是自由

散文的主观性与真实性决定了散文文体的自由品格。散文文体蔑视传统与成规，崇尚偏至、鼓动与不平，重视即时的创造性。散文既没有固定的模式，也不遵守规则与法度，散文追求突破中自我创造的生命性。但散文的自由又是有限度的自由，随心所欲不逾矩。散文可以写得"四不像"，可以突破短篇小说、短篇评论及散文诗等文体的界限，也可以适度有着诗歌、小说等文体的一切长处，不拘泥于成法，不过，散文在"突破"与"越矩"当中也宜保持自身相对的完整性。散文文体的"自由"常常使得散文创作带有诗歌与小说等文体的审美品格。作为自我心灵言说的散文文体无疑偏重于主观的宣叙，而小说往往偏重于客观，在这一点上，散文是近于诗的。在文学发展史上，诗歌与散文如影随形，难以分离，西方的克劳斯威茨甚至认为散文就是诗歌以另外一种手段在继续着自我。如此，散文本就应该具有诗的品质与色彩，只不过这种诗笔入文宜来得圆润流贯，浑然一体，"如册上之色，水中之味，花中之光，女中之态，虽善说者不能下一语，唯会心者知之"，不是主体刻意附加与特意寻求的局部或细节式的"诗化"，而是一种氤氲其内，漫溢其外的纯真的诗质。自由而又有约束性的散文文体向着小说与诗歌等文体的突破与融通，使其常常有着不失散文文体本身特性基点上的多姿多彩。

三

以上分别从散文文体中比较突出的"真我""语言""情思"

"自由"等方面对散文文体的本质规定性做了尝试性的阐释,但这并不是说就止步于散文文体本质的内涵"真我""语言""情思"等。散文是一个创生性很强的文体,散文文体的本质属性自有着无限的可阐释空间,即便前文所论之"真我""语言""情思""自由"等方面就可衍生出更深层次的审美规定性且亦会仁者见仁,智者见智。尝试思辨散文文体的本质属性,其重要意义在于利于散文的繁荣与发展及散文研究的深入。散文有广义与狭义之分。广义的散文包括实际存在的比如杂感、报告、序跋、速写、谈艺录、读书笔记等各种各样的散文形式,而狭义散文则是指抒情艺术散文及纯散文。以艺术散文及纯散文所代表的狭义散文往往最能集中体现散文文体的本质属性。当然,艺术散文与纯散文特别是其中的"纯散文"只是一种历史性与相对性的概念,绝对的"纯"也是不存在的。笔者所谓"纯"是指相对于散文文体创作的"不纯",以及自我臆想的散文文体的艺术追求,它所凸显的意义不在于使得散文如何纯净,而在于使得散文作为一种文体的艺术自觉,以及因此具有的散文作为一种独立文体的文体学的历史意义。思考散文之"纯"的意义在于确认散文创作在其所处时代已经或可能达到的高度,进而彰扬"纯"散文对"杂"散文创作的生产性价值。对于实际存在的广义的与狭义的散文,不宜执着于任何一端,否则将不利于散文的繁荣与发展。考辨散文的范畴,不应该广大无边,也不宜约束成"牢"。狭义散文与纯散文有着集中的抒情性与文学性,凝聚着散文文体的美学规范,对于广义的"大散文"有着极大的文体影响与文体导向作用,对于维护散文的文体特征、提高散文的文学品格也有着重要的意义。它似整个散文大厦的顶端,或许永远具有着增强广义散文审美功能的作用。作为散文理论批评者与散文研究者,抓住狭义散文的本质属性,利于推进散文研究的系统化与深化。当然,重视思考狭义散文的审美属性并不等于轻视广义散文。广义散文与狭义散文之间是互相依存的关系,徐迟曾经如此说过:"广义的散文好比是狭义的散文的塔身、塔基。狭义的散文好比是广义的散文的塔顶、塔尖。塔尖、塔顶不能无塔身、塔基。有时，尖顶已塌，身基还在。然而有了塔基、塔身，就会有塔顶，塔尖。"[1] 显然，大散文即广义散文有着强大的文体创生的生命力，能够给狭义散文提供不竭的内在动力，启发着狭义散文的理性思考及表达着人类共通的价值追求等，是孕育狭义散文的深厚的生长土壤。

京派散文作为一种文体的自明性在整个中国散文发展史上，是极具代表性的。倘不嫌以偏概全的话，可以说，"京派散文"是中国现代散文艺术的典范。其本身也集中体现着散文文体的"广"与"自由"，"狭"及"本质"，深入研读"京派散文"，其意义绝不仅仅在于"京派散文"本身，亦在于为认识整个中国现代散文能够提供方法论的启示，对于散文创作与散文研究都有着不容低估的意义。

---

[1] 徐迟：《说散文》，载本社编《笔谈散文》，百花文艺出版社1980年版，第150页。

第 一 讲

京派散文的流变形态

京派散文是整个京派文学中重要的一翼，且个性分明。相对于整个京派文学的形成期、繁盛期、复出期等几个发展阶段，京派散文也依次经历了外向的"美文"、内向的纯散文、纯京味散文等几个大的发展阶段。这群在文学中心南移上海后仍滞留北方的作家，在20世纪20年代末期以后，其散文创作的"京派"风格甚至浓于小说。散文作为一种"真我"文体，更鲜明地显示着京派文人的思想形态。

一 形成期：外向的"美文"

京派散文形成期主要指自《语丝》的分化到1933年沈从文入主《大公报·文艺副刊》之间。整个形成期的散文创作内部虽有变化，但整体上都属于外向的"美文"期。

《语丝》的分化，是京派散文生成的信号。《语丝》于1924年11月由鲁迅、周作人发起创立，"语丝"社也因《语丝》杂志的创作集结而得名。它以"自由"标榜自己的立场，所刊作品多是杂文，是一个散文流派。由于《语丝》渊源于《新青年》，故此比较执着于思想革命，进行社会批评和文明批评。"语丝"社的大致风格是"任意而谈，无所顾忌，要促进新的产生，对于有害于新的旧物,则竭力加以排击"①,文章多短小犀利,语言富含俏皮与讽刺,立场偏于"左",以及"对于一切专断与卑劣之反抗"②。其实,"语丝"社本就成分复杂,风格殊异。鲁迅执着于匕首似的杂感小品,而孙伏园、孙福熙、川岛等人偏嗜抒情小品,周作人、林语堂等则钟情于幽默趣味小品。尤其是周作人,在整个《语丝》时期,始终游移不定。并且,周作人本来即对政治缺乏热情,且渐趋消沉。周作人的小品多重知识与趣味,且其内心始终存在着"流氓鬼"与"绅士鬼",是相互矛盾的两个"鬼"的文章。他有着同现代评论派斗争时所表现出的硬气,同样也有着"谈酒""谈鬼""谈女人"所彰显出的谐趣,并企图营造"十字街头的塔"。1926年之后,因各种政治现实及革命文学论争等的影响,新文学作家队伍发生分化,以周作人、刘半农、钱玄同、江绍原、徐祖正、章衣萍、俞平伯、冯文炳、梁遇春、李健吾等为代表的一批相互之间有密切师谊又有大致相似艺术趣味的作家更为推崇"提倡自由,独立判断,和美的生活"③,并凸显于语丝派中。如周作人的散文小品,在《语丝》后期,其文风渐变为"清谈"一路,内容很少涉及时弊,《苦雨》《鸟声》《喝茶》《苍蝇》等由悠闲中的些许苦涩递演为清谈中的自足,整体风格淡雅朴素。偏于质朴自然中的含蓄,以及隽永中的真情,自然而然,出俗入雅,满溢着"绚烂之极归于平淡"之东方韵味的淡雅之风。刘半农、钱玄同、江绍原、徐祖正、章衣萍等的小品与之类似,如江绍原的"礼部文件"系列小品探历史之幽微;徐祖正的《山中杂记》写山林之孤清;章依萍的《情书一束》抒青春之情伤;俞平伯的《桨声灯影里的秦淮河》绘情境之交融,景色之朦胧,《西湖六月十八夜》摹意境之空灵等,都

---

① 鲁迅:《我和〈语丝〉的始终》,载《鲁迅全集》(第四卷),人民文学出版社1981年版,第167页。
② 周作人:《发刊词》,《语丝》第1期,1924年11月。
③ 周作人:《发刊词》,《语丝》第1期,1924年11月。

有着平和、清谈、质直、冲淡、悠闲，以及浅露、清俊等的色调，疏离于政治，独抒其性灵，显隐士之风。已判然有别于"鲁迅风"式的深沉、峻急、刚烈、酣畅等，如此，"语丝"社呈现出"鲁迅风"与"启明体"双分天下之势，其标志性的文本即为鲁迅的《野草》与周作人的《雨天的书》。1928年，鲁迅在上海创办《奔流》杂志，则标志着《语丝》的公开分化。1930年春，《语丝》解体，废名在周作人支持下于同年创办了《骆驼草》，其成员班底即是《语丝》分化期以周作人为主的一族。《骆驼草》时期，他们继续着《语丝》分化期的风格。在《骆驼草》之后，这批作家的大部被接纳于林语堂的《论语》及《人间世》，少部被后期京派作家引为同道。

形成期的散文作家中最具代表性的是周作人、废名、俞平伯，"涩味"与"简单味"是周作人等的追求。废名做到了前者，他非常重视散文的"隔"，其"隔"的文体观其实就是由周作人的"涩味"文体观脱胎而来。周作人所谓"涩"，不在于强调散文之"意"表达的不直接、不通畅，而是不断阻隔之，"意"在曲折委婉，用废名的话说就是散文要"隔"。废名得周作人散文"涩"之真传，且有长足发展。周作人的"涩"味散文尚含机心，重写实，显有意为之之意。废名则重视散文文体的情化与境化，是"情意"的"境"化呈现，比之周作人显然要飘逸得多。如他的《洲》《万寿宫》《芭茅》《沙滩》等，意、境、情、趣等和谐共美，把对人生的思考，充分地超脱、稀释、淡化、意象化，言近旨远，不言而中，弦外有音，味之有真意，欲辨已忘言。周作人的散文小品偏重趣味、简单味，追求散文的雅、拙、朴、闲、逸、静、识，崇尚中庸、厚重，清明、通达、有别择等，表现出一个悟透人生的智者对于人生喜怒哀乐的淡然，当然，这种"淡然"是藏着苦味的，是表面的"淡然"。俞平伯始终游离于"涩味"和"简单味"之间，但"涩味"弱于废名，未能出神入化，"简单味"比不上周作人，甚至时有雕饰、做文之嫌。

总的来说，形成期的京派散文，有着谈话风，以及与杂文相类似的议论特征，其实质当属于随笔小品。偏于外向，散点透视，零碎松散，日常语境，家常底色，其所提出的"美文"概念也包含着冷嘲与批判。另外，他们往往注重思想，忽视文体的自觉，记叙、议论、抒情"三体并包"，重视现实生活的真实，忽视深层的审美价值。其"美文"创作总体上算不上纯艺术性的散文，他们也不是京派散文创作的中坚，但他们当中的周作人，却是前后期京派作家的偶像。不过，后期京派欣赏的主要是周作人的精神境界——文学的自由与红尘的超脱，这也正是他们和沈从文、何其芳、李广田等新起京派作家的结合点。

二 繁盛期：内向的纯散文

1933年9月，沈从文入主天津《大公报·文艺副刊》，京派文学进入鼎盛期，也是真正文学史意义上的京派文学时期，京派散文达到迥异于形成期风格的京派散文繁盛期，甚至超过了小说。之所以如此说，是因为：1933年年底沈从文发表《文学者的态度》（天津《大公报·文艺副刊》第8期，1933年10月18日）引起"京派"与"海派"之争。苏汶（杜衡）撰《文人在上海》（《现代》第4卷第2期，1933年12月）一文，首先反驳，从此，论战开始。根据高恒文教授的考辨，沈从文在《文学者的态度》中，尚未使用"京派"与"海派"的概念，直至因他的文章引起上海作家反驳时所写的《论"海派"》（天津《大公报·文艺副刊》第32期，1934年1月10日）一文中，方明确以"京派"之立场批评"海派"那种不严肃的创作态度和商业化文学风气，批评涉及上海所有不同性质的文学团体或流派。但即便在此文中，沈从文也没用"京派"一词，而以"北方作家"指称以北平为中心，包括与北平文坛有联系的京津一带的作家。而"京派"之概念实乃由上海方面的作家于反驳沈文中提出且确有所指,如鲁迅在1934年年初发表的《"京派"与"海派"》(《申报·自由谈副刊》,1934年2月3日)一文中所说的"京派",主要是指胡适等《独立评论》的成员①,并说:"京派""近官",是"官的帮闲";"海派""近商",是"商的帮忙"。到了1935年,鲁迅在发表的《"京派"和"海派"》(《太白》第2卷第4期,1935年5月5日)一文中,则明确地以"京派"来指周作人等人。② 这些显然和文学史的实际是有误差的。而在上海其他方面的批评文章中,"京派"则是指身居北京大学、清华大学、燕京大学、辅仁大学等学院中的文人。从当时文坛论争的实际性质与活跃程度上看,京派即是指沈从文、萧乾、朱光潜、何其芳、李广田等人。而在同时,沈从文也看不惯周作人等人的以思想为主而忽视艺术的"趣味"主义的"儿戏"文学倾向,并认为其是"白相文学态度"。但同时却欣赏、吸收和秉承了周作人等人的淡泊超然、雍容大度、沉稳祥和、旷达悠然,以及钟情于传统文学的性情与风度。综上观之,沈从文、朱光潜、林徽因、何其芳、李广田、萧乾、师陀等人才是真正文学史意义上的京派散文创作的中坚与核心,而形成期的周作人等人则为后位审视而确认的京派散文作家的代表。当然。不得不说的是,所谓"真正文学史意义上"的京派与京派散文,还是质属于狭义的"京派"称谓,对"京派"的理解与认定仍应以宽泛的态度去理解与定位,应在中国南北文化观念的范畴内理解"京派"。以"狭义"的理解定义京派散文,只是为了叙述的方便。

繁盛期的京派散文作家以何其芳为最,其代表作有《画梦录》《刻意集》《星火集》《还乡杂记》等,而早期的《画梦录》即为标志性的文本。整部《画梦录》大致体现出三种情感脉络,但都笼

---

① 高恒文:《鲁迅论"京派""海派"》,《鲁迅研究月刊》1997年第7期。
② 高恒文:《鲁迅论"京派""海派"》,《鲁迅研究月刊》1997年第7期。

罩着一层"孤独",一种生的寂寞、爱的寂寞。1933年初夏之前,作者整天梦着一些美丽与温柔的东西,委身于梦想和爱情,比如在《秋海棠》《黄昏》《独语》等作品中所表现出的温柔、凄美的爱的寂寞,并由这爱的寂寞延展到人的生存状态与交流的寂寞,伤感凄艳、如醉如痴。1934年前后,何其芳的思想趋于成熟,其作品偏于抽象,体现思绪的流动,显示出可怕的孤独、寂寞、惆怅与近乎绝望的感伤,代表性的如《梦后》《岩》等。自《炉边夜话》始,何其芳一度空灵无着的思想开始有附着,抛离滞涩,呈现一种清雅素洁之美,如《炉边夜话》里长乐老爹给孩子们讲一个寻找运气的故事,突出行动者的决心和意志;《静静的日午》写辽远的地方有少女等待长途旅行的人等。《画梦录》的艺术追求是独特的。凄美意象的组合、新奇的比喻、象征的旨趣、浓丽的色彩、深思的情感、精丽的语言,都显示出唯美的诗的意趣。作家以轻婉流丽空玄之笔传达出了内心的复杂情愫,有着强烈的主观抒情性和瑰丽飘逸的艺术境界。其艺术方法可见流行于西欧的印象主义和法国象征主义的影响,亦有着晚唐五代诗词的余韵。

何其芳致力于追求散文的精致,崇尚极端和纯粹的美丽,重表现等,一反"五四"以来的散文创作偏重说理、叙事、讽刺的特征,为抒情散文开辟了一个新园地。《画梦录》标志着散文创作的一个时代的开启,具有纪念碑式的意义,它比通常意义上往往只偏重抒情的艺术散文走得更远,它非常重视散文的艺术独创性,在艺术上刻意求工,重视想象的美感,追求散文的精美至纯,是艺术散文中的艺术散文即纯散文。

另外,沈从文、李广田、林徽因等的散文创作也都有着与《画梦录》相似的文风:偏于内向,重视主观感情世界的表现,注重内心情感与思想,以及从客观到主观的情感逻辑;自我封闭,语境内敛,重视创作态度的自觉与自叙;重表现,追求客观上的真实与主观上的真挚;重视散文纯粹的艺术性等,京派散文之所以成派,也

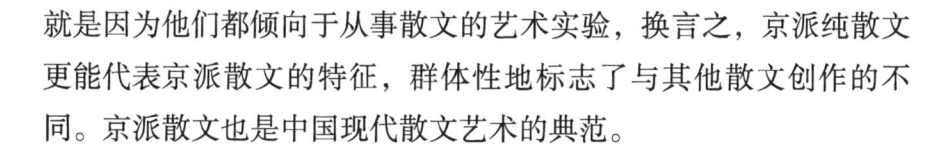

就是因为他们都倾向于从事散文的艺术实验，换言之，京派纯散文更能代表京派散文的特征，群体性地标志了与其他散文创作的不同。京派散文也是中国现代散文艺术的典范。

三　分化期：变异与走向

全面抗战爆发，"京派"作为一个历史的文学团体在炮火硝烟中戛然落幕，其标志即为1937年《文学杂志》的停刊，京派散文创作也随之风流云散。进入20世纪40年代，京派文人更是阻厄重重。京派文人的纯正文艺及自由发展到了20世纪40年代与"文艺为民主运动、为人民解放战争服务"之文艺思想形成了显在的抗衡，故而，在1948年间，文艺思想界即对京派文人的思想路线展开了严厉的批评和猛烈的抨击。代表性的如郭沫若发表于1948年《香港文艺丛刊》第一期的《斥反动文艺》一文，就严厉批评了沈从文、朱光潜、萧乾，说沈从文是"桃红色"的作家，朱光潜是"蓝色"的文艺思想家，萧乾是"黑色"的作家，说他们的文学活动都是不利于人民解放和革命战争的，且"一直是有意识地作为反动派而活动着"。这无疑等于宣告了京派文人在现代文化历史中历史命运的终结。从1937年至1948年，后期京派文学整体呈衰颓之势。在这期间，京派文人也曾试图做些挽救工作，如1946年沈从文创办《益世报·文学周报》、1947年朱光潜恢复《文学杂志》等，但迫于复杂多变的政治形势，京派文学从"牧歌"渐变为现实，整体质量亦不如从前。至于京派散文创作方面，风格变化很大，亦较为复杂，代表性作家如何其芳、李广田、萧乾、师陀等早在抗战的硝烟中就对"京派散文"说了再见，沈从文、废名等则在苍凉地坚守，但步履艰难，而作为京派文学一脉单传的汪曾祺，其散文创作在京派散文作为一种团体风格流派而消逝之际，则像一股潜流，顽强地延续着京派的血脉，且影响深远。

第一，迷茫的告别式。

抗战对京派文学的影响实在太大，就散文来说，它打破了京派散文创作的雍容风度及适合的环境。京派散文的很多作家也在同步位移，面对急剧变化的现实，以及文艺为政治思潮所影响，很多人在慌乱中向京派散文创作做了迷茫的告别，比如：

何其芳，1931—1935年在北大读书，为美文创作期。大学毕业后在天津、山东、四川等地教书。在南开教书期间正值"一二·九"运动，深感生活之可怕与压抑；在山东莱阳任教时，整日目睹大量的人间苦难，促其反省着自己的人生态度及文学观念，始发现精神新大陆，此时所写《还乡杂记》（1936—1937），由梦回到现实，凸显变化的征象。后来返乡，于万县与友人办《川东文艺》，不久即因宣传抗日、抨击时弊而被查封，而后于成都办刊物《工作》，1938年8月初，和沙汀、卞之琳去延安。在延安所受影响主要有：多次聆听毛泽东教导，随贺龙在敌后六次革命洗礼，1942年"整风"等。其散文创作遂以《我歌唱延安》开始了新的起点，先后结集为《星火集》（1930—1945）、《星火集续编》（1944—1949），以及《老百姓和军队》《论快乐》《重庆随笔》《记贺龙将军》《朱总司令的话》等，是此时期较有代表性的散文作品，文体偏于书信体、笔记体、人物传记、报告文学、杂文等，何其芳完全从唯美主义走向现实主义，文风也从精致转为粗疏，已然与"京派散文"挥手作别。

李广田于全面抗战爆发后的三四年内，即从"圈内"走向了"圈外"，思想倾向也随之变化，从自由主义者渐变为马克思主义者。在文学艺术上，开始强调现实与真实性，强调文学的功利性与及物性，偏于迅捷地反映各种社会现实的景观与世相，散文集《圈外》《回声》《日边随笔》等即显示了此种变化的精神轨迹。代表性的如《冷水河》《江边夜话》《两种念头》《阴森森的》《养鸡的县官》《忧愁妇人》《来呀，大家一起拉！》等，记录了自己在流亡途中的见闻与精神感受。文笔质实朴重，隐含辛辣、忧戚与昂扬。"作为京派作家，李广田在20世纪40年代开始完成了他与京派的'告别式'。"[①] 散文创作也不再是文学史意义上的京派散文。

萧乾于20世纪40年代做了战地记者，写了大量的随军通讯与旅途笔记，如《平绥道上》写一些洋装学生的调查实为形式的过场、玩闹，于实际的西北没有任何好处，他们只是搜集烟枪的杆数、"破鞋"的户口等，并记录了自己于关外所见到的沉酣于毒物的居民如何落后、原始、虚荣、堕落、凄凉等；《鲁西流民图》记录了一场大水使鲁西民众流离失所，水深火热，家亡人散，凄凉悲惨的难民图景；《血肉筑成的滇缅路》描述了滇西农民在条件恶劣且毫无安全保障的情况下，用血肉建筑滇缅路的艰辛，并盛赞：他们虽没有读过书知大义，但有一颗对国家赤诚的圣洁。另外，《瑞士之行——一个中立国的启示》《剑桥书简》（1946年5月）、《活宝们在受难——空袭下的英国家畜》（1941年2月15日）等，则为国外的见闻与感受，也都质实恳切，现实感强。

师陀在抗战结束后，根据自己的见闻感受，写了《上海手札》，文字带有讽刺与揶揄，触及了市侩们卑琐的灵魂，揭露了汉奸、托派、极"左"的反动嘴脸，控诉了日本侵略者的罪行。

另外，像刑楚均、刘荣恩、徐迟等是更为年轻一些的京派散文写作者，其创作都带有了更明显的现实感和时代感，所有这些散文创作都偏离了此前纯艺术散文创作的倾向，已经不能算是文学史意义上的京派散文。

通观整个京派文人后期的散文创作，由于面对抗战，以及抗战结束后急遽变化的复杂现实，很多作家身不由己地做出新的生活选择，散文创作也随之变异，一个共同的趋向是：时代感强了，有着更多对现实的思考与忧戚，甚至亦有颂歌的倾向，但伴随而来的却

[①] 许道明：《京派文学的世界》，复旦大学出版社1994年版，第391页。

是艺术上的普遍退步，整体质量大不如从前。一个根本的原因就是：散文是个人化极强的文体，它抒写的是"真我"性情，但面对急遽变化的现实，京派文人开始用这种最讲性灵的散文写非个人化的时代画面，没有处理好"自我"与时代、群众、集体等在个性化很强的散文文体中内在的审美协调机制，甚至以个人感动的真情盲目地写非个人的时代画面，形成了个人感情的仓促化、平板化甚至模式化与虚假化，形成了散文苍凉、抑郁、漂浮动荡的现实与个人情感"杂语"化的文体背反，有着些许的平庸感、作文感、虚假感，向京派散文迷茫地告了别，这在"十七年文学"中亦可见出其影响的影子。

第二，苍凉的坚守。

当然，尽管京派散文的大部分作家，在面对急遽变化的现实时做了宜时的文体选择，但亦有少数作家依然在坚持着既往的创作理路，于强大的异己言说语境限制中坚守着"京派"散文创作，以沈从文和废名为代表。周作人曾说，散文创作是"集合叙事抒情说理等的分子，都浸在自己的性情里，用了适宜的手法调理起来"，它是文学的潮头，"站在前头，假如碰了壁自然也首先碰壁"[①]。在一个风云变幻的现实政治语境中，泥醉于自我性灵、美文的抒写，多少有点不合时宜，其坚守的道路很难平坦，甚至显出几分苍凉。

全面抗战爆发后的1938—1946年，沈从文在昆明生活了8年，任教于国立西南联合大学。西南联大是由北大、清华、南开组成的，先于长沙组成国立长沙临时大学，因日军战火的威胁，于1938年2月西迁云南。北大、清华、南开在此以前，一直是京派文人的主阵地，西迁昆明后，依然保有前期京派文学自由的空气，正因为如此，沈从文也得以在抗战的大背景中却顾所来径，且有着新的发展。

---

① 周作人：《冰雪小品文序》，《骆驼草》第21期，1930年9月29日。

昆明时期的沈从文在保持"京派"散文创作之"道"之际，也开始了自己的另一种"变异"。在此期间，沈从文有着甚于前期的，对当前人事的，难以接受的心理感受，更失望地觉出从现实中寻求合理解释的困难与迷惑。整个20世纪40年代，沈从文特别能够感觉到个人与时代之间密切而紧张的关系，并因此带来精神上的极度烦恼。他说："对一切当前存在的'事实''纲要''设计''理想'，都找不出一点证据，可证明它是出于这个民族最优秀头脑与真情实感的产物。只看到它完全建筑在少数人的霸道无知和多数人的迁就虚伪上面。政治、哲学、文学、美术，背面都给一个'市侩'人生观在推行。"[1] 加之，当时的沈从文又住在昆明郊区的呈贡乡下，日子困窘、单调而寂寞，艺术之追求也少人认可，更加之，战争对其生活的处处威逼，如此等等，渐趋强化了沈从文对"生命"本质的抽象思索与抒情。其散文文体也有着探险的痕迹，代表性的有：散文集《烛虚》《七色魇》，长篇回忆性散文《水云》等。

《烛虚》非以地方自然及人生风貌的描写取胜，而是烛照自我内心，充满着对人生、宇宙、生命之哲理的冥想与思辨，纠缠着"生活与生命""具象与抽象""爱与死"等一系列既二元对立又互相关联的抽象人生概念，凸显着诸多的悖论与张力。《烛虚》共五节，在第一、二、三、五节前几乎都各有一题记，多为抽象议论和抒情，彰显出一种超离现实却又不失人生价值的韵致，同时亦隐现着主体对自我的反复消解与重构的彷徨游移心态。文本以音乐的流动性表达着形而上的境界，趋于抽象与抒情。

《水云》的文本以自我心灵独白的方式，从哲学及美学的高度表达了自己的审美追求。《水云》的模式是"偶然加情感"，在生命的"偶然"与外界的接触中，激起"情感"的燃烧，再以"抽

---

[1] 沈从文：《沈从文文集》（第五卷），花城出版社、香港三联书店1984年版，第92页。

象抒情"及"情绪体操"将之燃烧化为作品。它凸显的是内在紧张和个体生命,而弱化了外在人事,于一个抽象的人生之域对生命及个体作种种的哲理思辨,此即谓沈氏的创作模式,亦为人学范式,也充分显示了《水云》文体的特别。

总之,沈从文的后期散文趋于收缩内敛,皈依于神性的情感与生命,重内在的思索,是一种抽象的理想与抒情,文本到处充满着隐喻与暗示。显然,此种写作也已绝离于更多的读者,其所关注的更多的是自我或少数人,抑或特别的寄寓与暗指。

抗战期间,废名有10年时间避乱于黄梅,家财毁于一旦,穷途困厄,被聘为县立第二中心小学国语教员。1937—1946年,其文学创作几近停顿。抗战胜利后返回北京大学,恢复创作,所写仍为其故乡,多为儿童世界的回忆,乃前期写作的继续。稍有不同的是,此时的废名,耽于事实而黜于想象,风格亦朴直质实,少了前期的晦涩与腾挪,但同时也少了些诗意。散文创作如《打锣的故事》,早年本想写一个小孩子寂寞得死的小说,而写成后的散文则直接写自己幼年喜欢打锣,但常因年幼,很多打锣的场合自己想打而不得,每每看到人们大敲其锣,常感寂寞而又热闹。对幼年心理的刻画也细致入微:"我这时的寂寞,应等于大人不能进天国。"《放猖》中写了"放猖"的风俗,也写了"小孩子"(实为废名自身)对此风俗的感觉:当猖神的不说话,实在是一种"美"。其手所拿叉之当啷声即代表着他们要说的语言。待次天再遇昨日之猖兵,仿佛花谢,奇迹全无。特别是看他们说话,语言之贫乏,远不如无语。《树与柴火》里把人生和自然的真实与美以"柴火"喻之,"人类有记忆,记忆之美,应莫如柴火。春华秋实都到哪里去了?所以我们看着火,应该是看春花,看夏叶,昨夜星辰,今朝露水,都是火之生平了。终于又是虚空,因为火烧了则无有也"。归结出世界的虚无,但最后又用庄周的话说:"火传也,不知其尽也",又表现出入世的情怀。

废名后期的散文，总体技巧弱于前期，与其所强调的把"我"放到"无我"的"隔"的散文则渐行渐远，类似于其较早期的《说梦》等。虽也高妙，但已含机心，非于自然，且显"我"之味，有陶诗遗韵，似源于现实。

前文已经说到，1948年3月，香港《抗战文艺丛刊》第一期发表了郭沫若的文章《斥反动文艺》，严厉批判了朱光潜、沈从文、萧乾等京派文人一直作为有意识的"反动派"而活动，并骂他们是红、黄、蓝、白、黑的作家。特别是把京派的旗手沈从文界定为"桃红色文艺"作家。同期的《抗战文艺丛刊》则刊登了冯乃超的《略评沈从文的〈熊公馆〉》一文。冯文说沈从文称道民国第一任总理兼远亲的熊希龄故居的"古朴"和熊"人格的朴素与单纯，悲悯与博大，远见和深思"，是"为地主阶级歌功颂德"，体现了"中国文学的清客文丐传统"。随之打击接踵而至，一向对批评敏感的沈从文精神彻底崩溃，1949年春曾企图切脉自杀，被救未死。《斥反动文艺》直接宣告了沈从文艺术生命的结束，对京派文艺当是一个重创，整个京派文学包括散文自1948年后进入末路。

第三，汪曾祺的意义。

京派文学一脉单传的汪曾祺在京派散文的发展史上意义重大，他代表着整个京派散文的一个时代及未来走向。

汪曾祺于1939年从上海经香港，再经过越南到昆明考大学，后就读于西南联大中国文学系，直到1946年，一直是沈从文的学生。沈从文在西南联大共开三门课：各体文写作、创作实习、中国小说史，汪全选了，并很得沈的欣赏，成为沈从文的嫡传弟子。汪曾祺在20世纪40年代的文学创作主要受沈从文和西班牙的阿索林的影响，这两位作家都是特别善于营造"安静的艺术"的文学大家。此外，汪在幼时出身与生长环境的影响下所潜在形成的最初的审美意识，也影响了此一时期汪的创作。汪曾祺出生于江北苏中的高邮，却有江南的风韵。高邮为扬州辖属，文化底蕴深厚，风光秀丽,水乡片片。类似于沈从文,水文化对汪曾祺的影响一样很大。他又是在一个温暖有爱且传统文化色彩浓厚的家庭环境里成长的。祖父是前清"拔贡",却无旧气息,好诗酒,有浪漫气质。父亲谙书画、通乐器,性情中人,有爱心、懂平等。这一切似乎都潜在决定了汪曾祺为人的恬静与诗意,有江南"小桥流水"的韵致。自然、平淡与家常,但又不寻常,是那样的雅!汪曾祺本质上是一个"表现"型的作家,其文中永远飘溢着浓浓的书卷气。其20世纪40年代的散文作品以《花园——茱萸小集二》为代表,此文1945年4月写于昆明,是久居异乡的汪曾祺对千里之外的童年花园的回忆。《花园》里的一切都是寂静的,在记忆中"它的颜色是深沉的"。"祖父年轻时建造的几进,是青灰色与褐色的,我自小便养育于这种安定与静寂里";"曾祖留下的则几乎是黑色的,一种类似眼圈上的黑色,里面充满了影子"。文章起始即将读者引入这种略带低沉的青灰色的基调中,伴着灯光里那仿佛伸展到无穷高处的"布灰布漆的大柱子",以及神堂里那只哲学家似的,眯着眼睛假寐的青裆鸟,一起归于沉寂。读者仿若欲与这古老神秘的宅院一起沉入洪荒亘古。花园打破了青灰色的沉闷,带来些许的亮色。这是一个充满生意而又宁静得让你忘却自我的世界。"我脸上若有童年带来的红色,它的来源是那座花园。"绿色的巴根草,温文尔雅的天牛,蠢笨的土蜂,嚯嚯叫的蟋蟀为古老的花园增添了生意,花园因此寂静而又不显得凄清。"虎耳草在这里发出淡淡的腥味,鸟儿在清晨里轻唱,花天牛慢吞吞吃着一片嫩叶子,金鱼'波'地吐出一个水泡泡……""万物静观皆自得",在这个花园中,花、鸟、虫、鱼各自恰然。花园是"我"一人的世界,躺在草里看云,爬到树上折"冰心蜡梅",躲在柴房里看青色的闪电照着老槐树,坐在龙爪槐上读书,花园里只有一个"我"。"我"的心也在这片宁静与恬淡中沉醉,沉醉到忘记了自己的存在,沉醉到与园里的花鸟虫鱼融为一体。"香橼花蒂的黄色仿佛有点忧郁,别的花是飘下,香橼花是掉下的，花落在草叶上，草稍微低头又弹起"，"蜻蜓选定一个地方息下，天就快晚了。看它款款地飞到墙角花阴里，心里有一种说不出来的难过"，"紫苏叶子上的红色呵，暑假快过去了"①，在这种充满生意的寂静之中，又似乎隐约流露出一丝莫名的感伤。"雨中山果落，灯下草虫鸣。"② 静寂恬淡，物我为一，恰如深潭幽水，流淌于心底。汪曾祺为文颇有王维的佛的禅意，"木末芙蓉花，山中发红萼，涧户寂无人，纷纷开且落"③，寂寥之意似之，却又寂而不凄，淡而有韵。

汪氏散文多写"琐屑"，平淡无奇，但自有其灵秀与韵味，香幽色淡，因俗入雅，怡然超然。

遗憾的是，汪曾祺的文学道路似亦不平，中年被划为右派，创作极少，"文化大革命"期间参与修改加工样板戏，晚年始恢复创作。20世纪80年代以来，汪氏散文"记人事，写风景、谈文化、述掌故，兼及草木虫鱼、瓜果食物，皆有情致。间作小考证，亦可喜。娓娓而谈，态度亲切，不矜持作态。文求雅洁，少雕饰，如行云流水。春初新韭，秋末晚菘，滋味近似"④。风格更意于追求意到神似、韵外之致、简洁潇洒，似写意山水，更富有弹性与空间感。代表性的如《关于葡萄》系列散文，包括《葡萄与爬山虎》《葡萄的来历》《葡萄月令》等，字斟句酌，虚实结合，想象丰富，甜美有味。

汪曾祺的散文创作比之其师沈从文，都有着相似的"水"性，都有着对农业文化的选择和皈依，以及浓郁的抒情、天然的随机、取材的自由、态度的安然、"和合"的审美等，但沈从文的作品更"野"一些，汪曾祺散文更"漫"更"闲"一些。⑤ 汪曾祺代表着

---

① 引文均见汪曾祺《花园——茱萸小集二》，《文艺》第2卷第2期，1945年6月。
② 诗句出自唐·王维《秋夜独坐》。
③ 诗句出自唐·王维《辛夷坞》。
④ 汪曾祺：《蒲桥集》封面广告，作家出版社1987年版。
⑤ 参见范培松《汪曾祺散文选集·序言》，百花文艺出版社1996年版。

"士"文化，嗜静趣，爱悠闲，尚散文的"滋润"与飘逸。而沈从文则代表着"乡下人"，重感应，崇极端……汪氏散文似乎更具有"京派"意味。

汪曾祺散文在京派散文发展史上，甚至整个中国现当代散文发展史上都有着重要的意义。在20世纪40—70年代，散文领域"美文"几近绝迹，唯余政论。"偶有散文，大都剑拔弩张，盛气凌人，或过度抒情，顾影自怜，这和中国散文的平静中和的传统是不相合的。"① 汪曾祺的散文像一座桥，使京派散文甚至整个中国现代散文的血脉得以延传，其散文创作的现代性与传统韵味，以及对散文自身本体性特征的重视，对当下散文写作都有着极好的启示与借鉴意义。

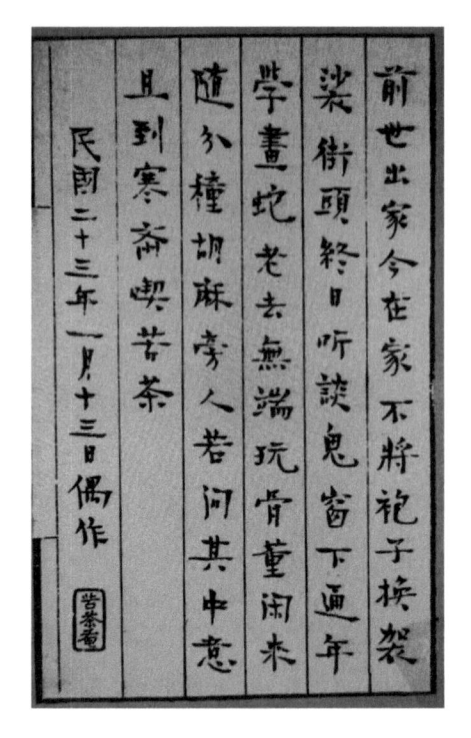

图1-1 周作人墨迹（五十自寿诗）

---

① 汪曾祺：《谈散文》，《汪曾祺全集》（第六卷），北京师范大学出版社1998年版，第334页。

从整体上看，京派散文的发展脉络大致经历了四代三期：周作人表征着第一代，为外向的"美文"期。周等不是文学史意义上京派散文的中坚作家，但却形成了京派的"魂"，对新进作家影响很大；沈从文和何其芳分别代表着第二代、第三代，是内向的"纯散文"期。新进作家特别注重散文的艺术独创性，在艺术上刻意求工，努力向着纯艺术散文迈进；汪曾祺呈示着第四代，他延续和发展了京派散文，对后来的散文创作有着极好的启示和借鉴意义。

本书所重点讲解的正是以废名、沈从文、林徽因、李广田、何其芳、师陀、汪曾祺等为代表的，以独立、内向的纯散文为创作宗旨的，真正文学史意义上的京派散文。

第二讲

京派纯散文观

在中国现代散文理论建设过程中，以沈从文、何其芳、李广田、废名、梁遇春、萧乾、朱光潜、汪曾祺等为代表的京派散文理论的贡献长久以来一直受到不应有的忽视。其纯散文理论言说虽属零敲碎打，散漫无章，却如"星珠串天，处处闪眼"（废名语）[①]，具有极大的生长性和可阐释空间。要之如下：

一 纯散文的自觉与独立

在文学发展史上，散文是一种特殊的母体文类，有着相当的混沌性和宽泛性，原始的诗歌、戏剧、小说无不是以散行文字叙写下来的。它是一切文章或文学的母体。同时，散文在发展过程中，凸显着两个相伴而生、永远如此的"窄化"和"缩拢"趋势。所谓"窄化"，即散文中各种文类随着自身结构和形式的逐渐成长、成熟以至定型，便脱离散文的家族，自立门户，单独成一文类，比如小说、诗歌、戏剧等各种文体都是在自身逐渐成熟的过程中分蘖于散文的。并且，对于在剔除小说、诗歌、戏剧等成熟的文类之后所剩下的"散文"，郑明娳称之为"残留的文类"，"仍然不停地扮演母

[①] 废名：《〈泪与笑〉序》，《现代》第2卷第5期，1933年3月1日，题《秋心遗著序》。《泪与笑》，开明书店1934年版，均署名废名。

亲的角色，在她的羽翼下，许多文类又逐渐成长，如游记文学、报道文学、传记文学等别具特色的散文体裁若一旦发展成熟，就又会逐渐从散文的统辖下跳脱出来，自成一个文类"[1]。散文正是在不断"分娩"出新文类的过程中逐渐"窄化"的。所谓"缩拢"，即伴随着"窄化"，散文也在生长、凝聚着其作为一种独立文体本身所具有的一些本体性的审美特征。换言之，也就是散文作为一种文学性文体的自明性，即文学艺术散文的一路。京派文人在此方面的贡献可以说是空前的，它在传统意义上的文艺散文的基础上，又"炼化"与"蒸馏"出"纯散文"。

在中国，文学艺术散文可谓源远流长。远在春秋战国时期的"哲理散文"中就有着颇美的部分小品，至魏晋时期，文艺散文得以成立，唐代最终定型。代表性的如汉魏六朝的《桃花源记》，以及唐代柳宗元的山水游记等。到了明清，小品取得较大突破，趋于成熟。强调"独抒性灵，不拘格套"。现代散文则继承明清小品脉线，并吸收外国随笔之"乳汁"，强调抒情审美、个人情韵和性灵，达到繁盛。然而，质言之，古代的艺术散文是不自觉的，它笼统地包含在所有的其他散文之中，有时甚至无意为之而成佳构。到了现代，艺术散文有了独立的倾向。早在"五四"之初，刘半农"取法于西文，分一切作物为文字 Language 与文学 Literature 二类"，以此区分"文字的散文"与"文学的散文"，把一切应用文章排除在文学散文之外。态度明确，但尚嫌粗疏，文学的散文里依然包含着与诗歌戏曲相对而言的"小说杂文、历史传记"等。[2] 之后，在周作人的散文概念里，"艺术散文"独立出来。1921 年 6 月，他用"子严"笔名在《晨报副刊》发表《美文》时所提出的"美文"概念，就把那种专事抒情、叙事的记述类论文称作美文，将之定位于"诗与散文中间的桥"，强调其艺术性。1923 年 6 月，王统照在

---

[1] 参见郑明娳《现代散文类型论》，台北大学出版社 1987 年版，第 22 页。
[2] 刘半农：《我之文学改良观》，《新青年》第 3 卷第 2 号，1917 年 4 月 1 日。

《纯散文》中提出了"纯散文"的概念及能使人阅之自产生美感的审美标准。梁实秋也提出过"艺术散文"的概念，并强调艺术散文的个人性，"散文的艺术便是作者的自觉的选择"，真实表现作者心中的意念。意在文，意在己，有余情。① 到周作人、郁达夫编选《中国新文学大系》的《散文一集》《散文二集》时，则对1917—1927年间的散文创作进行了理论总结。强调散文是个人的、言志的。

至此为止，艺术散文虽逐渐明晰，但依然没有真正独立，没有完成向文学的真正提升。古代的艺术散文往往只偏重抒情，现代的艺术散文，其实多指的是随笔。记叙、抒情、议论"三体并包"，结构零碎松散。重视现实生活的真实，注重思想，但对散文深层的审美价值重视不够。其实，他们仍有意无意地忽视艺术散文文体的自觉，或者说他们并没有明确散文文体的独立意识。而趋近完成这一任务的应该是20世纪30年代以何其芳、李广田、沈从文、废名、梁遇春等为代表的京派文人。他们非常注重散文的艺术独创性，重视想象的美感。在艺术上刻意求工，有意"为抒情的散文找出一个新的方向"②。在何其芳看来，散文应是和诗歌、小说、戏剧处于同等地位的一种独立的创作。他"觉得在中国新文学的部门中，散文的生长不能说很荒芜，很孱弱，但除去那些说理的、讽刺的，或者说偏重智慧的之外，抒情的多半是身边的杂事的叙述和感伤的个人遭遇的告白"③，并试图凭借个人的努力来"证明每篇散文应该是一种独立的创作"④。《画梦录》时期何其芳的角色规范就是美文的创作者，诚如其言："我的工作就是在为抒情的散文中发现一个新园地。我企图以很少的文字创造出一种情调：有时叙述着

---

① 梁实秋：《论散文》，《新月》第1卷第8号，1928年10月10日。
② 何其芳：《我和散文》，载《还乡杂记》，文化生活出版社1949年版，第2页。
③ 何其芳：《还乡杂记代序》，载《何其芳文集》（第四卷），人民文学出版社1984年版，第124页。
④ 何其芳：《我和散文》，载《还乡杂记》，文化生活出版社1949年版，第2页。

一个可以引起许多想象的小故事，有时是一阵阵伴着深思的情感波动。正如以前我写诗一样入迷。我追求着纯粹的柔和，纯粹的美丽。"①沈从文也说："我还得在'神'解体的时代，重新给神做一种赞颂，在充满古典庄严的诗歌失去光辉和意义时，来谨谨慎慎写最后一首抒情诗。"②诸如此类的言论都在自觉地将散文看作"一种纯粹的艺术创作"③，追求艺术散文的精美至纯。

纯散文的自觉与独立使得当时文体的格局实际就演变为：诗歌、小说、戏剧文学、报告文学、史传文学、杂文、艺术散文和纯艺术散文即纯散文等。纯散文内在包含于艺术散文和大散文，它集中体现着散文作为一种文学性文体的本体性审美特征，高居于散文这座金字塔的顶尖。

二 散文究竟是什么

随着纯散文意识的愈加自觉，以及创作态度的愈加严谨，京派文人开始思考散文文体的本体性特征。在古代，散文是一种实用性的哲学、政治、历史文体，重思辨与纪实，发挥着"审智"的功能，审美是从属的，也常常是不自觉的。"五四"以后，散文作为一种文学形式从"审智"的文章系统中分离出来，审美规范开始在探寻中确立。刘半农、周作人、朱自清、梁实秋等人虽也提出了不少切中肯綮且具建设性的散文理论观点，但总体来说，仍不明晰，对艺术散文本身的审美价值重视不够，鲜有对散文文体本体性特征的探讨。有感于散文创作的不纯，以及散文在文学家族中地位的低下，加之他们学院派的背景，厚重的中西学养等，京派文人在此方

---

① 何其芳：《还乡杂记代序》，载《何其芳文集》（第四卷），人民文学出版社1984年版，第124页。
② 沈从文：《沈从文文集》（第十一卷），花城出版社、香港三联书店1984年版，第324页。
③ 萧乾：《大公报文艺奖金》，《读书》1979年第2期。

面显然留下了超前的探索足迹，提出了很多颇有价值的观点。他们多从散文与诗歌、小说等成熟文体的区别中思考散文的本质特征，并以此为基点规范散文的文体。比如，针对散文概念的模糊和创作的混乱，李广田提出"本位的散文"和"非本位的散文"，"其中有近于小说的，有近于诗的，也有近于说理的"①。"好的散文，它的本质是散的，但也须具有诗的圆满，完整如珍珠，也具有小说的严密，紧凑如建筑。"散文虽然本在于"散"，但"散文既然是'文'，它也不能散到漫天遍地的样子，就是一条河，它也还有两岸，还有源头与汇归之处"。在文体之间的区别上，以散文与小说相比较，"小说或有故事，或无故事，但必有中心人物；散文中或有故事，或无故事，却不必一定有中心人物"。"小说以人物行动为主，其人物之思想、情感、性格等，都是在行动中表现出来，即使偶然描写一些自然景物，也还是为了人物的行动；散文则不必以人物行动为主，只写一个情节、一段心情、一片风景，也可以成为一篇很好的散文。小说须作具体描写，即使是议论，是感想，或是一种观念的陈述，也必须纳入具体的描写之中；散文则可以做抽象的言论，如说明一种思想、一种感情、一种论断等。"② 这些认识都是符合散文内在特质的。

具体到散文的审美规范上，京派文人要言不烦，逼近了散文的本质，是本体性的审美规范。所谓本体性的审美规范，就是指对散文创作提出的审美要求贴合散文作为一种文体得以与其他诸文体区别开来的要素和特质。此种审美规范是能够区别于其他诸文体的、具有散文文体个性的本源性特征。其理论观点具有极大的生长性和可阐释性。

---

① 参见李广田《鲁迅的杂文》，载《文学枝叶》，上海益智出版社1948年版，第53页。
② 参见李广田《谈散文》，载《文艺书简》，开明书店1949年版，第40页。

（一）"真我"抒写

京派文人一再强调，散文是对"自我"的抒写；散文创作就是书写"自己的心和梦的历史"①。散文"是由心里来的"②，"心是怎么想，手里便怎么写"③。散文中不能没有自己，散文就是述说自己人格与心情的。它的"妙处也全在于我们能够从一个具有美妙的性格的作者眼睛里去看一看人生"。他们看上去好似漫不经心，信手写来，"可是他们自己奇特的性格会把这些零碎的话儿熔成一气，使他们所写的篇篇小品文都仿佛是在那里对着我们拈花微笑"④。李广田说得更明白：散文创作应当一切从自己的真实体验出发，"人不能没有自己，也唯有这样的一个'自己'才是一个完整的个体，从这样的'自己'中创作出来的艺术，也将是最完整的艺术"。李广田称，自己的散文中"就藏着一个整个的'我'"⑤。他拒绝了"载道文"，也拒绝了"厌胜文"⑥，而是以全部精力去表现自己生活的"朴野的小天地"。何其芳也认为他的散文只是抄写自己过去的记忆，他说："我很珍惜着我的梦，并且想把它们细细地描画出来。"⑦京派散文这种对"自我"性灵的重视，不同于"五四"及明清等的性灵小品，它抒写的是真正"我的"品格，带有自己独立的性格，是真正属于"自己"的散文，正如吴福辉先生所说："我国的古典散文每一次挣脱'载道'的束缚而转向'言志'，也都讲

---

① 沈从文：《沈从文文集》（第十卷），花城出版社 1984 年版，第 273 页。
② 朱光潜：《朱光潜全集》（第一卷），安徽教育出版社 1987 年版，第 8 页。
③ 朱光潜：《论小品文》，佘树森编：《现代作家谈散文》，百花文艺出版社 1986 年版，第 228 页。
④ 梁遇春：《小品文选序》，吴福辉编：《梁遇春散文全编》，浙江文艺出版社 1992 年版，第 435 页。
⑤ 李广田：《银狐集题记》，柯灵主编：《中国现代文学序跋丛书·散文卷》，海南人民出版社 1988 年版，第 882 页。
⑥ 周作人：《序》，李广田：《画廊集》，商务印书馆 1936 年版，第 2 页。
⑦ 何其芳：《画梦录》，花城出版社 1981 年版，第 3 页。

究抒发个人性灵,但大半是寄情式的",而京派文人散文观显然有着自述的"内视"品格,"像这样充分外露心迹的散文,是对我们文学的一个合理的补充"①。并且,对散文这种不戴面具的"真我"的强调,抓住了散文区别于小说、戏剧等文体的本体性特点,规约了散文文体"真实""本色""真诚"与"真挚"的文风。更为重要的是,强调散文对"真我"的抒写,内宇宙的开拓,也内在决定了散文的世界是一个内在的世界,主观的王国。正因如此,李广田说:"小说宜作客观的描写,即使是第一人称的小说,那写法也还是比较客观的,散文则宜于作主观的抒写,即使是写客观的事物,也每带主观的看法。"② 对散文文体"真我"主观性的自觉与强调,实际上,也就把散文与小说、报告等文体区别开来。因为小说、报告等文体偏重客观的状写,而散文则偏重主观的宣泄。

(二) 节制情感

散文天生是抒情的,但散文的感情要适当地节制。"感情过于洋溢,就像老年人写情书一样,自己有点不好意思。"③ 正如写悲哀,"越节制悲哀,我们越感到悲哀的分量"。这种节制的情感抒写,用废名的话说则是散文要"隔",他说:"近人有以'隔'与'不隔'定诗之佳与不佳,此言论大约很有道理,若在散文恐不如此,散文之极致大约便是'隔',这是一个自然的结果,学不到的……我们总是求把自己的意思说出来,即是求'不隔',平实生活里的意思却未必是说得来。"④ 情感的节制在梁遇春的概念里则表现为"漫话絮语",他认为散文宜用"轻松的文笔,随随便便地来谈人生",像是"茶余饭后,炉旁床侧的随便谈话",不应有冠冕

---

① 吴福辉:《前言》,吴福辉编:《梁遇春散文全编》,浙江文艺出版社1992年版,第8页。
② 李广田:《谈散文》,载《文艺书简》,开明书店1949年版,第40页。
③ 汪曾祺:《自序》,载《汪曾祺自选集》,漓江出版社1987年版,第1页。
④ 废名:《关于派别》,《人间世》第26期,1935年4月20日。

堂皇的神气。① 追求散文情感的这种"节制"抑或是"隔",其妙处则是容易形成"羚羊挂角,无迹可寻"的神韵,有利于保持一种散文的本色和禅意,即"不立文字、以心传心的境界,有如世尊拈花,迦叶微笑",这也是中国文论中最为推崇的境界。

情感的节制,表现着"本色"之美,而"本色"之美规约了自然的文风。文风的自然正是要以散文本色为底,自然有致,不矜持,不造作,家常随便,能够"引起忧郁的可喜的亲切之感",一如李广田在评论玛尔廷时所说的那样:"在他的书里,没有什么戏剧的气氛,却只使人意味到淳朴的人生,他的文章也没什么雕琢的词藻,却有着素朴的诗的静美。"②

(三)重"美"轻"真"

散文是文学,散文的创作不仅与小说、诗歌同样重要,有时甚至难于小说、诗歌等文体,因为它必须在短小的篇幅里清楚明白地表情达意。但由于散文本身的包容性和混沌性,使其一直处于文学与非文学的边缘。无论中外,很多人都不把散文作为艺术文体,认为其在文学家族中的地位是低于诗歌、小说与戏剧的。如老舍先生就说:"不把散文底子打好,什么也写不成。""把散文写好,我们便有了写评论、报告、信札、小说、话剧等顺手的工具了。写好散文,作诗也不会吃亏。"③ 西方的罗杰、本森、黑格尔等人也认为散文是低于诗歌等文体的。散文文体个性的模糊化直接影响了人们的创作态度,认为散文是大而化之的,大可随便地写着,"短笛无腔信口吹",散文就是一切的文章。创作态度的"不端正"易于产生散文创作的不纯,甚至庸俗丑陋的文字也被名之为"散文"。

---

① 梁遇春:《小品文选序》,吴福辉编:《梁遇春散文全编》,浙江文艺出版社1992年版,第435页。
② 李广田:《道旁的智慧》,载《画廊集》,商务印书馆1936年版,第156页。
③ 老舍:《散文重要》,本社编:《笔谈散文》,百花文艺出版社1980年版,第3页。

在散文的创作态度方面，京派文人无疑有着极强的警示性和深远的启示意义。他们重视散文的文体审美个性、强调文学性、推崇艺术性，以一颗虔诚的心，基于一种血肉猩红的生命体悟来"捉摸自己的情感和文字"①，一字一句都漫溢着他们的精神抚摸，甚至"一篇两三千字的文章的完成往往耗费两三天的苦心经营"②，"但求艺术的完整，不赞成把写得不象样的坏文章都推说是'散文'"③。他们正是以一颗诗心来精心营构散文的琼楼玉宇，使之蕴蓄着"诗质"。

所谓"诗质"，即散文要有诗的品质和特性。在传统散文理论中，对散文的诗性的重视是不够的，甚至是缺席的。总以为散文是一种叙事、抒情、议论相结合的文类，鲜有从"诗质"的层面来研究散文，更别说对散文"诗质"理论的探讨和建构。即便"五四"时期对散文抒情艺术较为重视的刘半农、周作人、朱自清、梁实秋等人，也只多在强调散文的抒情性，且语焉不详，而"诗质"无人问津。在此方面，京派文人可谓开风气之先。沈从文宣称："人生为追求抽象原则，应超越功利得失和贫富等级，去处理生命与生活"，他怀疑"真"而笃信"美"："什么叫作真？我倒不太明白真和不真在文学上的区别，也不能分辨它在感情上的区别。文学艺术只有美与不美。精卫衔石，杜鹃啼血，情真事不真，并不妨事。"④为了重"美"甚至轻"真"，试图以一个清明合用的脑子，运用自己自由的一支笔表达自己独特的见解和匠心。重视作品美的语言、美的意境、美的情蕴、美的生命与人性……不重视甚至忽略一种直接的现实功利得失，以"我"的内在标准疏离那种国民共通的德

---

① 李广田：《自己的事情》，载《文艺书简》，开明书店1949年版，第100页。
② 何其芳：《还乡杂记代序》，《何其芳文集》（第四卷），人民文学出版社1984年版，第124页。
③ 卞之琳：《水流云在》，《读书》1979年第9期。
④ 沈从文：《水云》，载《沈从文文集》（第十一卷），花城出版社1984年版，第288页。

性，从而塑造一种形而上的原则。李广田则提出了"诗人的散文"①，即以诗人的思维、情感来打量和思考散文的创作。刘西渭甚至把散文是否具有"诗性"作为衡量散文成败得失的重要尺度，他说："几乎成功一篇散文首先需要满足的一种内外契合的存在。"它虽没有诗的凝练，没有诗的真淳，但"却能具有诗的境界"。诗歌能够助长散文的美，"一篇散文含有诗意是美丽的"②。

  京派文人对散文"诗性"的重视是抓住了散文本质特征的。其实，散文就应该是"诗"的。就作品的内容来说，小说重客观状写，散文偏主观宣泄，这一点离诗最近。另外，在中国文学发展史上，诗歌和散文如影随形，中国是散文的大国，也是诗的国度。国外也是如此，克劳斯威茨就认为散文不过是诗歌以另一种手段的继续而已。散文的本色理应具有诗的品格和汁液，以诗笔为文，述诗之余事、余兴、余怀，才能够精美醇厚。

  为了追求散文的"诗性"，京派文人特别重视散文的语言及语言的诗意。汪曾祺在《自报家门》一文中这样写道："我很重视语言，也许过分重视了。我以为语言具有内容性。""语言具有文化性"，"语言的美不在一个一个句子，而在句与句之间的关系"，"语言像树，枝干内部汁液流转，一枝摇，百枝摇。语言像水，是不能切割的。一篇作品的语言，是一个有机整体"③；"语言和思想是同时存在，不可剥离的。语言不仅是所谓的'载体'，它是作品的本体"④。京派散文把语言提高到了本体性的高度，这是符合散文文体实际的。散文一般短小精悍，难以像小说和戏剧那样以情节和复杂的矛盾冲突取胜，它势必要求散文作家必须把主要精力放在语言的锤炼上，散文拒绝败笔和冗笔。而小说、戏剧中的叙述语言，

---

① 李广田：《谈散文》，载《文艺书简》，开明书店1949年版，第42页。
② 刘西渭：《画廊集序》，李广田：《咀华集》，人民文学出版社2001年版，第185页。
③ 汪曾祺：《自报家门》，载《汪曾祺全集》（第四卷），北京师范大学出版社1998年版，第290页。
④ 汪曾祺：《我的创作生涯》，《写作》1990年第7期。

是视角人物的语言。视角人物的经历、接受的教育、经济状况、社会地位等，限制了他的语言能力和表达方式，其讲话也常用日常用语，语言过美反显矫揉造作，华而不实。故小说、戏剧对语言的要求并不高，简洁、准确、到位就行了。再者，散文是一种以本色真诚取胜的艺术，语言就显得尤为重要。诗歌对语言的要求也没有散文那样高，诗歌重意境、意象、音乐节奏等，如只语言平平，尚不失为一首好诗，而散文的语言如果不好，绝算不上一篇好散文。可以说，辞章之美是散文重要的本体性特征之一。

另外，京派文人对散文的语言美规范也是符合散文文体的内在要求的，主要表现在两方面：第一，朴素美，即语言的本色美。李广田说："散文的语言，以清楚、明畅、自然有致为其本来面目。"[①] 与诗相比，"诗须简练，用最少的语言，说最多的事物；散文则无妨铺张，在铺张之中，顶多也只能作委曲弯转的叙述。诗的语言以含蓄暗示为主，诗人所言，有时难免恍兮惚兮；散文则常常显豁，一五一十地摆在眼前，令人如闻如见……诗可以借重音乐的节奏，音乐的节奏又是和那内容不可分的；散文则用说话的节奏，偶然也有音乐的节奏，但如有意地运用，或用得太多，反而觉得不对"[②]。"诗人可以夸张，夸张了还令人不感到夸张；散文则常常是老实朴素，令人感到日常家用。""写散文很近于自己心里说自己事，或者对着自己人说人家的事情一样，常常是随随便便，并不怎么装模作样。"[③] 同时，朴素的语言更意味着真实的内涵，"它要求内外一致，而这里的一致，不是人生精湛的提炼，乃是人生全部的赤裸"[④]。京派文人所谓的朴素美实乃平淡中又绚烂至极。丰约适

---

① 李广田：《谈散文》，俞元桂主编：《中国现代散文理论》，广西人民出版社1984年版，第148页。

② 李广田：《谈散文》，载《文艺书简》，开明书店1949年版，第42页。

③ 李广田：《谈散文》，俞元桂主编：《中国现代散文理论》，广西人民出版社1984年版，第148页。

④ 刘西渭：《画廊集序》，李广田：《咀华集》，人民文学出版社2001年版，第185页。

宜，意蕴丰赡，言近旨远，辞浅意深。比如，萧乾散文语言的言简意赅，半文半白，半吞半吐，若即若离；李广田散文语言的质朴、形象、自然、恬淡、日常、潇洒、畅达；沈从文散文语言的质朴中透着美，平淡中有丰腴等，都属于稍作雕琢的朴素美。第二，音乐节奏美，即节奏鲜明、音韵和谐。朱光潜说："领悟文字的音乐节奏，是一件极有趣的事……我读音调铿锵、节奏流畅的文章，周身筋肉仿佛作同样有节奏的运动，紧张或是舒缓，都产生极愉快的感觉。"他还说："我自己在作文时，如果碰上兴会，筋肉方面也仿佛在奏乐，在跑马，在荡舟，想停也停不住。如果意兴不佳，思路枯涩，这种内在的节奏就不存在，尽管费力写，写出来的文章，总是咯吱咯吱的，像没有调好的弦子。我因此深信声音节奏对于写文章是第一要事。"在具体行文中，他强调虚字的运用，以及段落的起伏开合、句的长短、字的平仄、文的骈散等，并把这些都认为与散文的声音有关。而声音是关联着说话的，至于散文的"说话"，他认为要干净、响亮，"有时要斩截些，有时要委婉些。照那样办，你的文章在声音节奏上就不会有毛病"①。朱光潜所强调的散文语言的节奏显然不同于纯音乐的节奏，它是指作者心灵感情的节奏外化。是作者对某一欲表现的事物体会入微时，心灵与客观事物产生和谐的共鸣，有了这种共鸣，那特有的节奏便在笔下自然流出。在京派散文作家中，沈从文散文语言的节奏美是比较明显而突出的。他的《泸溪·浦市·箱子岩》《白河流域几个码头》《鸭窠围的夜》等作品，句子或舒或缓，或长或短，或强或弱，整饬中有变化，错落中有齐整，恰当使用了一些排比句、对偶句和复叠句，古色古香，显然有着很强的暗示性和内在的节奏性。

至于散文"诗性"创作的其他诸如"意境""意象""想象"等方面的审美规范，他们语焉不详，这一理论的缺憾则在他们的散

---

① 参见朱光潜《散文的声音节奏》，《名作与鉴赏》2004年第6期。

文创作实践中做了弥补。京派散文创作，大都以性灵的抒情、迂回的沉思融会于客观事物，使客观之人、事、景、物显人之生命的冲动与灌注，以达神与形的统一、情与景的统一、物和"我"的统一，做到情思与境象的有机结合，至而产生生香活意的妙境。

应该特别指出的是，从京派文人不多的言论和精美的创作中我们大可知道，京派文人所谓"诗质"，是一种流荡于内，漫溢于外的纯真的美质。它"如册上之色，水中之味，花中之光，女中之态，虽善说者不能下一语，唯会心者知之"。这显然不同于"十七年"散文中的那种仅从主体精神之外寻求一种诗的意境式的局部或细节的所谓"诗化"。

京派文人把散文当诗一样来写的态度，以及对纯散文文体的成功实践，证明了每篇散文都是一种独立的创作，即使在今天仍有着极大的实际意义。它对于那些散文创作的随便，以及文字的丑陋有着积极的纠偏补正、文体影响和文体导向作用，促使它们增强审美功能，从心所欲不逾矩，优化创作和散文研究的生态环境。散文创作纯净了、概念清晰了，有利于散文研究形成内在的逻辑体系，也有利于散文的学术研究向纵深发展。

当然，京派文人尽管极力强调散文的"纯粹性"，但它不"唯我"，这和实际存在的"大散文"创作并不矛盾。如果将散文创作局限于艺术散文、纯散文创作，无疑就排斥了实际存在的多种多样的散文，比如杂感、报告、速写、序、跋、谈艺录、读书记等，这不利于散文的繁荣和发展。创作就是自由作文，特别是散文创作，限制越少越好。"大散文"可以充分发挥其文体创生作用，有着强悍的生命力，能给艺术散文、纯散文提供广袤而深厚的思想土壤，启发艺术散文、纯散文并增强一些实用价值、理性思考，以及增加一些人类共性的情感波澜，这也是散文研究的血脉之源。其实，京派散文本身也不尽是纯散文，纯散文也许是他们永远的追求方向，但让我们感动和心仪的恰恰是他们对散文创作的姿态，他们清醒地知道，也努力地追求着"大散文"之上的"金字塔"。

（四）自由与度

散文的本性即自由，这是由散文的主观性、真实性所决定的。它反传统、斥成规。散文无固定的模式，它是在不守规矩中保持自己创造的生命性。

京派文人深得散文自由之三昧，在他们的观念中，散文不仅是"诗"的，而且也应该吸收小说等文体的长处，不拘泥于成法。如当时的"汉园三诗人"都倾向于写散文应不拘一格，"不怕混淆了短篇小说、短篇故事、短篇评论以至散文诗之间的界限，不在乎写成'四不像'，但求艺术的完整"。李广田在提出"诗人的散文"的同时也提出了"小说家的散文"，并强调：诗人的散文要力求在"平凡的事物中见出崇高，在朴素文字中见出华美"，而小说家的散文，则"比较客观，刻画严整，而不致流于空洞、散漫、肤浅、絮聒等病"[1]。沈从文也常常以"屠格涅夫写《猎人笔记》的方法，糅游记散文和小说故事而为一，使人事凸浮于西南特有明朗天时地理背景之中"[2]，但散文又是独立的，它"不是一段未完篇的小说，也不是一首短诗的放大"[3]。散文的自由是在不抹杀个性的前提下采取百花以酿蜜。"好的散文，它的本质是散的，但也必须具有诗的圆满，完整如珍珠，也具有小说的严密，紧凑如建筑。"[4] 在散文章法的多样化方面，梁遇春一方面是正统的思想文体统一论者，认为"理想的文体是种由思想内心生出来的，结果和思想成一整个，互

---

[1] 参见李广田《谈散文》，载《文艺书简》，开明书店1949年版，第43页。
[2] 沈从文：《风雅与俗气》，载《沈从文选集》，四川人民出版社1983年版，第36页。
[3] 何其芳：《还乡杂记代序》，载《何其芳文集》（第四卷），人民文学出版社1984年版，第124页。
[4] 参见李广田《谈散文》，载《文艺书简》，开明书店1949年版，第44页。

为表里,像灵魂同躯壳一样地不能离开"①。同时亦在寻求散文文体以尽可能表现作者情理的奥妙,他引进英国作家本森关于"观察点"的说法,以"观察点"作为散文展开笔意的立足点,"观察点"往往是虚构的,是散文视角的变幻。梁遇春的散文就有装成痴人、失恋者,假做一封来信和文后加上按语等种种角度,从而使得散文灵动丰蕴。

散文是一种自我心灵的艺术,以片段或零散的方式反映着现实。散文所体现的个性心灵必须与众不同,它才具有独特的价值。独特的个性心灵正是现代散文的生命,也是散文文体精神性的集中体现。但人的精神类型先天有着种种的差异,有人是属于诗的,而有人则是属于小说与散文的。属于诗歌、小说、散文的精神类型在"迁就"于散文文体审美特点的时候,则体现出不同的个体生命感觉所规约的不同的生命形式。而且,这种精神类型在散文文体上的体现又意味着散文文体的探险,具有现代散文文体革命的意义。很久以来,无论古今中外,对散文文体的创作都是不自觉的,散文创作思想的"自觉"与文体意识的"不自觉"几乎同时并存。在此方面,京派文人有着拓荒之功。他们有意识地主动吸收其他文体、艺术的长处并加以改造,取其精髓,为己所用,追求散文文体的艺术独立性。他们把小说、诗歌、报告、书信等文体的碎片按合于己的内在审美要求重新拼贴、组织起来,跨越不同文体或形式的通常界限而实现新的审美聚合,以达散文自身表达的宏富性、完整性、开阔性,以及散文作为文学文体的晦涩、生辣、丰富、完美、多元等艺术性特征,并随之可能展开的新的意义空间,它是一种真正意义上的散文文体革命。

诚然,在京派散文的作品中,既蕴蓄着诗情,洋溢着诗意,亦有着小说的客观、质朴、凝重、开阔,同时又不失散文文体自身的

---

① 梁遇春:《兰姆读书杂感译者注》,吴福辉编:《梁遇春散文全编》,浙江文艺出版社1992年版,第379页。

言志性、哲理性、情感性等特点。京派文人在散文这种最主观也最能刺激读者幻想的文学形式中融入了小说中的最适宜描摹社会人生的优点并做了较好的融通，在不失散文文体本身特性的基础上追求散文的多姿多彩。

（五）返本寻根

汪曾祺说："'五四'以后的新文学的形式，如新诗、戏剧，是外来的。小说也受了外国的影响。独有散文，却是特产。"事实也确实如此。散文不同于其他文体，它自古有之，并且与中国文化有着特殊的密切关系。这种密切关系不仅体现在散文的实用因子与中国尚实用理性的契合，还体现在二者之于人的情感和心灵的共质。中国文化特别是传统文化在很大程度上可以决定中国散文的内容以至形式，正因如此，汪曾祺说："看来所有的人写散文，都不得不接受中国的传统。事情很糟糕，不接受民族传统，简直就写不好一篇散文。不过话又说回来，既然我们自己的散文传统那么深厚，为什么一定要拒绝接受呢？"他甚至认为对传统的重视程度关系着散文的发达与否。[①] 汪曾祺自己的散文则主要继承了"明清散文和五四散文的传统，有些篇可以看出张岱和龚定庵的痕迹"[②]。值得一提的是，汪曾祺等一众京派文人对散文返本的强调具有极大的开放性，他们是将散文放于传统中国美学与文章学的体系当中去寻求散文之根，比如京派文人对散文与书画尤其是书法美学关系的强调。京派文人很多就是文墨相通的。中国书法艺术当中的"留白""计白当黑""行气""章法""结构""布局"等，汪曾祺常常从中参悟到为文之法。京派理论家周作人、冯至、朱光潜等也一样会从书法美学中感悟文人之道。周作人终其一生都是用毛笔书写，其字古朴生涩，苍古脱俗，一如其文。冯至也喜欢"涩"的文字，并

[①] 汪曾祺：《蒲桥集·自序》，作家出版社1989年版，第2页。
[②] 汪曾祺：《汪曾祺自选集·自序》，商务印书馆2015年版，第1页。

写过《涩》的文论，强调"艰涩"文中才有人生的深意。朱光潜习书不断，尤喜欧体的秀而有骨，中国传统书法美学潜移默化地影响了他的现代美学。桥架京海的散文家林语堂专门写过《书法是中国美学的基础》（原文收录于1934年出版的《吾国吾民》）。文中重点阐述了书法对中国学者各种美质的锻炼与培养，如"线条上的刚劲、流畅、蕴藉、精微、迅捷、优雅、雄壮、粗犷、谨严或洒脱，形式上的和谐、匀称、对比、平衡、长短、紧密，有时甚至是懒懒散散或参差不齐的美"。书法之美在于动，而非静，是动态的美，是速度与力量的象征。我们从京派散文的众多文本中不难体会到这诸多原形或变形之书学美质。在京派文人中，沈从文算是一个优秀的书法家，他喜欢字画法书，也深谙书画之道，而这方面的知识与情感，也影响了他的创作。"用笔时对于山山水水的遣词措意，分行布局，着墨轻重，远过直接从文学上得到的启发还加倍多。"[1]

传统是存在于今天的历史因素，它作为一种"历史延传而又持久存在或一再出现"[2]。希尔斯说："新事物的形式与实质在很大程度上取决于一度存在的事物，并且以这些事物为出发点和方向。"[3]作为一种有着悠久传承历史且与中国文化关系十分密切的散文文体不可能脱离传统，它理应在寻求发展的路途中把传统作为自己的参照和起点。当然，回归传统不是照单全收，而是有所取舍。但"取""弃"，谈何容易！

三 阅读也是一种创造

强调阅读也是一种创造，属于散文鉴赏批评的范围。现代散文

---

[1] 沈从文：《回忆徐志摩先生》，《沈从文全集》（第二十七卷），北岳文艺出版社2003年版，第434页。
[2] [美] E. 希尔斯：《论传统》，傅铿、吕乐译，人民文学出版社1980年版，第21页。
[3] [美] E. 希尔斯：《论传统》，傅铿、吕乐译，人民文学出版社1980年版，第46页。

出现以来，对散文的鉴赏批评论不是很多。就笔者的阅读视野观之，京派散文的鉴赏批评论虽然言之了了，却依然有着开启山林之功、普适的客观价值、深远的历史意义。要之为两点（实之为一点）：第一，强调阅读也是一种创造。读者和作者的关系不应该是泾渭分明的，而是要突破域限，读、写相长。汪曾祺说："我始终认为读者读文章，是参与其中的。他一边读着，一边自己也就随时有自己的意见，自己的看法。阅读，是读者和作者在交谈。"[1] 李广田甚至认为："一个最好的欣赏者，应当能够尽量发展他的是非好恶之心，进而为批评，然后可以给作品一个最好的估计。而且，应当与作者共鸣，更进一步超越作者，创造，再创造。"[2] 这种鉴赏论旨在说明阅读是一种欣赏，一种批评，更是一种创造，有时甚至是超越作者之上的一种创造性阅读，它有利于促进创作、指导创作。第二，重视批评与创作的相通。其可视为第一点的引申与延展，本质上是强调创造性地阅读，或作家，或读者，或作家、读者于一体。以刘西渭为笔名写作的李健吾深刻地认识到批评与创作的同构关系，他同意王尔德的看法："没有批评的官能，就没有艺术的创造……所有良好的想象的作品，全是自觉的，经过思虑的……因为创造新鲜形式的，正是这种的官能。"[3] 在这里，李健吾意在强调：创造要有批评的素质，批评更是一种创造。唯有批评，创作才能创新、发展。批评意识无论对于创作者自身，还是创作者与批评者之间，都是适宜的，也是必需的。其中，李健吾用艺术家的标准要求批评家的做法正是印象主义批评的一个特点，即强调批评主体的主体意识和创造性，以及情感的投入，内心的体验、个性气质等都融入创作中去。另外，朱光潜所重视的心理批评也是值得注意的，心理批评以现代心理学研究的成果，来对作家的创作心理及作品人物

---

[1] 汪曾祺：《自序》，载《汪曾祺自选集》，漓江出版社1987年版，第1页。
[2] 李广田：《谈文艺欣赏》，《名作欣赏》1997年第5期。
[3] 李健吾：《李健吾批评文集》，珠海出版社1998年版，第303页。

心理进行分析,从而探求作品的真实意图及其真实价值。

京派文人的鉴赏批评论常常指散文,但此创造性的鉴赏批评论是适合所有文学形式的。他们的鉴赏批评论没有也无意把散文和其他文体区别开来。他们对于作家和读者互动关系的重视,以及批评意识的自觉,具有恒久和广泛的普适性,极有利于激发文学的创造性和生命力,有利于形成良好的文学生产与批评的生态环境。

综上所论,京派文人的散文理论不仅深入而且近乎成体系。其纯散文的自觉与独立,在文学艺术上使散文有了质的提升,散文真正回归于文学。京派散文的创作态度、创作原则、审美规范等对散文创作的优化有着极好的影响、引导和规约作用,有利于散文的发展,也有利于散文理论形成自己内在的逻辑体系及纵深化。然而,由于现实以及自身的一些原因,京派文人没有继续探讨下去,其散文理论观点也没有得到更好地整理归纳、系统阐发、生长发展,很难说不是一个遗憾。

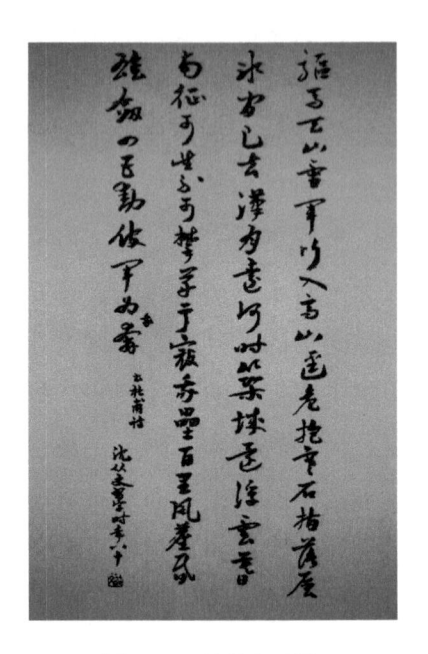

图 2-1　沈从文手迹

附录　本讲精读篇

导读语

京派散文理论虽属零敲碎打，散漫无章，但却有极大的解读空间。京派作家对纯散文创作的自觉与独立原则，以及散文本体性的审美规范、鉴赏批评论等提出了极具价值的观点，超越前贤，烛照当下甚至未来。精读下列选文，体会散文文体的特点。

梁遇春：《小品文选》序

朱光潜：《论小品文（一封公开信）——给〈天地人〉编辑徐先生》

何其芳：《我和散文》

李广田：《谈散文》

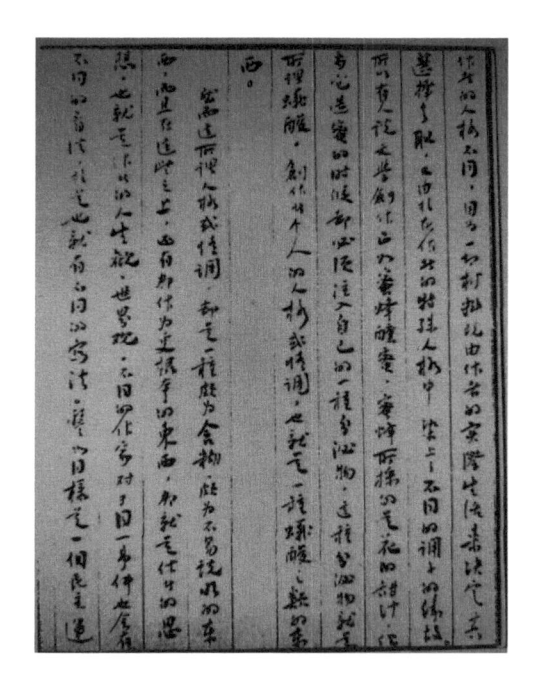

图 2-2　李广田手迹

第 三 讲

京派散文的"观察点"

为了寻求散文文体以尽可能地表现作者情理的奥妙，京派文人非常重视描写视角和叙述视角的多元运用。在其众多散文中，真实作者经常是隐身的。散文中进行叙述或描写的视角即叙述者的视角，言语行为的表达者不是作者本身，而是多样拟制作者的出现，具体表现为双栖的、虚拟的、错位的、被动的等。本来，视角与叙述者都是叙述或描写中最重要的构成因素，但凡正文中关于单一事件或系列事件的处理过程、演绎等都将涉及视角及叙述者的问题，它带有虚拟的性质。京派散文的视角比之于小说，要变幻复杂得多，同时亦有着本质的区别。它是一种本体性自我和对象性自我的自我分解，"我"和"他"都是"我"，不离"真我"主宰，具有多元归一的特性，是京派散文展开笔意的立足点。视角或叙述者，京派经典散文作家梁遇春名之为"观察点"，此一概念来源于英国作家本森的说法，它往往是虚构的。梁遇春的散文就有装成"痴人""失恋者"，假做一封来信和文后加上按语等种种角度。或者可以说，用"观察点"来称谓京派散文的视角和叙述者也许更贴合京派散文（抑或是"散文"）的实际。

一 双栖性"观察点"

所谓双栖性"观察点"，即京派散文在行文中，描写角度和叙述角度常常形成表象的分离,专注于受述者的观察角度,而这种受述者的观察角度,往往又是作者的化身,即二者的潜在合一,以致叙述者和受述者、描写角度和叙述角度的重合,实现作者和视角的零距离。文本的外观是人物,实质来自叙述者的视角观察层面,即受述者的观察角度既代表着受述者本身,同时又代表着作者。[1] 比如沈从文写于1930年以前的《一封未曾付邮的信》[2] 以第三人称写法,描述阴郁模样的"从文"对人生的失望和诅咒。"他"生计无着,甚至想结果自己,坐在不可收拾的破烂命运之舟上,像一棵小而无根的浮萍。在主体叙述部分,作者完全模拟文本中"从文"的口吻来叙述:生活弃"我"而去;"我"远离人类的同情;只追求简单的生,终日劳作来换取每日最低限度的生活费;不为人耻,孤独畸零地活着;空空洞洞的"我",敏感,一个人单单做梦,做一切的梦;无望而自卑的单相思苦恼着"我";"我"诅咒着这个无意思的社会理性的桎梏,无寄顿的爱,寂寞、冷酷、势利的世界。显然,文本中的"从文"是作者自己,而作者却人为地拉开距离,以第三人称叙述角度,让文本中的"从文"成为"受述者",并从这个"受述者"的"从文"的角度进行观察、思考一切。这种描写角度和叙述角度的表象分离与潜在合一,都是人为的,使读者既能感觉到超出文本之外的冷观,又有同作者一起感同身受的临场感。而作者与文本中的"受述者"也若即若离,既苦于其中又腾挪其上。苦于其中,痛苦显得鲜活,腾挪其上,仿不至于沉滞,保持一点清醒与力量。再比如李广田的《宝光》[3] 所说的是一个"老牧人"向"小孙孙"讲述关于宝光的故事。整个文本专注的是第三人称老牧人作为叙述行为人物的"观察点"发言:在一个满天星斗的夜里,"老牧人"向"小孙孙"指着远处金银峪的深处说,

---

[1] 参见郑明娳《现代散文构成论》,大安出版社2000年版,第113页。
[2] 凌宇:《沈从文散文》,浙江文艺出版社1999年版,第3—5页。
[3] 李广田:《灌木集》,中国青年出版社1995年版,第205—207页。

那里埋藏着宝贝。古年间,每当夜深人静之时,金银峪便发出白光,也就是"宝光",命里有福的人是可以看见的,然而,能够看见的人却极少。据说,古时候,一个有福之人曾经参拜过,他看到了遍地的黄金、珠玉,然而他寻求的并不是珠宝,他对于一切美丽的东西只是赞赏,却并没有一点要据为己有的意思。而越是没有贪占的心理,美丽的东西或宝物,却常常能够被他遇见。"他不贪金银,却能看见宝光。"而来自作者的叙述者视角在文末总结说:自从这一带的人们听说有珠宝,便都不安起来,起了贪心,"他们只想看见宝光,可是他们永不曾看见",并争着到金银峪去发掘,自此以后,那宝光就再也见不到了。显然,文本中受述者"老牧人"的叙述观察角度和作者层面的叙述者角度的观点是一致的,或者说是重合的。"老牧人"实乃作者本人的化身,即二者潜在的合一。文本本身是一个寓言故事(当可认为是寓言体散文),而人为地以二而一、一而二的观察角度叙述之,使寓言的题旨得以彰显,使读者同作者一同思考。"我"与"我"的化身"老牧人"同在讲述一个寓言,这寓意仿若具有了普适性、恒久性、真理性,它不再是"我"个人之观点。

京派散文的这种在"我"之外又有其他"观察点"的叙述,类似于小说又质别于小说。其多变叙述的"观察点"是作者的替身,与作者潜在合一,甚至是叠合的,即使表面看来完全是一种其他人称本身视角的叙述或描写,有时也难以脱却作者的影子,即作者常常得以借叙述者之口进行对事件的后设议论。作者永远都伸着那看不见的手。这对于一般小说除非是后设小说来说是做不到的。小说的作者无法超越叙述者的观点对所叙述的事件进行后设性的讨论和说明。换句话说,京派文人在其散文中永远是"活"的,而不像其小说甚至所有的小说创作那样"作者死了",这也符合散文文体的"真我"本性。它"顽强"保有着散文文体的"主观性",而非小说文体的"客观性"。而京派文人之所以采用这种类于小说又有别于小说的多边叙述的观察点，不是徒以技巧地拨弄，而在丰韵高远的意义。

二 虚拟性"观察点"

京派散文的虚拟性"观察点"，是指在散文的行文中，为了达到叙述的某种目的，凭空虚拟一个受述者的观察角度，而这个虚拟的受述者其实就是作者本人，或者说是作者本人的分形。① 比较有代表性的如沈从文的《狂人书简》②，假拟一个狂病人心态，分别通过《与×》《与萍儿》《与小栗》《给低着头的葵》《给你》《再给你》《给到×大学第一教室绞脑汁的可怜朋友》《给师傅的信》《给我将变老祥的大表哥》九封信，诉说了自己之"心"的永久失落和上面的缕缕创痕，以及对人的憎恶与孤寂；爱的渴望与痴心；爱的失望与自卑；对人事杂糅着神性之爱的幻想，对世俗、势利、金钱之"人"的爱的无奈；对这个依赖着与同类抢夺来维持生存的不公道世界的咒语；对那些臣服一切权威的老实、懦弱、无生活力的、努力人格的摒弃；等等。这个虚拟的"狂病人"就是作者自己，以虚拟的狂病人心态来观察和叙述，更能显示出对这个不公道社会的厌弃，以及自我内心痛苦的生命体验。社会让"我"发狂，发狂竟而呓语，但呓语又于事无补。而此系列的次文本中的"×""萍儿""小栗""葵""你""×大学第一教室绞尽脑汁的可怜朋友""师傅""大表哥"等，其实也都是作者虚拟的受话对象，而通过对这些虚拟的疯狂病受话者，且是不同的受话者进行授说，反映了作者拟憎社会的方方面面。梁遇春的《寄给一个失恋人的信（一）》③ 和《寄给

---

① 参见郑明娳《现代散文构成论》，大安出版社2000年版，第117页。
② 凌宇：《沈从文散文》，浙江文艺出版社1999年版，第21—31页。
③ 梁遇春：《毋忘草》，京华出版社2006年版，第6—10页。

一个失恋人的信（二）》[1]也都是假托的。文本假托写信者"驭聪"向受信者"秋心"倾诉自己内心的生命体验。实际上，"秋心"和"驭聪"都是梁遇春本人的名字。文本以虚拟的"驭聪"的口吻回应和劝慰失恋的"秋心"：你把失败的情史告诉我，说明你爱我信我；你过去的殷勤情谊对比现在天天碰着的人的冷酷，让我留恋；要体味"过去"对于"人生"的意义，不要把"过去"只看作"现在"的工具，"过去"是个"美术化"的东西，因与"现在"拉开了距离而产生一种缥缈不实之美。对于含有忧郁性质的人来说，"过去"更重要，没有"过去"就好像没在世间活过一样，而失恋所丢失的只是一小部分现在的爱情，"过去"的爱永远存在时间的宝库中，要学会享受其美；失恋总还是浪漫的，由情人变成了路人，但总比那种"夫妇间肺病般"的失恋要痛快得多；"你"总不算不幸；并说，自己也失恋了，自己的失恋是无声的呜咽；"你"信有春花秋谢之感，"我"则赞美青春如流水般地逝去，就因青春的短暂及易逝，方能觉得青春的可贵，"因此也更想能够在这一去不返的瞬间里得到无穷的快乐"；"青春时节有朝气，青春的美大部分就存在着这种努力享乐惟恐不及生命力的跳跃"；人生最怕的就是"得意"，"得意"能使人精神松懈，万事废弛，"青春之所以可爱也就在它给少年以希望，赠老年以惆怅……希望的妙处全包含在它始终是希望这样事里面"；等等。文本中的"驭聪"在回应和劝慰"秋心"的回信中甚至还用到了超现实手法。虚拟一封来信，后面再加按语，并以两个作者分形了的"驭聪"和"秋心"进行回应，既可将一件事情的正反两面都写出来，又避免了辩说体可能带来的枯燥。而且，比起对话体，文情从容不迫，有娓娓清谈之致。无对话体的针锋相对，而是充满了闲逸。两个虚拟的"我"易于把万千感触自然平实地全然道来。再比如李广田的《雾·雾中》[2]写

---

[1] 梁遇春：《毋忘草》，京华出版社2006年版，第55—58页。
[2] 李广田：《灌木集》，中国青年出版社1995年版，第155—158页。

雾中看雾：雾笼罩了一切，却罩不住"我们"，因"我们"周身是"光"。因雾的滋润，以及"我们"的"光"的照耀，雾中的红石竹花开得更艳，"我们"往前走，"光"则随着来，苍翠的树木，碧绿的杂草，在"我们"的"光"中含笑舞踊，草木为"我们"而惊醒，山花为"我们"而开放，还有流泉雾中唱……并说：在这重雾所充塞的天地之间，凡有"我们"同类所在的地方，每双眼睛的前面都有一个"光"的圈子，他们都在私心里说道："我们是幸福的，我们在暗雾中得到光明。"而且，就连那"引吭高歌的雄鸡"，就连那"雾中穿行的山鸟"，它们都各欢喜它们所独有的"光"啊。也许并没有雾，因为，就连那苍翠的松柏，那碧绿的杂草，那开得鲜艳的红石竹花，它们也各有它们的"光"呢！文中的"我们"实乃作者"我"的幻化，"我们"在雾中的感觉就是"我"的感觉，而文本以虚拟的"我们"之感觉代替"我"的感觉，意在强调"我"的泛化，"我""你"和"他"，甚至一切，都有其独有的"光"啊！而这"光"实际乃指"人"进雾退的"能见度"，仿若"光"随着"我们"在移动。作者正是通过"我们"的观察点把"我"的感觉扩大化了，扩大到了一切。个体之"我"因虚拟的"我们"，使得作者的情感具有了广延性与互动性。

京派散文虚拟的"观察点"，使"我"的感觉、观点、思想、认识通过虚拟的、分形的"我"来叙述观察，"我"成了"我自己"转述"我自己"的观察者。"我"既被"我自己"审视，也被读者审视，同时也通过虚拟的"我"内省，"我"既外审"我"，"人"视"我"，"我"也视"我"。"我"对"我"的省察通过虚拟之"我"的审视而达成，通体透明。

三 错位性"观察点"

错位性观察点，是指京派散文的一种文本错位叙述者的观察点。而所谓错位叙述者,即故事的经历者是过去的"我",故事的叙述者是现在的"我",而现在的"我"在叙述过去的"我"的故事时,不自觉地或有意地置身在过去的"我"的场景中,完全以过去的"我"的口吻在叙述,但这个所谓的过去的"我"的叙述已不自觉地融入了现在的"我"的影子,形成了一个潜错位。[1] 京派散文表现最多的错位性"观察点"往往是错位的童年或乡下人观察点。如李广田《回声》[2] 中过去的"我"和现在的"我"同时出现。文本的前半部分开门见山,完全以过去的带有孩子气的"我"的口吻叙述自己喜欢到外祖母家听那自然的"琴声":黄河西来东流,经外祖屋后,河堤即琴。"堤身即琴身。堤上的电杆木就是琴柱,电杆木上的电线就是琴弦了。"有风即鸣,这风吹"电线"发出的声响即是作者童年的"琴声"。琴声成为"我"遐想的序曲。接着,现在的"我"出现,并说:这些往事大已忘却。为有时不能到外祖家听"琴"而寂寞。接着又以现在的"我"的口吻叙述已故外祖母的慈心:想着法子使"我"快乐。讲故事,唱歌谣,做玩具,特别是把一个小瓶子悬在风中叫我听"琴"……那时的外祖母不厌其烦地为"我"做着各种事情。最后叙述道:"现在我每逢走过电杆木,听见电杆木发出嗡嗡声时,就很自然地想起这些。现在外祖家已经衰落不堪,只剩下孤儿寡妇,一个舅母和一个表弟,在赤贫中过困苦日子,我的老祖父和祖母也都去世多年了。"[3] 文本以错位的两个"我"的第一人称,通过梦境、印象式等超现实主义的描写手法展开对童年的抒写。童年之"我"的叙述,意在极言童年清苦的欢欣,仿若梦里重温。成年之"我"的回味,似在提醒那仅是过往的残梦。废名散文视角的模式与其看成全知的第三人称视角,倒不如看作作者本人错位的童年视角。他笔下的小林、琴子、

---

[1] 参见郑明娳《现代散文构成论》,大安出版社2000年版,第118页。
[2] 李广田:《荷叶伞》,华夏出版社1997年版,第157—161页。
[3] 李广田:《荷叶伞》,华夏出版社1997年版,第161页。

细竹等第三人称的乡间小儿女们,显然都具有成人化的表现,都对人生与生命有着超越实际年龄的,成人化的参悟和理解,这显然是作者本人的禅悟。但在文本中,废名又的确是在用这些乡间小儿女们明澈清亮的眼光观察着外物及人事的一切。

京派文人采用这种错位的童年"观察点",意在表达诸多复杂而矛盾的情愫。文本之童年是过去故事的经历者,作者在借助童年视角进行观察的同时,现在的"我"已潜入文本中过去的童年"观察点"中。况且,过去童年的各种记忆,亦是后来对它的修改,以现在之"我"顽强地回归过去的"我"中,现在之"我"的生命体验必然渗透其中,无论自觉与否,过去童年往事的叙述必罩以现在之"我"的主观修饰,或者说是虚构的。诚然,儿童的天真是自然天性的表现,是不需要多少特别的努力即可达到的。而现在之"我"已经经历了诸多社会的洗礼与世俗的"污染"。以错位的童年"观察点"展开叙述,实际等于京派文人努力向自然天性的人为的回归,即美国人本主义心理学家马斯洛所谓高一级的"第二次天真"。京派散文二度天真的"观察点",其实寄托了京派文人对现在之"我"与现在之"我"周围一切的不满,这种对过去的"回望"本质上包含着对未来的期望抑或幻想。在现实的困扰和忧惧无法摆脱时,京派文人以此自觉或不自觉的错位童年"观察点",回望过去,重温遥远的乐园情景。这是散文文本的一种策略,也是京派文人转移困境心理的策略。童年记忆或童年幻归成为京派文人缓解都市失望情绪的一剂良药。其童年经验的每一粒星火,似乎都成了燎原之势的想象。

错位性"乡下人""观察点"比较隐蔽,因为在行文过程中,始终都是"我"的叙述,只是在情感态度与价值取向上有意或无意地形成了一个潜在置换。也许有人未必认可这种说法,但若仔细咂摸却别有意味,仿佛又的确如此。我们知道,京派文人很多都一再强调自己是个"乡下人"。但进城后身份的变化,以及生活方式、思想观念、价值观念的变化，还有随着现代意识和现代知识等各方面的滋养，京派文人已经不是传统意义上的"乡下人"，而是具有了现代意识观念的现代"乡下人"。不过，在行文中，京派文人为了表明自己与都市文明的对抗或抵牾，往往故意表现出独特的，甚至有违自我心理现实的个人性、私人性的，本然的乡下人"观察点"，人为地拉开与城市人、事的距离，甚至到了偏执的程度。这种私人性、个人性、人为性的，甚至故意性的观察角度与作者本人形成了一个潜在置换，或者说潜在错位。其显在的区分标志就是文本透露出的，带有武断色彩的，汪洋恣肆以适己的"乡下人"的价值标准。最具代表性的莫过于沈从文，他在《一个戴水獭皮帽子的朋友》[1]中以"我"之观察角度记述了一个懂人情、有趣味的朋友：他风流不羁（但沈从文并未这样认为），"当他二十五岁左右时，大约就有过一百个女人净白的胸膛被他亲近过"；"爱玩字画爱说野话"；"言语行为皆粗中有细，且带点儿妩媚"；喜欢打架；读书不多，但善于用书；为人性情随和却不马虎；讲义气，守信用；等等。就这样一个人，在"我"的眼里，真是个"妙人"，一个活鲜鲜的人。在"我"的观察和评判下，这个"朋友"就是一个完美的，充满朝气的，有血性的人。其身上的风流不羁、好打架等无论如何也很难算作优点的个性，在"我"的评判下，也是可爱的。这显然带有些许"乡下人"的武断性。文中之"我"当可视为当下之"我"的潜在置换或错位。作者力图回归"乡下人"之本我，而回归的意图，实乃当下之"我"借助文中之"我"所表达的对都市文明人的对抗，甚或是偏执的反抗。沈从文终其一生不喜欢现代化的上海，似乎多少说明了其"乡土"之根的"积习"。不过，话又说回来，现代性的、当下的沈从文心底里难道真会完全苟同"朋友"身上的一切个性特征吗？在笔者看来未必尽然！错位性

---

[1] 凌宇：《沈从文散文》，浙江文艺出版社1999年版，第289—293页。

"乡下人""观察点",有不自觉的成分在内。作为进城的"乡下人",乡村的一切文明,哪怕带有藏污纳垢的民间文明,也可能会成为其面对都市感到失落时回归的精神堡垒,因为那里有熟悉的"温情"与童年的记忆,是生命之根的温暖。

四 潜在性"观察点"

作者隐匿,全知观点叙述,却又无处不在。[①] 如李广田的《银狐》[②],文本采用全知观察点叙述一对老年夫妇——孟先生和孟太太的故事。他们以画画为生,和谐度日;生活讲究,爱洁净;日常生活,大小事情均有固定日期。在感情上,也仿佛有一种节奏:互相体贴、爱护,处处如有一种自然尺寸,能够恰到好处……看似全知、客观叙述,但其实在叙述之中,作者之"我"隐然其间,让读者始终能够感觉到叙述的背后站着作者,但显然又不同于一般小说的全知观点叙述特征。如文本的中段写到孟先生作画的时候喜欢闭起窗子,当院里有人走动时必探头张望,且把老花眼镜推到额上,如同人脸上有了四只眼。加之,屋里黑,益显其脸色的白,看那直视无语的样子,"令人想起一只银狐"。文本的末尾写到孟先生夫妇夜晚乘凉的时候,沉默无言,黑暗中的两张白脸、蒲扇,使人觉得气息可怕,"象两个银狐修炼"。题名为《银狐》,在此,仿若由全知视点的口吻,跳转回潜在作者"我"的语气来评论,显然是作者自己在释题。

再比如李广田的《谢落》[③],也是以全知"观察点"展开叙述,九十岁的朱老太太,在儿子们都分得一份她辛苦经营的家私后,却无家可归。但在叙述中,作者之"我"借叙述者口吻时或一露风

[①] 郑明娳:《现代散文构成论》,大安出版社2000年版,第117页。
[②] 李广田:《荷叶伞》,华夏出版社1997年版,第100—105页。
[③] 梁遇春:《毋忘草》,京华出版社2006年版,第191—204页。

姿，进行穿插议论。如在述说分家后，她轮转于四个儿子家之间，可以说有四个家，事实上却没有家了之时，文中感慨道："做父亲的将近中年就去世了，做母亲的受了一世辛苦，到头来却落得个无家可归。"[①] 并进一步议论：朱老太太不信命，不吃斋念佛，最信赖自己的良心和天性，然而命运与她相左，"命运吹灭了她烛照一切的两盏明灯"（指眼睛失明），她不能监视什么了。这里显然可以感觉出是潜在作者的议论，在提示文本的意义。再比如文末，叙述了朱老太太失明后，儿子媳妇们渐已分家度日，各不相顾，而她则由四个家庭轮流供养，被人牵来牵去，轮转于四个家庭之间，成了没有家的可怜虫，等到朱老太太将近离开这个世界时，她变得更加奇怪，时常无端地发笑。文中又直接议论道："人们听了她的干笑，就会立刻忘记那是一种声音，而会即时在眼前浮出一种很清楚的意象：那是一棵古老的花树，并且还可以指明那是一棵梨树，那梨树开了满树的白花，开到春尽，好像也并不必经风经雨，一树梨花便自己接连不断地落下来了，当朱老太太呼她的最后一口气时，她还在笑着，那就是一树梨花的最后一瓣。"[②] 这里显然也是作者借叙述者的口吻所发的议论，同样在揭示题旨。

  全知叙述时刻受牵制于潜在作者的"观察"。具有小说文体的客观性，亦具有散文文体"真我"观察的逼真与亲切感。京派散文潜在"观察点"的叙述，保证了作者对文本的非即非离。表面全知，让人感觉到作者未介入故事，以一个局外人的视角作客观叙述，使叙述的内容陌生化、客观化，易于形成叙述的零度介入，突出故事背后的隐忧及冷观，让读者自己思考，保持叙述的原貌。而潜在作者"观察点"的介入，又让人感觉到，其所叙故事的真实可信，不是小说，不是在编故事，保持了散文文体的独立性。同时，又强调了"我"的亲见、亲历、亲感，使得题旨的意义也易于显

[①] 梁遇春：《毋忘草》，京华出版社2006年版，第194页。
[②] 李广田：《荷叶伞》，华夏出版社1997年版，第204页。

豁，让读者明白可视，而读者的思考既独立也非独立。另外，京派散文这种既全知也非全知的潜在"观察点"，似灯影露月。它是一种外审型的"我视人事"，而"我"又是潜藏的混合型观察模式。潜"我"与"全知"存在一种互相制约的张力关系，"全知"为主，潜"我"为副，但全是作者的分形，是一种作者主观的复合"观察点"，两者互补其用。

五 被动性"观察点"

京派散文的被动性"观察点"指作者的隐藏，而隐藏的作者常常借助虚拟的编撰作者、编撰叙述者来提示作品的素材和意义，前者为隐，后者为显。这和潜在性"观察点"，以及双栖性"观察点"都有些类似，所不同的是，潜在性"观察点"在文本中的表现形式实有似无，双栖性"观察点"的"受述者"观察角度是独立的，自主地、潜在游移于"他我"与作者"本我"之间，而被动性"观察点"，则是隐藏作者借助文本的"代言人"即编撰作者、编撰叙述者，来表达自己的观点、看法等，虚拟的"代言人"受潜在作者的支配，是被动的"代言人"，不具有独立性，是显在的，受隐藏作者支配的被动性"观察点"，显在的被动却代表着背后作者的主动。[1] 或者说，是主动的潜在作者借助被动的"代言人"来表达自己。这一理论理解起来似乎有点困难，以下将通过具体的例子来说明。以李广田的《柳叶桃》[2]为例，文本以"我"的口吻叙述"我们"共同经历过的，而"我"却知道事情原委的一个女戏子的故事。"我们"中的"你"没有明确所指，加之，文本不是信件而是散文，"我们"中的"你"可以看作虚拟的受听者"你"，而叙述者"我"显然可以看作文本的编撰作者和编撰叙述

---

[1] 郑明娳：《现代散文构成论》，大安出版社2000年版，第182页。
[2] 李广田：《荷叶伞》，华夏出版社1997年版，第110—116页。

者，而这两者是合一于"我"的。这是十几年前的往事，"我们"其时为一些五颜六色的梦所吸引，过着浪漫的日子。在"我们"租赁的院子的对面，有一衰落富户家中的美丽女人，即女戏子，想儿子想得近乎疯癫，常常把"我们"所租赁院子里的"哥儿"当成自己的儿子。接着叙述十几年后打开了这葫芦，原来，这女子幼贫学戏，二十岁左右小有名气，因此得以与秦姓少年相好，并被接到秦家。在秦家是三姨太的身份，受着二姨太的压制，过着奴隶不如的日子，于是希望为秦姓家养出一个继香火的"小人儿"，后来希望破灭，被迫回家，艰难度日。再后来，种种原因的凑合，秦家又接女戏子回去，回去后更是虐待得厉害，女戏子更想着孩子的梦，终至发疯，以至死去。叙述的过程都是以"我"与"你"交谈的口吻在叙述，然而在文本中间，作者特别以"我"的口气跳出来说道："说到这里，几乎忘记是在对你说话，先检些重要的题外话在这先说，免得回头忘掉。假如你想把这件事编成小说，尚须设法把许多空白填补起来，我所写的仅是个报告。"[①] 在文本的末尾，同样以"我"的口吻这样说道："我烦扰着，仿佛这件事和我发生了关系，我不禁向你问一句：'我们当年那些五颜六色的奇梦，现在究竟变到了什么颜色？'"[②] 文本中第一人称"我"的限制性观察点的叙述实质为编撰作者的出现，"他"于文本中的特意说明，其用意是在表明此文本是散文而不是小说，是真实事件的报告。文本中的叙述者"我"就是虚拟的编撰作者和编撰叙述者，虚拟的"我"是作者的代言人，受潜在的作者支配，被动地代替作者言说。

再比如何其芳的《秋海棠》[③]，文本写的是静夜庭院，凭栏思妇。镜头仿佛一直随着思妇的视角和思绪而移动。文本的开头首先是思妇所处的环境，寂静思妇，垂手低头，孤独的，早秋的蟋蟀尖

---

① 李广田：《荷叶伞》，华夏出版社1997年版，第112—113页。
② 李广田：《荷叶伞》，华夏出版社1997年版，第116页。
③ 何其芳：《画梦录》，文化生活出版社1947年版，第7—9页。

锐，碎圆，带有一点阴湿的声音把夜的静谧进一步强化；其次，"思妇"举起头，画面转到了引起凄凉之感的黄色菊花、鱼缸，以及里面矗立着的假山石庞然的黑影，已辨不出其玲珑的峰穴和上面的普洱草，一派淡淡的夜的哀愁景象；再次，"思妇"更偏起头仰望，画面则变为了"晴泰蓝的天空"给高耸的梧桐勾绘出团圆的大叶，"金色的小舟似的新月"泊在疏朗的枝丫间，还有那"粒粒星"，像是从天使的手间洒下来的白色的小花朵，在闪跳，银河斜歇地横着，一派冷的清芬景象；复次，画面转回到了"思妇"自身，"她素白的手抚上石阑干"，阶下，"一片梧叶悄然下堕"，"思妇"肩头耸动，用手梦幻般地抚上鬓发，大颗泪珠"从眼里滑到美丽的睫毛尖，凝成玲珑的粒，圆的光亮"，"不可重拾的坠下"，这是一个特写镜头；最后，秋海棠的特写镜头"两瓣圆圆的鼓着如玫瑰颊间的酒涡，两瓣长长的伸张着如羡慕昆虫们飞游的翅，叶面是绿色的，叶背是红的，附生着茸茸的浅毛，朱色茎斜斜的从石阑干的础下擎出，如同擎出一个古代的甜美的故事"[①]。

整个《画梦录》写的都是作者本人爱与孤独的重奏。而《秋海棠》中，随着"思妇"的低首、举头、仰望、低垂等不同视角，画面也随之依次转换，分别从阴湿蟋蟀、凄凉菊花、冰样天空等写出其寂寞哀愁之状之心绪，实可以看作作者本人的化身，寂寞"思妇"的视角亦可以看作作者"我"支配下的"观察点"。

观察点的"多"离不开背后的作者"真我"性情的"一"，"一"能够贯穿和统帅"多"，是"一"主宰下的多样性，多样的观察点其实质都是作者"我"的变形或变身，多元化或杂糅化的观察点体现出作者强烈的主体意识，是作者"真我"变着法子作多样的观察与审视。

---

① 何其芳：《画梦录》，文化生活出版社1947年版，第7—9页。

多种"观察点"的运用,体现了京派散文视角的流动性、多样性与丰富性。这里有全知、客观,有限制也有反限制,有主观察点也有副观察点,有内观察点也有外观察点,有动态也有静态,有定点也有非定点,多样性、变动性、流动性的观察点,易于传神、虚实兼备地描写所要叙述的物与事,使得京派散文多有着意念、意趣、意态、写意之神韵及多种意义的召唤结构,可以发现许多不同的新的意义,除却不少先在的偏见。[1]

附录　本讲精读篇

导读语

为了寻求散文文体尽可能地表现作者情理的奥妙,以沈从文、李广田、梁遇春等为代表的京派文人非常重视"观察点"的多元运用。多元"观察点"的运用,突破了传统散文全知全能的单一视角。京派散文文体的成熟,其独特"观察点"的运用是一个重要因素。精读下列选文,体会京派散文的"视角"("观察点")及其他。

梁遇春:《寄给一个失恋人的信(一)》《寄给一个失恋人的信(二)》

何其芳:《秋海棠》

李广田:《雾》《蛛网》《雾中》《晴光》《宝光》《回声》《银狐》《谢落》

沈从文:《一封未曾付邮的信》

---

[1] 吴福辉:《梁遇春散文全编·前言》,浙江文艺出版社1992年版,第1页。

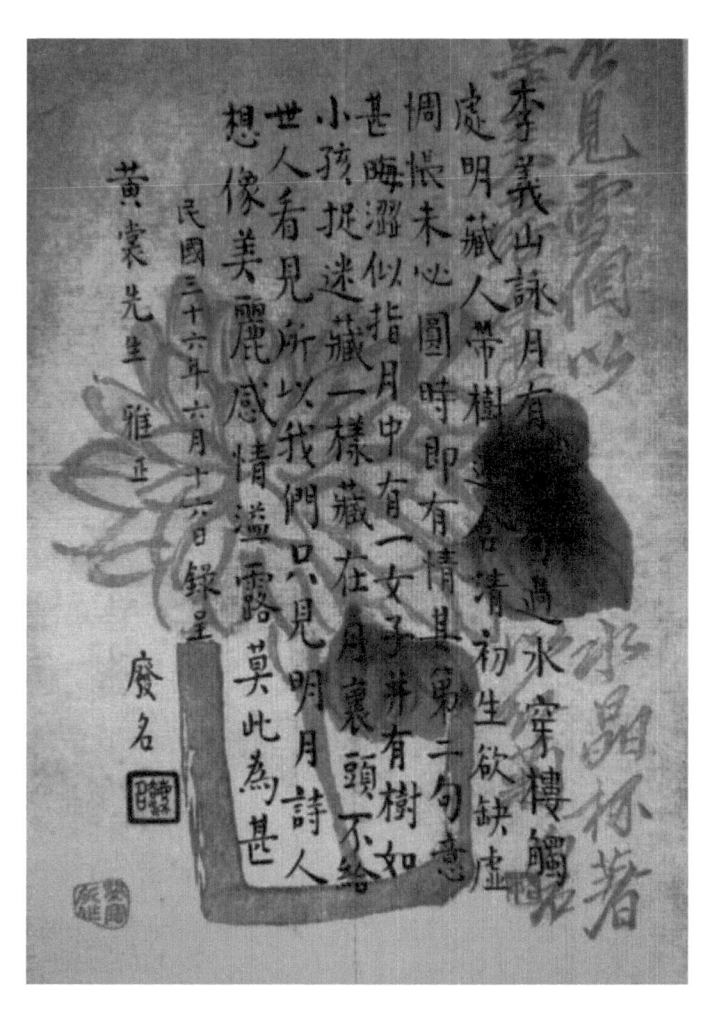

图 3-1 废名手迹

第 四 讲

京派散文的语言形象

在现代汉语界，语言（language）被具体而微地分为"语言"（language 语言系统或代码）、"言语"（parole 个人的说话或信息）和"话语"（discourse，单个说话者的连续的信息传递或具有相当完整单位的本文）等。海德格尔说语言是人的存在之域。[①] 而文学的语言则不仅具有言语或话语组织的本来之意，而且还包括独特的文体及各种修辞的手段。"形象"意指艺术中由符号表意系统所创造出来的能显示事物深层意义之想象的具体可感物。语言形象则是指文学作品的具体话语组织所呈现出的，富有作者独特个性魅力的语言形态，也即如何再现语言的形象问题。京派散文语言形象作为现代"中国语言形象"[②]，在审美表达中，内在且不同程度地再现着中国现代整体性及中国现代艺术性等不同方面，具有传统与现代，审美与文化的多重内涵。

一　反复"抟弄"

京派散文的语言给人的整体感，也即第一感觉是"陌生化"。

[①] 参见［德］马丁·海德格尔《存在与时间》，陈嘉映、王庆节译，商务印书馆2015年版，第203页。

[②] 参见王一川《中国形象诗学》，上海文艺出版社1998年版。

根据俄国形式主义理论,"陌生化"就是在描写一事物时不用指称及识别之方法,而用一种非指称、非识别的仿若首次见到这事物而不得不进行描写的方法。京派散文陌生化的语言就如汪曾祺所谓的"揉面"①,将古今中外、方言土语及不规范的言语和自造词放在一起,下笔之前反复拎弄,再化为自己的血肉,铸成作品的筋骨,以炉锤之功或化腐朽为神奇,或点铁成金,或匠心独具,或秀外慧中……一词一句,痛痒相关,互相映带,姿势横生,气韵生动,璀璨夺目,妙趣横生。也就是中国人常讲的"文气"。要之如下:

(一) 古语镶嵌

在京派散文行文中,常见非纯粹的现代汉语方式,时或古今糅合,在保持以现代汉语为基本行文内容的前提下,常于局部镶入古汉语的词汇、词语组合、从句、修辞术语等,巧妙地拎弄与糅合,将其化为自己文章的血肉,形成古今对话之新格局,没有丝毫的生硬拼贴、非驴非马之感。意义丰富,促人联想,言简意赅,半文半白,古色古香,明白无误。如废名的《菱荡》一文中的描写段落:"塔不高,一大枫树高其上,远行人歇脚乘凉于此。于树下,可观菱荡圩。不大,花篮状,但无花,从底绿起。若荞麦或油菜花开之时,便尽是花了。稻田,树林堆成许多球,城里人不能一一说出,村、园,或池塘四周栽了树,树比之圩更来得小,走路是在树林里走了一圈。除陶家村及其对面一小庙。时或听斧斫树响,但不易见。小庙白墙,深藏到晚半天,此地首先没有太阳,深。有人认为是村庙,因其小,城里人有终其身没向陶家村人问过此庙者,也没再见过这么白的墙。"②语言干净,以短句居多,时或以"其""于""之"等文言词汇穿插其间,古雅利落,简洁明快。

李广田的《山水》的行文基本是以现代汉语娓娓述说自己如何

---

① 汪曾祺:《"揉面"——谈语言》,《花溪》1982年第3期。
② 吴福辉编选:《京派小说选》,人民文学出版社1990年版,第122页。

因读"先生"之山水的文章而生平原之子的欣羡、寂寞与悲哀之情，并以一个平原之子的心情诉说多山之地的缺陷和不足，同时想起自己的故乡，以及平原的子孙对一洼水一拳石的喜欢和身处平原之地对远方山水的想象，还述说自己的祖先如何来此平原，又如何改造平原。最后总结说，这是一个大谎，因为是一页历史，简直是一个故事。"那里仍是那么坦坦荡荡，然而也仍是那么平平无奇，依然是村落，树木，五谷，菜畦，古道行人，鞍马驰驱。""我在那块平原上生长起来，在那里过了我的幼年时代，我凭了那一块石头和几处低地，梦想着远方的高山，长水，与大海。"[1] 而中段部分写祖先对平原的改造即大量穿插了大段的古语描述，几近于文言文述说，以己之力，改造天地，"开始一伟大工程……他们凿成了一道大川流……从此以后，我们祖先才可以垂钓，可以泅泳，可以行木桥，可以驾小舟，可以看河上的烟云"。我们的祖先仍是觉得不够好还要在平地上起一座山岳。用一切可以盛土的东西，运村南村北之土于村西，又把那河水引入村南村北的新池，于是一曰南海，一曰北海，山是土的，于是采西山之石，南山之木，进而成为"峰峦秀拔，嘉树成林。年长日久，山中梁木柴薪，均不可胜用，珍禽异兽，亦时来栖止……南海北海，亦自鱼鳖蕃殖，萍藻繁多，夜观渔舟火，日听采莲歌"[2]。大量的文言字词与四字句，读之朗朗上口，古色古香，四平八稳，亦增强了文章的节奏感。

梁遇春的《春雨》在表述自己喜欢春雨、喜欢春阴，以及厌恶晴朗日子的原因时，于基本的现代汉语表述中，也时或有古汉语表达方式，或引用，或化用，读来古雅："我向来厌恶晴朗的日子……阴里四布或者急雨滂沱的时候，就是最沾沾自喜的财主也会感到苦闷，因此也略带了一些人的气味……至于懂得人世哀怨的人们，黯淡的日子可说是他们唯一光荣的时光。穹苍替他们流泪，乌

---

[1] 李广田：《李广田全集》（第一卷），云南人民出版社2010年版，第223页。
[2] 李广田：《李广田全集》（第一卷），云南人民出版社2010年版，第222—223页。

云替他们皱眉,他们觉到四周都是同情的空气……'最难风雨故人来'……'风雨如晦,鸡鸣不已',人类真是只有从悲哀里滚出来才能得到解脱……'山雨欲来风满楼',这很可以象征我们孑立人间,尝尽辛酸,远望来日大难的气概,真好像思乡的客子拍着阑干,看到郭外的牛羊,想起故里的田园,怀念着宿草新坟里当年的竹马之交,泪眼里仿佛模糊辨出龙钟的老父蹒跚走着,或者只瞧见几根靠在破壁上的拐杖的影子……临风的征人……无论是风雨横来,无论是澄江一练,始终好像惦记着一个花一般的家乡,那可说就是生平理想的结晶,蕴在心头的诗情,也就是明哲保身的最后堡垒了……'小楼一夜听风雨'……喜欢冥想春雨,也许因为我对于自己的愁绪很有顾惜爱抚的意思;我常常把陶诗改过来,向自己说道:'衣沾不足惜,但愿恨无违。'"[1]

(二) 融外化生

京派文人通晓古今、博贯中西,在语言操作中,常常会不自觉地移植现代主义甚至后现代主义的外语词汇、词语甚至句法巧妙地为我所用,将文言、现代口语、西化语完美融合。典型的如林徽因的《蛛丝和梅花》中写道:"同蛛丝一样的细弱,和不必需,思想开始抛引出去:由过去牵到将来,意识的,非意识的,由门框梅花牵出宇宙,浮云沧波踪迹不定。是人生,艺术,还是哲学,你也无暇计较,你不能制止你情绪的充溢,思想的驰骋,蛛丝梅花竟然是瞬息可以千里……就在这里,忽记起梅花。一枝两枝,老枝细枝,横着,虬着,描着影子,喷着细香;太阳淡淡金色地铺在地板上;四壁琳琅,书架上的书和书签都像在发出言语……你敛住气,简直不敢喘息,巅起脚,细小的身形嵌在书房中间,看残照当窗,花影摇曳,你像失落了什么,有点迷惘。又像'怪东风着意相寻'有点

---

[1] 原载1932年11月1日《新月》第4卷第5号,署秋心遗稿。

儿没主意！浪漫，极端的浪漫。'飞花满地谁为扫？'你问，情绪风似地吹动，卷过，停留在惜花上面。再加减看看，花依旧嫣然不语。"① 古典秀丽，妙笔生花，中西合璧，"色味俱全"，给人一种浪漫而迷离的感觉。

（三）以俗现美

京派文人多来自乡间，乡间日常生活习用的语言及内在的语言精神，也常常成其为散文语言的"妆饰"和内在的神韵。代表性的如萧乾，他常常在散文中使用一些汉语区大致都能懂的北京地方话，即所谓的"蓝青官话"，同时把北京乡土文化特有的"雅"的幽默情趣浸润其间，使得语言鲜活、风趣、精辟、深刻，雅俗共赏。譬如《过路人》（1934年5月）写自己一次坐船的经历：天刚亮，船进港，"我读到巍峨建筑上的字了：洋行，洋行，横滨的，纽约的，世界各地机警的商人全钻到这儿来了"。"好一条爬满了虱子的炕！"② 精彩比喻的背后隐藏着幽默。严肃之事以诙谐、滑稽的用语喻之，使人在会心的微笑中获得雅化的情绪体验。同一文本中还有："汽车多啊，多得像家乡池塘雨后的蜻蜓。费了老大气力提炼成的汽油全在马路上变成一阵臭烟了。那烟还得通过人们的五脏。"③ 雍容之事以嘲弄、揶揄的语调写，丰富了语言的表现力，让人产生一种会心的微笑。林徽因的散文同样有着北京特有的"雅"的幽默意味。如《窗子以外》中，写两个妇人与伙计争秤，"必是非同小可，性命交关的货物"，"必定感到重大的痛苦"；写坐车过站的老太太挟着行李，"是在用尽她的全副本领的"；写她突闻村落之人为明庆王的后人，"这下子文章就长了""这样一来你就有点

---

① 林徽因：《蛛丝和梅花》，《大公报·文艺副刊》第86期，1936年2月2日。
② 萧乾：《萧乾全集》（第四卷），湖北人民出版社2005年版，第7页。
③ 萧乾：《萧乾全集》（第四卷），湖北人民出版社2005年版，第9页。

心跳了"①，平常之事以严肃、夸张的口吻写之，使语言本身蕴含着冲突，溢出了文字本身的语义。"雅"的幽默背后深隐的是深刻的文化知识基础，是无足轻重的东西中蕴含的深刻的意义和精神的闪光。沈从文的语言整体上皆为湘西水上人的语言。此种语言虽来自乡民，但已"面目全非"，它抛却了乡民口语中的那种缘于种种原因及基本精神而与全民族语言结构不相符合的如偶然、临时、非巩固、含糊及发音不正等的部分。如"我一个人坐在灌满冷气的小小船舱中"的"灌"字（《箱子岩》）②，"把鞋脱了还不即睡，便镶到水手身旁去看牌"的"镶"字（《鸭窠围的夜》）③等，真实、质朴、形象，富有动人的生活情趣，以俗现美。沈从文的文学语言整体上格调古朴，句式简峭、主干凸显，单纯而又厚实，朴讷而又传神，具有浓郁的地方色彩，凸显出乡村人性特有的风韵与神采。

京派散文还常常以词类的活用等违反常规之手法使语言产生陌生化的效果，如废名的《沙滩》中写道："草更不用说除了踏出来的路只见它在那里绿。"④其中的"绿"字，以及沈从文的《湘行书简·过新田湾》中"我好像智慧了许多，温柔了许多"⑤这一句中的"智慧"一词，即为形容词活用为动词的形式。

二 譬喻奇警

京派散文有着浓浓的"诗质"。其实，京派文人很多就是诗人，而诗人说话没有不用比喻的。这在一定程度上决定了"比喻"成为京派散文一个显著的文体特征。京派散文的比喻精当贴切，垂手天

---

① 林徽因：《窗子以外》，《大公报·文艺副刊》第99期，1934年9月5日。
② 沈从文：《沈从文全集》（第十一卷），北岳文艺出版社2002年版，第282页。
③ 沈从文：《沈从文全集》（第十一卷），北岳文艺出版社2002年版，第247页。
④ 废名著，冯健男编：《废名散文选集》，百花文艺出版社2004年版，第20页。
⑤ 沈从文：《沈从文全集》（第十一卷），北岳文艺出版社2002年版，第213页。

成，自然奇警。温而雅，皎而朗，譬喻引类，幻拟心理，能量无比，着眼环境，揭示本质。

如何其芳的《墓》中写道："快下山的夕阳如温暖的红色的唇。""夕阳"喻示着美好和短暂，"红色的唇"代表着温暖的爱情，把"夕阳"比喻成"温暖的红色的唇"，易于产生对爱的怅惘与失去爱的凄惶、失落、哀悼之情。"他们散步到黄昏的深处，散步夜的阴影里。夜是怎样一个荒唐的紫语的梦啊。"以"荒唐的紫语的梦"比喻"夜"，充分感觉化了，"荒唐"一词是"我"的感觉，是"我"抚今追昔，痛定思痛，哀婉凄切等情感的外化，以"紫语的梦"极言过去美好时日的苍凉、幽暗、遥远、空幻。"夕阳如一枝残忍的笔在溪边描出雪麟的影子，孤独的，瘦长的。"① 把"夕阳"比喻成"残忍的笔"，情感化，形象化，"夕阳"本身就容易让人产生一种苍凉、忧郁、孤独、寂寥的感觉，再施之于"残忍"一词，更进一步突出雪麟的孤独与忧郁。《秋海棠》中写道："庭院是静静的。仿佛听得见夜是怎样从有蛛网的檐角滑下，落在花砌间纤长的飘带似的兰叶上，微微的颤悸，如刚栖定的蜻蜓的翅，最后静止了。夜遂做成了一湖澄净的柔波，停潴在庭院里，波面浮泛着青色的幽辉。"② 把无可言之静夜动态化、形象化，先细致描述"夜"从檐角滑下，落于兰叶之上，这分明是观察者主体的内心感觉，突出了主体的静、思、寂寥、孤独，同时把"夜"又写活了，可感、可触、可观，这其实都是主体的思绪在动。"夜"如蜻蜓的翅膀、一湖澄净的柔波，又是极言"夜"的静谧、美妙，但这一切都是在突出主体的幽孤，对"夜"的比喻其实也是对思妇主体的形容。"夜的颜色，海上的水雾一样的，香炉里氤氲的烟一样的颜色，似尚未染上她沉思的领域，她仍垂手低头的，没有动。但，一缕银的声音从阶角漏出来，尖锐，碎圆，带着一点阴湿，仿佛从

---

① 何其芳：《何其芳全集》（第一卷），河北人民出版社2000年版，第75—81页。
② 何其芳：《何其芳全集》（第一卷），河北人民出版社2000年版，第82页。

石砌的小穴里用力的挤出，珍珠似的滚在饱和着水泽的绿苔上，而又露似的消失了。没有继续，没有赓和。孤独的早秋的蟋蟀啊。"①这里把蟋蟀的声音比喻成"银的声音"，然后再以"尖锐""碎圆"等充分物质化的形容词述之，以用力地"挤"出，珍珠似的"滚"在饱和着水泽的绿苔上……其实，把蟋蟀声音的强化、物质化，意在凸显思妇主体孤独感觉的强化、物质化。"这初秋之夜如一袭藕花色的蝉翼一样的纱衫，飘起淡淡的哀愁。"②把虚空之"夜"比喻成可触可感的蝉翼样的纱衫，"夜"成了实体化、美妙化了的感情载体。"她素白的手抚上了石阑干。一缕寒冷如纤细的褐色的小蛇从她指尖直爬入心的深处，徐徐的纡旋地蜷伏成一环，尖瘦的尾如因得到温暖的休憩所而翘颤。"③把寒冷的感觉比喻成褐色的小蛇，陌生化、物质化、恐怖化、形象化，重情感的相似性。"就在这铺满了绿苔，不见砌痕的阶下，秋海棠茁长出来了。两瓣圆圆地鼓着如玫瑰颊间的酒涡，两瓣长长地伸张着如羡慕昆虫们飞游的翅，叶面是绿的，叶背是红的，附生着茸茸的浅毛，朱色的茎斜斜地从石阑干的础下擎出，如同擎出一个古代的甜美的故事"④，想象化、感觉化、联想化、引申化的比喻，拓宽了理解空间，丰满，圆润，温厚，蕴藉。《雨前》中写道："一点雨声的幽凉滴到我憔悴的梦。"⑤ 自然界的雨声赋予拟人化、情感化的幽凉，自我的玄想比之为梦，颇渲染出一种迷离恍惚、凄切、怅惘之感。《迟暮的花》中写道："在你的眼睛里我找到了童年的梦，如在秋天的园子里找到了迟暮的花……"⑥ 情感的牵连，相似性、相关性、陌生化的比喻，把对青春的伤感，对纯洁爱的孤独的呼唤，形象地予以昭示。

---

① 何其芳：《何其芳全集》（第一卷），河北人民出版社2000年版，第82页。
② 何其芳：《何其芳全集》（第一卷），河北人民出版社2000年版，第83页。
③ 何其芳：《何其芳全集》（第一卷），河北人民出版社2000年版，第83页。
④ 何其芳：《何其芳全集》（第一卷），河北人民出版社2000年版，第84页。
⑤ 何其芳：《何其芳全集》（第一卷），河北人民出版社2000年版，第86页。
⑥ 何其芳：《何其芳全集》（第一卷），河北人民出版社2000年版，第222页。

《货郎》中写道:"于这些大宅第,他(指货郎)象一只来点缀荒凉的候鸟,并且一年不止来一次"①,这一烘托性的比喻,恰似那"蝉噪林愈静,鸟鸣山更幽"之功效,更突出和昭示出大宅第的荒凉、古旧与冷清。

萧乾的《小树叶》(1934年秋)中写"舍监"的"视线""有如一双鱼叉似地在房里女孩们的身上戳来戳去"。既写出了"眼光"的锐利,也写出了"舍监"的严厉泼辣,同时,也衬托出了学校放假却不能回家的几个女孩子好像"长在一枝桠上的几片小树叶",脱离了树干,在暴风雨中挣扎的状态。

汪曾祺的《牙疼》一文中写道:"牙疼若是画出来,一个人头,半边惨绿,半片炽红,头上密布古象牙的细裂纹,从脖子到太阳穴扭动一条斑斓的小蛇,蛇尾开一朵(什么颜色好呢)的大花,牙疼可创为舞,以黑人祭天的音乐伴奏,哀楚欲绝,低抑之中透出狂野无可形容。"②比喻感觉化,感觉物质化、形象化、幽默化,可触可感可思可想,且充满着丰厚的文化想象。师陀的《还乡》中写西方楚先生回乡寻梦却感到失落:"西方楚先生感到一点不同,同时又觉得没有什么两样,也说不出自己心里究竟是什么滋味,那不是哀伤,不是痛苦,不是失望,也不是细碎的纷乱,而是咸水鱼游到淡水里的极轻微的不适。"③把不可言明之情绪以类似化的物象喻之,形象明了,含蓄蕴藉,耐人回味。

比喻是语言艺术中的艺术,具有一种奇特的力量。比喻的奇警也似拉开情感的距离或"节制","距离"产生"美"与敬意,并因此抵达诗性的"含蓄"。多彩的比喻,使京派散文诗情蕴藉,回味无穷,其也成为京派散文文体的一个显在标识。

---

① 何其芳:《何其芳全集》(第一卷),河北人民出版社2000年版,第121页。
② 汪曾祺:《牙疼》,《文学杂志》第2卷第4期,1947年9月。
③ 原载1937年5月15日《文丛》第1卷第3期,署名芦焚。

三 行文似绘

京派散文行文似绘，绘画中的各种技巧及艺术，比如空间艺术，皴染烘托及映照生辉的主次艺术、白描艺术、光线艺术，以及色彩的搭配等，很多都被京派文人创造性地移用于散文创作，有着精妙的呈现，从而为"内心深处的意味赋予画面形象"[1]。以沈从文的《桃源与沅州》中对白燕溪的描写为例："沅州上游不远有个白燕溪，小溪谷里生芷草，到如今还随处可见。这种兰科植物生根在悬崖罅隙间，或蔓延到松树枝桠上，长叶飘拂，花朵下垂成一长串，风致楚楚。花叶形体较建兰柔和，香味较建兰淡远。游白燕溪的可坐小船去，船上人若伸手可及，多随意伸手摘花，顷刻就成一束。若崖石过高，还可以用竹篙将花打下，尽它堕入清溪洄流里，再用手去溪里把花捞起。除了兰芷以外，还有不少香草香花，在溪边崖下繁殖。那种黛色无际的崖石，那种一丛丛幽香眩目的奇葩，那种小小洄漩的溪流，合成一个不可言说迷人心目的圣境！"[2] 整个白燕溪在作者笔下就似一幅中国水墨画。画面的中心和显要位置是芷草，长叶飘拂，形象楚楚动人。芷草的周围则饰以多样的香草香花，为衬托宾者地位，描写也较芷草更渺茫不清。芷草及各种香花香草的背景则是高的黛色悬崖，下配以清淡的小船及船中人伸手摘花，用竹篙打花，清流里捞花等。整幅画面，有主有次，多少、藏露、浓淡合宜且相生相应。沈从文散文的画意不仅表现在散文语言的内部，还常常表现在散文的外部，即沈从文还常有不少的配画散文（用自己的画补充说明自己的文）。实际上，沈从文本来就是

---

[1] ［德］恩斯特·卡西尔：《人论》，甘阳译，上海译文出版社1985年版，第196页。
[2] 沈从文：《沈从文全集》（第十一卷），北岳文艺出版社2002年版，第238页。

"极懂得画的"①。

再比如废名于《沙滩》一文中对史家庄的描写："站在史家庄的田坂当中望史家庄，史家庄是一个'青'庄。三面都是坝，坝脚下竹林这里一簇，那里一簇。树则沿坝有，屋背后又格外的可以算得是茂林。草更不用说除了踏出来的路只见它在那里绿。站在史家庄的坝上，看史家庄，史家庄被水包住了，而这水并不是一样的宽阔，也并不处处是靠着坝流。每家有一个后门上坝，在这里河流最深，河与坝间一带草地，是最好玩的地方，河岸尽是垂柳。迤西，河渐宽，草地连着沙滩，一架木桥，到王家湾，到老儿铺。"②整幅画面采用的是两个观察点的散点透视，分别从史家庄的田坂当中和史家庄的坝上，远景扫描，而画面的中心是史家庄。通过两个观察点，由近及远依次展开了史家庄周围的画面：坝围以内，处处竹林、茂树、青草等，把史家庄点缀成一个"青"庄。坝围以外，河流、垂柳、木桥等，则把史家庄装扮成一个诗意的水的世界。文本除了精心营构空间艺术外，还化用了唐代王维以来中国绘画惯用的皴染烘托艺术，映照生辉。此一艺术本为画家用水墨或淡彩在物象的外廓渲染补托，使其艺术形象鲜明突出的一种艺术手法。宋代山水画家郭熙在《林泉高致》一书中说："山欲高，尽出之则不高；烟霞锁其腰则高矣。水欲远，尽出之则不远，掩映断其脉则远矣。"③清代画家笪重光在《画筌》中说："山本静，水流则动；石本顽，有树则灵。"④废名写史家庄，不重实写史家庄内部如何如何，而是写它的外围之竹之林之草之水之柳之桥等，通过外围之景，烘托出一个诗意的史家庄。

"白描"，原是中国画技法之一，源于古代的"白画"，指仅用

---

① 黄永玉：《太阳下的风景——沈从文与我》，孙冰编：《沈从文印象》，学林出版社1997年版，第194页。
② 废名著，冯健男编：《废名散文选集》，百花文艺出版社2004年版，第20页。
③ 郭熙著，梁燕注译：《林泉高致》，中州古籍出版社2013年版，第107页。
④ 笪重光著，关和璋译解，薛永年校订：《画筌》，人民美术出版社2018年版，第51页。

墨线勾描物象而不着或少着颜色的技法。在古典小说中,"白描"手法也用来指以最简练的笔墨不加烘托地描绘形象以达到传神的目的。可以说,古代白描语言的基本精神在于以简练笔墨或素淡笔墨描摹事物的本相,意于"神似"而非"形似"。"扫去粉黛,轻毫淡墨","不施丹青而光彩动人"[1]。即鲁迅先生所谓"有真意,去粉饰,少做作,勿卖弄而已"[2]。无中生有、虚中见实、以形写神、以少总多、气韵生动、客观真实、质朴传神等中国古典文化核心的东西是其主要美学形式。

值得注意的是,京派散文语言的"白描"属于现代性的白描,是在现代白话语言整体中限制性地吸收了白描语言的以形写神、以少总多及意境等美学"形式",扬弃了诸如古典宇宙观和美学精神及文化意蕴等的传统的"内容"。京派散文现代性的白描,典型表现在意境的创造上,它已经不似单纯的中国古典文论中,由王昌龄的"心中了见",释皎然的"但见性情,不睹文字",以至刘禹锡的"境生于象外",司空图的"韵外之致""味外之旨"等的,以道、禅之说所揭示的"幽渺以为理,想象以为事,惝恍以为情""得其环中,超以象外"的"意境"说的美学本质,而是带有了现代理性的思考。如沈从文在《湘行书简·夜泊鸭窠围》一文中对鸭窠围的描写,其吸取了古代白描以少总多、临境生情的古典神韵,但显然也趋向于一个分析的体系,超越完全感性和经验的世界,追求一个体验和恒久的真理世界。沈从文在这里所要表达的已不仅仅是湘西那种人与自然和谐融合、与"道"合一的高远境界,同时更多带有了现代的理性思考。沈从文关注的已不是现象本身的意义,即超越了"天人合一"的物我合一的精神境界,开始寻找现象背后的本原和认识论的知识。

---

[1] 朱铸禹编纂:《唐宋画家人名辞典·李公麟》,中国古典艺术出版社1958年版,第104页。

[2] 鲁迅:《作文秘诀》,《鲁迅全集》(第九卷),人民文学出版社1957年版,第474页。

京派散文的线性与非线性叙述的交融也是白描手法现代性表现的重要方面。所谓线性叙述，即是指那种由远及近、自上而下、从大到小、先物后人的讲述方式，是对古代文学叙述方式的概括。线性叙述的内在根据是中国古典宇宙观：人生存于宇宙整体之中，与之同流依存，却又能以开放之心灵及流动之目光作远近、大小、上下、物我间的仰观俯察，感受其生动气韵，并因此发现到人本身所存于其中的宇宙的线性特征，以及人与自然的循环往复、"氤氲化生"的生动画卷与深长韵味。其所蕴含的显然不仅仅是语言的本身，但这种线性叙述却成为中国古典诗、词、小说、绘画的一个重要美学特征，是中国古典文化传统的一个表征。由远及近、自上而下、从大到小、自物到人的线性叙述，表现在语言组织上即是白描，以简洁素朴传神为要。京派散文的白描语言突破了线性叙述的单一限制，是线性与非线性叙述的交融，形成古代语言和现代语言的杂语喧哗格局。

以何其芳的散文《墓》为例，文本的开头对铃铃之墓周围环境的渲染所遵循的大致是线性叙述：初秋的薄暮，翠岩的横屏环拥着草地，高大的柏树，幽冷的清溪，阡陌高下的田亩，黄金稻穗的波浪，柔和的夕阳等，共同组成了一派清幽凄冷的从大到小、自上而下、由远及近的环境。接着叙述了三个相对完整的片段：铃铃十六载寂寞而快乐的成长过程；铃铃的期待与希冀及短暂的生命；雪麟的"独语"。完全是跳跃式的心理写实，并具体采用了印象式、意识流、蒙太奇等现代性手法。

片段1：作者一任意识的流动，诗意叙述了铃铃过去的生命：那"茅檐""泥蜂做窠的木窗""羊儿的角尖"，濯过其手，"回应过她寂寞的捣衣声的池塘"是她过去生活的环境；"她的眼睛、头发、油黑色的皮肤，时或微红的脸颊、双手，照过她影子的溪水会告诉你"[1]；她的善良、和气、谦卑，"亲过她足的山草，被她用死

---

[1] 何其芳：《何其芳全集》（第一卷），河北人民出版社2000年版，第75—76页。

了的蜻蜓宴请过的小蚁"会告诉你;"她会天真地对着一朵刚开的花或照进她小窗的星星寻索一个快乐或悲哀的故事"①。农事忙时,她会给她的父亲送饭到田间;蚕子出卵之际,她会小心地经营着蚕事;她会同母亲一起,收割屋后的麻,绩成圈圈的纱;她有一个祖母传下的小手纺车……她在寂寞的快乐里长大。

片段2:她常常以做梦似的眼睛迷漠地望着天空或是辽远的山外;她有些许的忧愁于眉尖,伤感在心头;她紧握着却又放开手叹一口气地让每一个日子过去,她病了;秋天的丰硕依旧,铃铃却瘦损了。黑暗的手遮到她眼前,无声的灵语吩咐她休息。

片段3是对雪麟的描写:他有铃铃一样郁郁而迷漠的眼神,他是铃铃期待的。雪麟见了铃铃的小墓碑,便踯躅在这儿的每一个黄昏里,猜想着这女郎的身世、性情、喜好。于是一个黄昏里他遇见了这女郎,他向她诉说着外面的世界及美丽的乡土;他给她讲《小女人鱼》的故事,向她诉说着爱的痴迷……

显然,三个片段又分别由更小的片段与所要表达的中心片段串联组接起来,而一个个小的片段基本是作者内心的独白、自由联想、现实与虚构等心理意识内容,这种心理意识突破了时间与空间为序的传统,将过去、现在、未来时序颠倒和空间相互交错、渗透,重视表现式的主体因素对客体的渗透,追求心灵的写实化。同时,心理意识的内容又多是写意的、感觉化的、碎片化的、印象式的内容。

京派散文很重视语言的色彩,但不完全同于绘画中对色彩的运用,有着自己独特的创造。具体表现为:有时为了强调色彩美,往往运用各种色彩涂抹周围一切物象,呈色彩斑斓之韵调。如何其芳的《墓》(1933年)中对初秋的薄暮描写:"翠岩的横屏环拥出旷大的草地,有常绿的柏树作天幕,曲曲的清溪流泻着幽冷。以外是

---

① 何其芳:《何其芳全集》(第一卷),河北人民出版社2000年版,第76页。

碎瓷上的图案似的田亩，阡陌高下的毗着，黄金的稻穗起伏着丰实的波浪，微风传送出成熟的香味。黄昏和晚汐一样淹没了草虫的鸣声，野蜂的翅。快下山的夕阳如柔和的目光，如爱抚的手指从平畴伸过来，从树叶探进来，落在溪边的一个小墓碑上，摩着那白色的碑石，仿佛读出上面镌着的朱字：柳氏小女铃铃之墓。"① 作者将所见到的一切都赋之以颜色，产生油画般的效果。

有时则带上浓烈的个人的情感色彩，作者对色彩的选取与调配有时甚至有绝对的支配权，流露出鲜明的主体情感的痕迹。如何其芳《秋海棠》（1934年）中的一段描写："景泰蓝的天空给高耸的梧桐勾绘出团圆的大叶，新月如一只金色的小舟泊在疏疏的枝桠间。粒粒星，怀疑是白色的小花朵从天使的手指间洒下来，而碎宝石似的凝固的嵌在天空里了。但仍闪跳着，发射着晶莹的光，且从冰样的天空里，它们的清芬无声的霰雪一样飘堕。"② 由于作者所要表达的主观感情是一种忧郁和伤感，故在色彩的选择上也是以冷色调为主的。景泰蓝的天空、金色的新月、白色的小花似的粒粒星……都给人一种苍凉和冰样的感觉，与主体的情思相映衬。沈从文《鸭窠围的夜》中写道："河面上一片红光，古怪声音也就从红光一面掠水而来。原来日里隐藏在大岩石下的一些小渔船在半夜前早已悄悄地下了拦江网，到了半夜，把一个从船头伸出水面的铁兜，盛着熊熊烈火的油柴，一面用木棒槌有节奏地敲着船舷各处漂去。身在水中见了火光而来与受了柝声吃惊四窜的鱼类，便在这种情形中触了网，成为渔人的俘虏……这时节两山只剩一抹深黑，赖天空微明为画出一个轮廓。但在黄昏里看来如一种奇迹似的，却是两岸高处去水已三十丈上下的吊脚楼。这些房子莫不俨然悬挂在半空中，借着黄昏的余光，还可以把这些希奇的楼房形体，看得出个

---

① 何其芳：《何其芳全集》（第一卷），河北人民出版社2000年版，第75页。
② 何其芳：《何其芳全集》（第一卷），河北人民出版社2000年版，第83页。

大略。"① 这里作者的主观感情似乎也在影响着色彩的选择。红色为主色调，油柴的熊熊烈火把整个河面照成红的了，仿佛那古怪声音、木棒槌有节奏地敲着船舷的柝声都变成了充满色彩美的音乐。这一切是那么的朴素、那么的平常，却又那么的丰腴灵动，有着暗示性与音乐性的色彩美。

有时则不直接用红橙黄绿青蓝紫等颜色本身，而是借助形象化的语言，以深浅浓淡等各种不同的语言色调，摹画出更加鲜明强烈的色彩，造成极为状貌传神的艺术效果。这种手法常常为了强调情感的流露。如汪曾祺《花园——茱萸小集二》中所写的花园，就很少写颜色本身，而是写了记忆中菖蒲的味道，以及巴根草、臭芝麻、腥味的虎尾草等各种草给"我"的乐趣；玩垂柳上的天牛、捉蟋蟀、捉蝉、捉蜻蜓、捉土蜂等童年的欢乐；故乡的鸟声及童年养鸟；自己掐花及花给一家人带来的幸福等。作者所要表达的是浓烈的乡情与逝者已矣的伤感。为了表达此生命的体验，则用了各种浓淡深浅的语言色调及形象化的描述，极写童年家中最亮的地方，并强调说："我的脸上若有从童年带来的红色，它的来源是那座花园。"虽未直接写颜色，却能使读者感觉到色彩的韵调。林徽因的《窗子以外》由窗子产生联想，她从窗外四个乡下人的背景谈起，浮想联翩，想到了平原、山峦、麦黍、米粟，由家里的雇工想到了拉车的、卖白菜的、推粪车的、买卖货物的、追电车的，还谈到了坐车坐过站的老太太等，对颜色未着一词，却有五彩斑斓之感。

另外，以形传神、形神毕肖的中国画技法在京派散文也有表现。以形写神，重在一个"形"字，"形"是重点、是基础，无"形"而传"神"则易空洞无物，但一定要抓住能传达人之心灵的那个独特的有意味的"形"，是属于心灵的"这个"的"形"。传神写照的绘画方法在中国由来已久，古代艺术理论史上，东晋著名

---

① 沈从文：《沈从文全集》（第十一卷），北岳文艺出版社2002年版，第247—248页。

画家顾恺之最早提出"以形传神"。相传他画人常数年不点睛,人问其故,他说:"四体妍蚩,本无关于妙处,传神写照,正在阿堵之中。"① 其所强调的即是"眼睛",是属于"形"的"这个",以之传神,则神情活现,神理如画,形具而神生,而不必在"四体妍蚩"等枝上多费笔墨。但写"形"一定要意在传神,传其神,着力于写其心。如林徽因的《窗子以外》中对女人的描写:"女人脸上呈块红色,头发披下了一缕,又用手抓上去。"② 短短一句话,就把女人那种慵懒、闲散、郁闷的神态写活了。

四 "文""乐"交融

京派散文有着很强的节奏感,这种"节奏感"原就属于音乐的,指音乐中交替出现的有规律的强弱、长短的现象,而京派散文的"节奏"是引申了的音乐的节奏。具体表现在声音的节奏、句型的节奏、描写力度的节奏等。节奏艺术的精心营构,亦让京派散文充满了乐感。

(一) 声音的节奏

"每一件文学作品首先是一个声音的系列,从这个声音的系列再生出意义。"③ 此话主要是针对诗歌说的,对散文也同样适合。中国的古典散文,一直都是比较重视散文声音节奏的。韩愈在《答李翊书》里有言:"气盛则言之短长,声之高下,皆宜",清代桐城派古文重视古文的朗诵等,都体现出对散文"声响"的揣摩。前文说过,京派文学理论家朱光潜就曾有专文谈过散文的声音节奏。声

---

① 北京大学哲学系美学教研室编:《中国美学史资料选编》(上册),中华书局1980年版,第175页。
② 林徽因:《窗子以外》,《大公报·文艺副刊》第99期,1934年9月5日。
③ [美]雷·韦勒克、[美]奥·沃伦:《文学理论》,刘象愚等译,生活·读书·新知三联书店1984年版,第166页。

音当与情绪有关,通常意义上说,散文的情韵节奏不讲究押韵,不讲究整齐的句法(当然也不排斥整齐的句法)。然而,有时在散文中插入少量有韵的句子,则能使语言在五音错落中呈现重复与再现,读来铿锵、有韵、斩截、响亮。如闻其声,如见其人。沈从文、何其芳、汪曾祺等的散文语言都具有抑扬顿挫、音节变化、语调流转、优美和谐的节奏艺术。

比如,沈从文的《白河流域几个码头》在叙述自己的游走过程及踪迹的时候多用的是散句,但叙述之中也间有句式整齐、颇有韵味的四字句:"夹河高山,壁立拔峰,竹木青翠,岩石黛黑。水深而清,鱼大如人。"①铿锵有力,且充满着稳定感。这种长短句式参差有致,整齐和不整齐处的和谐统一,产生了一种错综的美。《沅陵的人》中写道:"山后较远处群峰罗列,如屏如障,烟云变幻,颜色积翠堆蓝。早晚相对,令人想象其中必有帝子天神,驾螭乘霓,驰骋其间。绕城长河,每年三四月春水发后,洪江油船颜色鲜明,在摇橹歌呼中,联翩下驶。长方形木筏,数十精壮汉子,各据筏上一角,举桡激水,乘流而下。其中最令人感动处,是小船半渡,游目四周,俨然四周是山,山外重山,一切如画。水深流速,弄船女子,腰腿劲健,胆大心平,危立船头,视若无事。"②也是长短句交错,以及大量的四字句式,呈现出整齐与不整齐的和谐统一。

声音的节奏,使京派散文充满着很浓的音乐性。既有着诸多因排比、对偶的运用而产生的整体美,更有着因句子长短参差、伸缩有致的参差美。

(二) 句型的节奏

好的散文在句型上也有着一定的节奏感。通常动作快,节奏强

---

① 沈从文:《沈从文全集》(第十一卷),北岳文艺出版社2002年版,第362页。
② 沈从文:《沈从文全集》(第十一卷),北岳文艺出版社2002年版,第353—354页。

烈之处，宜用短句；重说理，重抒情，节奏舒缓处，则常常用长句。

以汪曾祺的《风景》系列散文之一的《堂倌》为例，文中说自己对坛子肉不感兴趣的很大原因与那个堂倌有关，堂倌低眉，对客人的下作让人感觉生之悲哀，他很干净，但绝不是自己对干净有兴趣。简单说，他对世界的一切都不感兴趣。这里，作者感情平稳，以长句叙述，节奏比较舒缓。但接下来对堂倌的具体描述中，则有："他不抽烟，也不喝酒！他看到别人笑，别人丧气，他毫无表情。他身子大大的，肩膀阔，可是他透出一种说不出来的疲倦，一种深沉的疲倦。座上客人，花花绿绿，发亮的，闪光的，醉人的香，刺鼻的味，他都无动于衷。他眼睛空漠漠的，不看任何人。他在嘈乱之中来去，他不是走，是移动。他对他的客人，不是恨，也不轻蔑，他讨厌。连讨厌也没有了，好像教许多蚊子围了一夜的人，根本他不大在意了。他让我想起死！……说什么他都是那么一个平平的，不高，不低，不粗，不细，不带感情，不作一点装饰的'唔'"，"我们叫了水饺，他也唔，很久不见，其实没有，他也不说，问他，只说'我对不起你。'说话时脸上一点不走样，眼睛里仍是空漠漠的。我充满了一种莫名其妙的痛苦"[①]。显然，这里以短句居多，节奏强烈，语气急促。

（三）描写力度的节奏

京派散文的语言节奏有时还通过描写的力度来呈现，以使文本力量的发展方向与变化自然地交织起来，形成鲜明的节奏。

仍以李广田的《山水》一文为例。文本的起始，娓娓叙说平原之子因读山水之文而产生的寂寞、悲哀之情，以及对远方山水的想象与神往。行文至此，节奏都比较舒缓。接着述说自己的祖

[①] 汪曾祺：《汪曾祺全集》（第三卷），北京师范大学出版社1998年版，第34—37页。

先如何来此平原，又如何改造平原。以己之力，改造天地，开始一项伟大工程，凿成一道大川流。从此以后，"我们"的祖先才可以垂钓，可以泅泳，可以行木桥，可以驾小舟，可以看河上的烟云。"我们"的祖先仍是觉得不够好还要在平地上起一座山岳。用一切可以盛土的东西，运村南、村北之土于村西，又把那河水引入村南、村北的新池，于是一曰南海，一曰北海，山是土的，于是采西山之石，南山之木，进而成为"峰峦秀拔，嘉树成林。年长日久，山中梁木柴薪，均不可胜用，珍禽异兽，亦时来栖止……南海北海，亦自鱼鳖蕃殖，萍藻繁多，夜观渔舟火，日听采莲歌"。描写的力度增强，节奏开始加快。接下来在文本末尾却总结说："然而我却对你说了一个大谎，因为这是一页历史，简直是一个故事，这故事是永远写在平原之子的记忆里的。……那里仍是那么坦坦荡荡，然而也仍是那么平平无奇，依然是村落，树木，五谷，菜畦，古道行人，鞍马驰驱……我在那块平原上生长起来，在那里过了我的幼年时代，我凭了那一块石头和几处低地，梦想着远方的高山，长水，与大海。"[1] 节奏再度松弛。行文一波三折，以描写的力度控制行文的节奏。

京派散文的语言是一种古今中外狂欢化的语言形态，其"陌生化"的"整体感"，以及奇警的譬喻、似绘的行文、音乐的节奏等，集中体现了传统与现代、中国和西方、审美与文化的多重内涵。它以较为纯熟的现代汉语句式，融合感性与理性，以精英化独白等表现形式，为读者营造了一种感性又思辨、平淡而丰蕴、古典又现代的语言盛宴，让人产生鲜活与无尽的现代性想象。它弥漫着中国固有的神韵，又氤氲着现代性的美感。在一定意义上，京派散文的语言标识了京派散文的艺术高度，是京派散文甚至也是整个中国现代散文艺术的集中体现。或者更直接地说，京派散文的语言是

---

[1] 李广田：《李广田全集》（第一卷），云南人民出版社2010年版，第222—223页。

中国现代散文语言的典范。

附录　本讲精读篇

导入语

京派散文的语言是一种古今中外多种语言资源融会一体的，狂欢化的语言形态，它以较为纯熟的现代汉语句式，融合感性与理性，以精英化独白等表现形式，为读者营造了一种感性又思辨、平淡而丰蕴、古典又现代的语言盛宴。它是古今中外、城市乡间、音乐绘画等各种语言资源的越体融合，让人产生鲜活与无尽的现代性想象。它弥漫着中国固有的神韵，又氤氲着现代性的美感。京派散文的语言是京派散文的艺术标识，是京派散文甚至整个中国现代散文艺术的集中体现。京派散文的语言是中国现代散文语言的典范。精读下列选文，体会京派散文的"语言"特点及其他。

林徽因：《窗子以外》《蛛丝和梅花》

废名：《菱荡》《沙滩》

梁遇春：《春雨》

沈从文：《箱子岩》《桃源与沅州》《白河流域几个码头》《沅陵的人》《一九三四年一月十八》

何其芳：《墓》《雨前》《货郎》

李广田：《山水》

萧乾：《过路人》

汪曾祺：《花园》《风景》

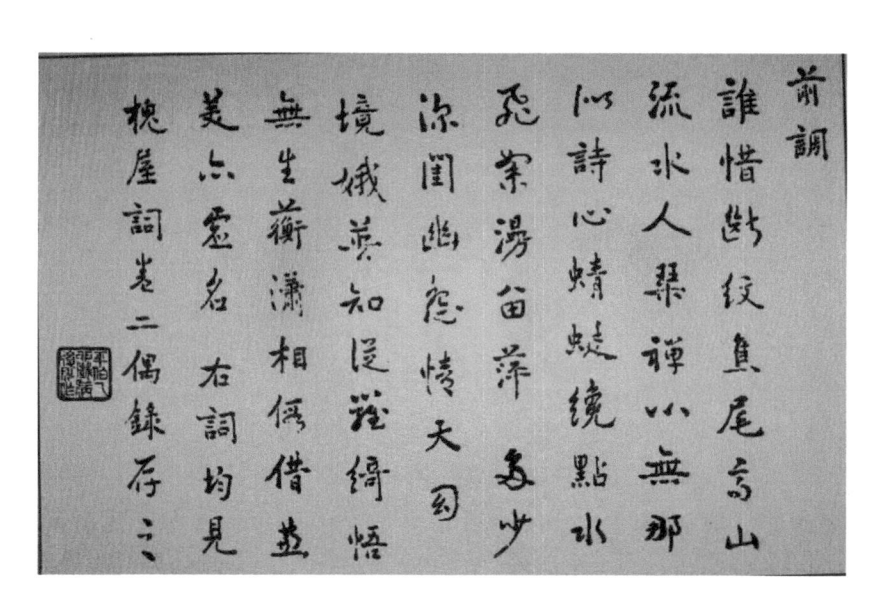

图4-1 俞平伯手迹（《临江仙》"谁惜断纹焦尾"）

第 五 讲

京派散文的"意境""意象"

康·巴乌斯托夫斯基说过:"真正的散文包含着诗意,犹如苹果饱含着汁液一样。"① 实际上,京派散文的诗意更多源于京派散文中大量中西文化意境与多元意象的匠心独运。这种诗性,"如册上之色,水中之味,花中之光,女中之态,虽善说者不能下一语,唯会心者知之"②。它具有一种内在的整体性和综合的美。

一 中西性意境

意境的创造是诗情的熔铸,此乃传统诗文的重要审美特征。《人间词话》里说:"有意境则成高格。"意境追求"得其环中,超以象外""幽渺以为理,想象以为事,惝恍以为情"的韵致。司空图的"韵外之致",刘禹锡的"境生于象外","味外之旨",王昌龄的"心中了见",释皎然的"但见性情,不睹文字"等,都揭示了传统中国的"意境"美学本质。中国古代散文以至20世纪30年代以前的大部分现代散文,对于中国诗学中的"象外之象""言外之意"等意境审美特征的涉及是较为稀少的不经意的自然流露。京

---

① 转引自〔德〕黑格尔《美学》(第一卷),朱光潜译,商务印书馆1981年版,第114页。
② (明)袁宏道:《叙陈正甫〈会心集〉》,陈万益编著:《明清小品:性灵之声》,九州出版社2018年版,第114页。

派散文则判然有别，它是自觉地追求散文意境的熔铸。废名如此说道："自然好比人生的境，中国诗人常把人生的意思寄之于风景，随便看过去好像无非几句闲适的描写，其实包括了半生的顿悟。"[①]京派文人正是将中国旧诗词里的美妙意境引入现代散文创作，写就了情景兼融，真切灵活，清新隽美的小品文字。实际上，散文的构成之本即在于情境。京派文人的思想感情和其所描绘的客观物象之间交融的不同方式，形成了京派散文多姿多彩的不同意境，且有着现代的意味。

（一）即景抒情

京派散文的"即景抒情"因描绘客观物象的不同，而表现不一。这里有着文学创作"即景抒情"一般性的共通特点，更表现出京派散文独特的个性。

第一，因人抒情。通过所写之人物活动的片段及最有特征性的地方，来完成对此人的刻画，其爱憎、好恶皆寓于其中。如沈从文的《一个戴水獭皮帽子的朋友》中所描述的"老朋友"，是一个"懂人情有趣味"的人。文本节略性地叙述了这位朋友人生当中的些许片段及最有特征的地方：他的言语行为粗中有细，且带点儿妩媚，在作者眼里，真是一个妙人；爱玩字画爱说野话，"他那言语比喻丰富处，真像是大河流水永无穷尽"；"当他二十五岁左右时，大约就有过一百个女人净白的胸膛被他亲近过"；"从三岁起就欢喜同人打架，为一点儿小事，不管对面的一个大过了他多少，也一面辱骂一面挥拳打去"。"但人长大到二十岁后，虽在男子面前还常常挥拳比武，在女人面前，却变得异常温柔起来，样子显得很懂事怕事"；"到了三十岁，处世便更谦和了；生平书读得虽不多，却善于用书，在一种近于奇迹的情形中"，"无师自通，写信办公事时，笔

---

① 废名：《悼秋心》，《大公报·文艺副刊》第236期，1932年7月11日。

下都很可观";"为人性情又随和又不马虎,一切看人来,在他认为是好朋友的,掏出心子不算回事";"可是遇着另外一种老想沾他一点儿便宜的人呢,他就完全不同了。——也就因此在一般人中他的毁誉是平分的";有人称他为豪杰,也有人称他为坏蛋。这样一个两种人格杂糅拼合拢来的人,在沈从文眼里,才是一个活鲜鲜的人!一个妙人!李广田的《花鸟舅爷》中所写的"舅爷",家穷却很快乐。他性子懒散,在闲散中自有其享受的生活。"他会以几个小钱的胜负去抹把纸牌。会用极粗俗的腔调唱几支山歌。又会坐在自家门栏上吹弄着什么唢呐。而他在日常生活中最感兴趣、最肯花自己精神的,就是种种花、养养鸟这一类玩意了。"行文当中,欣赏爱悦之情溢于言表。文本既因"舅爷"对诗意人生的追求而充满了无尽温情,亦因其现实生存的艰辛处境而充满了感伤。师陀的散文《老抓传》中的老抓,是一个长工,其身上的特点是性格倔强、顽强:他赌钱但从不欠账;他不信神鬼,不信医生,一脖子死筋与病魔拼命;他一生孤独,但一直默默爱着他年轻时心中的恋人;他是"一个魔鬼的化身,旷野上的老狼……"即使生活有了变化,但他依然热爱自由、爱简洁,性倔强,执着于拼搏的本性。他永远孤独地、但同时也永远年轻地活着。显然,行文当中,作者的欣赏之情漫溢其中,作者所要表现的就是老抓身上闪光的民族性格,意味着师陀对故乡爱得深沉。

第二,即事明意。在一些叙事性散文中,作者对其描述的事件饱含深深的激动之情,其意义、感情大都凝结于事件之中。优秀的散文大多如此。但值得一提的是,京派散文所描述的事件,常常是一种超现实事件,比如梦境、传说、典故、寓言或者象征性的事件等,在这些非现实的事件叙述中彰显自己的情感。如李广田的《马蹄》,写梦里黑夜策骑登山,"霍霍作响"的马蹄声,以及马蹄击着黑色岩石冒出的无数金星让"我"有无尽的快乐并使"我"内心急剧地沸腾。在此一梦境的记叙中礼赞了寻求中的快乐。废名的

《桥·洲》记叙的是一个传说：是年大水，城中人淹死净尽，慈悲观世音以乱石堆成，站于高头，超度无罪过的童男女。见之凄惨景象不觉一滴清泪，滴于一石上，随之长出一棵树于其上，名"千年矮"，至今居民朝拜。是传说，也似真实。写传说，有助写景写情，塔景民情因传说而溢美。当然，此景此情，更隐含着对作者人生的思考，只是被其超脱、稀释、淡化、意象化了，实以典故表境界。李广田的《宝光》所描述的是一个寓言故事。是一个"在满天星斗的夜里"，老牧人向小孙孙所讲的"宝光"的故事：他指着远处"金银峪的深处"，说是埋藏着宝贝。古年间，每到夜深人静之时，金银峪便放出白光，即宝光，有福的人方可见到，然看见的人很少很少。据说，古时一有福之人参拜过，他看到遍地黄金、珠玉，然而他寻求的并不是珠宝，而他寻求什么，说法不一。"他对于一切美丽的东西，只有赞赏，却没有一点据为己有的意思。可是美丽的东西，宝贵的东西，却常常叫他遇见。他不要金银，却能看见宝光……"自从这一带的人们听说有珠宝，便都不安起来，起了贪心，"只想看见宝光，可是他们永不曾看见"，但却争着到"金银峪"去发掘，从此以后，那"宝光"就永不再见了。作者所要表达的意义即在寓言故事中。无须明言，已然明了。萧乾的《脚踏车的哲学》（1934年秋）描述的是一个具有象征意味的故事，并由此故事对社会作了一点"阶级"的分析：自己因买到一辆过手的"杂牌车"而被封为"穷朋友里的有产者"。自此，既享了"新的舒坦"，也感到了失去原有伙伴的孤独。初骑时不安和惊恐，渐渐地，有了和自己一样拥有一辆脚踏车的朋友，他们有着不同的个性，但"骑车者"永远受着"汽车"的压迫，特别遇着"灰衣红肩章的将军"等，路上行人的生命都失去了自己的"支配"，更不用说"文雅"。而有些骑车者则尾随其后，任其冲路，迅速，威风，"特别在压过同伴的尸身时，但这种人向为侪辈不耻"。还有些"无能而又想做点动人事件的骑车者"，在汽车离得远的时候，就骑在马路中心，作反抗汽车的姿势，但这种人只能获得一个丑角应有的喝彩。充当马路上一切骑车者屏障的是"人力车夫"。"骑车者"指中产阶级，"人力车夫"指劳动人民，"汽车"则指军阀和国民党反动派。以现身说法对"世故"有所揶揄，对弱小者充满同情。李广田的《分担》（1944年5月31日）则是通过不同的具有象征意味的故事来表达所谓"分担"的思想和情感。假如你常到街上走走，你就可以看到这一类的事情：一个人，端一盆汤，急急忙忙穿过街心，不慎摔倒，盆碎汤泼，一个骑自行车的恰好到来，他忙把车子拉住，喊道：你不能走，你车子把我碰倒，你要负责！这就叫"分担"；丈夫同妻子，骑驴进城，在途中，见瞎子。丈夫：瞎子可怜，把驴子让他骑。目的地到了，瞎子却喊道：驴子原是我的，你为什么叫我下来？为了避免麻烦，就把驴子让他，我们走吧。那瞎子听了，却又喊道：你先要骗我的驴子，现又要骗我的妻子，她本是我的，如今嫌我"盲目"，却被那有眼的迷惑了！众人听了，都同情瞎子。这也叫"分担"。把自己的不幸叫别人分担，也不管自己的不幸是由于自己的过失或者另有原因，也不管别人有无分担的义务；或者你分担了别人的不幸，别人却把你变得更不幸。作者进一步引申："小事如此，大事也如此，一人之事如此；国家的事也每每如此。"总之，一切的过错与不幸都要别人"分担"，或者推责，却永不反省，也永不求进步。"思天下之民，匹夫匹妇有不被尧舜之泽者，如己推而纳之沟中。"

第三，寄情于景。一如王国维在《人间词话》中所说，"一切景语皆情语也"。京派散文的寄情于景的最大的特点是更加侧重于人物对自然景物的反应。静物写生，一幅自然风景就是一种心境，渲染了自然风景，同时也就烘托了人物的心境，乃诗境，亦画境。代表性的如林徽因在《一片阳光里》里所体味的"静"："那种静，在静里似乎听到那一种噌琮的泉流，和着仿佛是断续的琴声，似诉着一个幽独者自娱的音调。看到这同一片阳光射到地上时，我感到地面上花影浮动,暗香吹拂左右,人随着响午的光霭花气在变幻,那种动,柔谐婉转有如无声音乐,令人悠然轻快,不自觉地脱落伤愁。"林徽因笔下的景色描写带有了诸多主观的色彩及想象的成分,它融合了听觉、视觉、嗅觉、触觉等诸多感觉,营构出一个立体的意象,进而形成一种如诗如画的意境。师陀的《劫余》,开篇就描绘了一个处处洋溢着宁静、欢欣、温情、甜蜜、富足的乡间景象:"阳光愉快的照着山林村落,昨夜的露气尚未消尽。汲水的人将桶放进池里,发出淙——的一声响,溅出清亮的水珠。婆娘们在池边浣衣,一面笑语。孩子驱羊到山上去,不停地抽着响鞭。驴不时引吭大叫。猪仔蹒跚着在道旁走过。四周是这样甜蜜的宁静清和,催人欲醉……"美则美矣,但显然有着一定的幻想的非现实的成分,其幻想之成分也正意味着师陀以景寄情的强烈主观性。何其芳的《雨前》(1933年春,北京)所描绘的雨前景色,同样带有浓浓的主观情绪,极写了雨前的灰暗与凄冷:"大地""树根""柳条"等期待着"迟来的雨",然而"北方的雨"久落不下。于是,"我怀念着故乡的雷声和雨声……这些怀想如乡愁一样萦绕得使我忧郁了。我心里的气候也和这北方大陆一样缺少雨量,一滴温柔的泪在我枯涩的眼里,如迟疑在这阴沉的天空里的雨点,久落不下"。白色的鸭的烦躁,鹰隼的愤怒,"在这多尘土的国土里,我仅希望听见树叶上的雨声。一点雨声的幽凉滴到我憔悴的梦,也许会长成一树圆圆的绿荫来复荫我自己"。"然而雨还是没有来。"此外,像废名,他的作品更是重视对景色的渲染,几乎篇篇都充满着诗情画意,像唐人"绝句"一样。但其景色又不是客观的外在之景,一花一草,都寄托了废名本人的顿悟与情怀。京派散文主观化的景物描写,如梦如幻,虚实相间,充分凸显了景中之情。景因情生,情因景著,情景交融。

第四,托物言志。即《文心雕龙·物色》所谓"体物之妙,功在密附"。京派散文言志之物往往为象征性的,甚至是想象中的物象。比如，萧乾的《破车上》（1937年4月10日）写的是自己一次乘坐一辆"破车"去乡下看一位垂暮老人的经历。行途必须经过一片原野。路的艰难，车的嘶喘，横暴的风，袭击的沙，铅色的云……于此，作者联想到了当时的中国，并说：中国简直就是辆破车，车破，它可走得动艰难的路。出了毛病，一会儿就修好。反正得走，它不瘫倒，这才是中国。即如"残旧了的时髦物件都曾有过昔日的光辉，像红过一阵的老艺人，银白的鬓发，疲惫的眼睛下面，隐隐地却在诉说着一个煊赫的往日"。李广田的《扇的故事》（1937年6月2日，济南）所写的是一把普通的折扇，却使"我"感觉到了无边的空虚与孤独，作者从扇子联想到了生命的历史与进程。预感到这黑色折扇将永远伴"我"，沿长串夏与秋作一远足旅行。作者哀感人类的生命故事循环往复，不曾完结，却又不完亦完。因扇子而伤感，而安然，继而沉默，"仿佛看见成串的无数夏日与秋日，又仿佛看见我自己的许多影子在那一串夏与秋的交替中取一把扇子，又放一把扇子"。李广田的《井》中之"井"是一个想象性的象征物象。通过"井"的物象，抒发了一种对生命之泉的贪恋。"井"乃生命之泉，却是寂寞的，内中隐含作者的反思。"人们天天从你这儿汲取生命的浆液，曾有谁听到过你这寂寞的歌唱呢？"何其芳的《迟暮的花》（1935年5月）所欲抒发的是对青春的伤感，对纯洁的爱的孤独的呼唤。为了表达这一情感，作者所借之物是想象中的迟暮的花："夕阳是时间的翅膀，当它飞遁时有一刹那极其绚烂的展开。于是薄暮……仿佛倾听着黑暗，等待着不可知的命运在这寂静里出现……我的思绪飘散在无边无际的水波一样浮动的幽暗里。""在你的眼睛里我找到了童年的梦，如在秋天的园子里找到了迟暮的花。"林徽因的《窗子以外》所托物象乃是各种各样的"窗子"："你走到哪里，你永远免不了坐在窗子以内的。与外面的世界隔了一层""不是火车的窗子，汽车的窗子，就是客栈逆旅的窗子，再不然就是你自己无形中习惯的窗子，把你搁在里

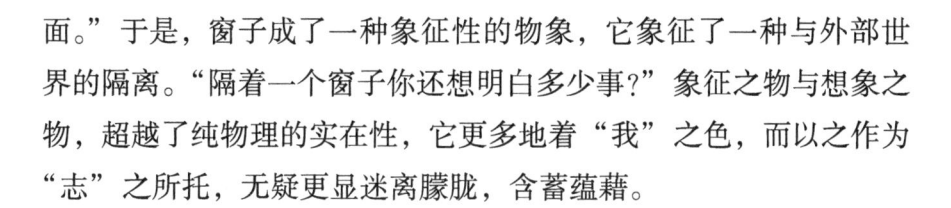

面。"于是，窗子成了一种象征性的物象，它象征了一种与外部世界的隔离。"隔着一个窗子你还想明白多少事？"象征之物与想象之物，超越了纯物理的实在性，它更多地着"我"之色，而以之作为"志"之所托，无疑更显迷离朦胧，含蓄蕴藉。

（二）临境生情

诚如《文心雕龙·物色》所说："物色之动，心亦摇焉。"沈从文于此方面最为明显，他的整个《湘行书简》中所记录的就是他回乡途中每到一处所见到的家乡风物而引发的自己无言的感慨和激动的情绪。如《湘行书简·夜泊鸭窠围》中通过对鸭窠围夜景的描写，极写了鸭窠围的动人与诗意："鸭窠围是个深潭，两山翠色逼人，两山深翠，惟吊脚楼屋瓦为白色，河中长潭则湾泊木筏廿来个，颜色浅黄。""地方有小羊叫，有妇女锐声喊'二老'，喊'小牛子'"，且听到远处有鞭炮声，有小锣声。然而，面对如此动人的画面，作者却感受到了他们的"哀乐"，"看他们在那里把每个日子打发下去"，莫名地有点忧郁……临鸭窠围之"圣境"，作者仿佛感觉到了一种千年不变的历史与无言的哀戚。

湘西是一个水的世界，"水"在沈从文的散文中无疑具有丰富的思想感情内蕴。在《湘行书简》中所记载的每一条河流，似乎都能让作者产生对历史与人生的叩问。如《湘行书简·过新田湾》所描写的新田湾："河水已平，水流渐缓，两岸小山皆接连如佛珠，触目苍翠如江南的五月。竹子、松、杉，以及其他常绿树皆因一雨洗得异常干净。山谷中不知何处有鸡叫，有牛犊叫，河边有人家住，屋前后必有成畦的白菜，作浅绿色……""这里的一切颜色，一切声音，以至于由于水面的静穆所显出的调子"，使作者感到生存或生命了。"好像智慧了许多，温柔了许多。"在《一九三四年一月十八》中，望着汤汤的流水，作者则是感觉到了对人生的了然彻悟，"这河水过去给我'知识'，如今给我的却是'智慧'。山头一抹淡淡的午后阳光感动我,水底各色圆如棋子的石头也感动我。我心中似乎毫无渣滓,透明烛照,对万汇百物,对拉船人与小小船只,皆那么爱着,十分温暖的爱着……我仿佛很渺小很谦卑,对一切似乎皆在伸手……看到日夜不断千古长流的河水里石头和砂子,以及水面腐烂的草木,破碎的船板,使我触着了一个使人感觉惆怅的名词,我想起'历史'"。可这"历史",告诉"我"的却是"若干人类的哀乐"。"这些东西于历史似乎毫无关系,百年前或百年后皆仿佛同目前一样。他们那么忠实庄严的生活,担负了自己那份命运,为自己,为儿女,继续在这世界中活下去。不问所过的是如何贫贱艰难的日子,却从不逃避为了求生而应有的一切努力。在他们生活爱憎得失里,也依然摊派了哭,笑,吃,喝。对于寒暑的来临,他们便更比其他世界上人感到四时交替的严肃。""历史"对于他们来说俨然毫无意义。"然而提到他们这点千年不变无可记载的历史,却使人引起无言的哀戚。"沈从文之所以如此赞美故乡的川流,正因为它同都市相隔遥远,"一切极朴野,一切不普遍化",生活形式与生活形态皆有点原人意味。

沈从文面对湘西任何之一事一景都能产生无言的感慨。湘西的一切,让作者感觉到了生命真切的存在。在沈从文眼里,湘西具有生命之为生命的味儿,是人与自然一体的生活的融一。生活在"圣境"般的湘西的湘西人,也自有着其做人的"可敬可爱处"。和城里人相比,他们更有着人之为人的生命的质感。而在都市里,所遇到的人,或有学问、有知识、有礼貌,也有地位,但总好像缺少了点成为一个人的东西,缺少了点人之为"人"的味儿。

(三) 融情入理

王国维的《人间词话》中的"境界"说分为"写境"与"造境","写境"属于"写实","造境"属于"理想",含有更多的创造性。"融情入理"实乃一种"造境"。京派散文的融情入理,会通中西,"理"因"情"而不板,"情"因"理"而不"泛"。比如,林徽因的《究竟怎么一回事》,想象丰富,思路开阔,通篇以充满诗意之笔法,不可抑制之激情,鲜活灵动之意象,以及大量的奇思妙喻,将"写诗"这原本模糊、难以明言的抽象之理,写得如此鲜明和富有生机,有力增强了散文艺术的表现力。文章写道:"这感悟情趣的闪动——灵感的脚步——来得轻时,好比潺潺清水婉转流畅,自然的洗涤,浸润一切事物情感,倒影映月,梦残歌罢,美感的旋起一种超实际的权衡轻重,可抒成慷慨缠绵千行的长歌,可留下如幽咽微叹般的两三句诗词。愉悦的心声,轻灵的心画,常如啼鸟落花,轻风满月,夹杂着情绪的缤纷;泪痕巧笑,奔放轻盈,若有意无意地遗留在各种言语文字上。"这洋溢着的诗的感受,诗的意象,诗的节奏,有着强烈的抒情效果。李广田对"存在"与"虚无"等人生终极问题的追问同样是以诗意的笔触进行了暗示。在《通花草》里,李广田说:瓶中有花,墙上有画。花是假的,情却是真的。世上的音乐是真的,但却是暂时的;画中的音乐仿佛是虚无的,却是永久的。如此,人永远面临生活的两难选择,这容易使人感到失落。在《影子》中,李广田对读者说:"我受了一个无名的诱惑,我跑到了这个地方,我说我是来看山的,是要来登上那山之绝顶的,然而我来到了这里,我却又不想登那座山了。在空想与梦幻中景仰了很久的这座所谓名山,看见了却也不过如此,万一登到上边而望尽了一切时,岂不将是一回寂寞的事情吗。这样想着,便绝没有再去登山的念头……不单对于山,也不单对于海,仿佛对于一切都存了一种空虚之感的,是永久在这人间跑着的我。"虚玄之理使人感觉如梦如花,如诗如画。李广田在《秋天》(选自《画廊集》)里说:一年之中,独喜欢秋天,因为,它与春天相比,春天走向"生",但因自己的脆弱却感到大不安,不能与之鱼水相谐,爱恨交织。而秋天,更是走向"生"的路。"落叶为生而落,冰雪之下的枝条里孕育着生命之液。沉着的力也是为了将来","一只黄叶,一片残英,显示了生命,也联系着过去与将来,使人凝视,使人沉思,使人怀想及希冀一些关于生活的事。人感到了真实的存在"。作者进一步引申:人生就是走在道上的,品尝了苦难,方才能知道人生的快乐,也才能意味到实在的生存。"希望是道上的灯塔",在背后推着我们前进的则是秋天给我们的"恐怖"。"我真不愿看见那一只叶子落了下来,但又知道这叶落是一回'必然'的事,于是对于那一只黄叶就要更加珍惜了,对于秋天,也就更感到了亲切。""春天"常常是希望的象征,给人以向上的希望,而"秋天"带给人的感觉相对苍凉,但似乎也更为悠远,它能使人较为沉着、安详。李广田对"秋天"的独特理解,以及因"秋"而对人生的参透写得生动活泼。林徽因、李广田上述散文中表现出的造境所体现出的精神境界大体属于一种综合的存在论境界,更具有中国风。这种境界源于经验与感性的世界,但又超越纯粹经验或感性的层面。他体现出自我穿透性的深刻洞见,以及对于内在生命的自我领悟,是基于感性又超越感性的纯粹体验的实在世界。

再比如,梁遇春的《寄给一个失恋人的信(一)》与《寄给一个失恋人的信(二)》对失恋时的痛苦及时光易逝的描写却写出了几许的深度和诗意,有情感,有思想。作者借"失恋"抒发了"过去"对于人生的意义。"过去"不会死,"将来"未免渺茫,"现在"不过刹那,只有"过去"是"不断时间之流中站得住的岩石",抱紧它方免漂流无依的痛苦。"过去"是个"美术化的东西,有一种缥缈不实之美及神秘的色彩",对于具有忧郁性质的人来说,"过去"就好像没有在世间活过一样。从前的爱存在于"时间"的宝库中,绝不会丢失,"过去"的爱同现在的爱一样重要。[①] 流水

[①] 梁遇春:《寄给一个失恋人的信(一)》,原载1927年9月24日《语丝》第150期,原题《给一个失恋人的信一束》,此篇署名梁遇春,实际上秋心、驭聪都是他的名字,文章是假托的。

年华，春花秋谢，但"青春之美就在那蜻蜓点水燕子拍绿波的同我们一接触就跑去这一点"。青春时节有朝气，"心仿佛是清早的园花，张大了瓣吸收朝露。青春的美大部分就存在着这种努力享乐惟恐不及生命力的跳跃……青春给我们一抓到，它的美就丢失了，同肥皂泡子相像……可是我们的手一碰，立刻变为乌有了"。"青春"的可爱正在于它的转瞬即逝。如果"青春"真变成了"家常事故"，其浪漫缥缈的美丽即刻全无。"青春之所以可爱也就在它给少年以希望，赠老年以惆怅。""希望的妙处全包含在它始终是希望这样事里面"，便更是宇宙的法则，"夕阳所以无限好，全靠着近黄昏"[①]。梁遇春散文中的意境所呈示出来的精神境界似乎更类于西文中常常表现出的分析的意味，这也正体现出梁遇春散文迥然不同于传统散文的地方。它基于自我逻辑概念的延展，意在追求普遍性真理的永恒在场感。它是源于感性世界却又高于感性世界的概念世界与逻辑世界，同时不离感性世界且决定着感性世界，是感性的世界的理性化。

显然，京派散文意境之"意"，是作品中流淌出来的真挚的浓情或哲理；"境"乃作者因以抒情、明理而经过艺术典型化了的具体、形象、生动、独特的生活画面，即人、事、景、物。王国维在《人间词话》里有言："大家之作，其言情也必沁人心脾，其写景也必豁人耳目。其辞脱口而出，无娇柔装束之态。以其所见者真，所知者深也。"京派散文当如是观。京派散文之意境还现代性地体现着很浓的中国传统美学的"美在整体"的"整体意识"。"美在整体"的整体观强调，世界乃"包举万有，涵盖一切之广大悉备系统，其间万物，备适其性，各得其所，绝无凌越其他任何存在者。同时，此实质相对性系统又为一交摄互融系统，其中一切存在及性相，皆彼是相需，互摄交融，绝无孤零零、赤裸裸而可以完全单独

---

① 梁遇春：《寄给一个失恋人的信（二）》，吴福辉编：《梁遇春散文全编》，浙江文艺出版社1992年版，第72页。

存在者"①。它具体体现在"以和为美，天人合一；知行合一，情景合一"等。"美在整体"是中国传统美学的审美原则，也是审美欣赏的原则。而西方古典传统美学则是强调"个性美"，与中国传统美学"美在整体"的审美原则迥然有别。而"美"之所以为"美"，在西方美学看来，就在于它的生动性、形象性及新颖性，这显然是偏重于"个性"审美原则的。中国艺术"所注重的，并不像希腊的静态雕刻一样，只是孤立的个体生命，而是注重全体生命之流所弥漫的灿然仁心与畅然生机"②，也就是"我们乃是生在一个广大和谐的宇宙中，与宇宙大生机浑然同体，浩然同流，而毫无间隔"③。京派散文之意境正是京派文人思想感情与所绘之客观事物相互交融的"形神""物我""情景"等相融为一的艺术境界。此外，意境乃意象的连缀，"意象"意在情景合一，"意境"偏于"天人合一"。意境是在若干意象有机统一与相互联系中产生出的一种全新及综合的整体的美。没有意象的联系与统一也就没有意境的产生。意象较实，意境偏虚，意境则不仅是象，更是象外，还包括象外的虚空。京派散文的意境整体上偏重于"天人合一"的境界。是"世界"与"人"的融合，亦意味着存在论上的"物我合一"的境界。重视"缺席"对于"在场"的意义，"缺席"从隐蔽走向敞亮，是意念创造的表象世界，是以"景"结"情"、以"象"结"意"的空间模式的意境运用，如此，空白与空灵常驻，读者方可从中领略出无穷的诗意。

二 现代意象的多元经营

传统意义上的"意象"意味着意之象，由"意"与"象"分

---

① 方东美：《中国形上学中之宇宙与个人》，载《方东美全集》，武汉大学出版社 2013 年版，第 557 页。
② 方东美：《生命理想与文化与类型》，中国广播电视大学出版社 1992 年版，第 375 页。
③ 方东美：《生命理想与文化与类型》，中国广播电视大学出版社 1992 年版，第 382 页。

列解释发展而来。《周易》说："圣人立象以尽意。""意象"一词，本偏言哲理，如晋代的王弼说："夫象者，出意者也；言者，明象者也。尽意莫若象，尽象莫若言。言生于象，故可寻言以观象；象生于意，故可寻象以观意。意以象尽，象以言着。"他所解释的是意、象、言三者之间的辩证关系。自刘勰的《文心雕龙》始，"意象"作为一个整体概念被引进审美领域。他说"使元解之宰，寻声律而定墨；独照之匠，窥意象而运斤"。刘勰所强调的是主体之于意象熔铸中的作用。因之中国文论的空灵飘忽、含蓄玄妙及对"象外之象""言外之意"等的追尚，故此，中国古典文论中的"意象"具有"文思""隐秀""气象""境象""比兴""喻巧""兴象"等多元内涵。[1]

现代意义上的"意象"体认以20世纪初美国意象派诗人庞德为代表，他如此解释道：意象不仅为一种图像式的重现，更是"一种在瞬间呈现的理智与情感的复杂经验"，是"各种不同的观念的联合"[2]。这已判然有别于传统。

雷·韦勒克、奥·沃伦认为："意象是一个既属于心理学，又属于文学研究的题目。在心理学中，'意象'一词表示有关过去的感受上、知觉上的经验在心中的重现或记忆，而这种重现和回忆未必是视觉上的。"[3]

综上言之，"意象"是综合了作者的心理、意识、情感的一个或多个词象的组合，体现着心与概念的统一，表象与现实意蕴的统一。同时，它也是一个充分生命化了的具有质感的词语。意象漂浮于感性与理性、形态与意义之间。[4]

---

[1] 参见陈剑晖《论散文的诗性意象》，《社会科学辑刊》2005年第4期。
[2] ［美］雷·韦勒克、［美］奥·沃伦：《文学理论》，刘向愚等译，生活·读书·新知三联书店1984年版，第201页。
[3] ［美］雷·韦勒克、［美］奥·沃伦：《文学理论》，刘向愚等译，生活·读书·新知三联书店1984年版，第202页。
[4] 参见陈剑晖《论散文的诗性意象》，《社会科学辑刊》2005年第4期。

无论中西,尤其在西方,"意象"一词一直以来都是诗歌的既有概念与专利,而散文则时或缺席。在中国古代散文理论中,虽或偶有提及,但也仅是"古典散文理论强调造意,而忽视造境;讲究文章平面的谋篇布局,而忽视立体的时空设计;强调笔法的翻新立奇,而不在乎意象的经营"①。诚然,散文中审美意象的组构必定会使散文饱含诗意,京派散文于此方面的贡献是具有创造性的(当然京派文人又不限于散文)。其在重视对"意象"的经营上,既有同于诗歌,又有别于和超越于诗歌文体的独特的意象表现形态。相较于诗歌意象的单纯、凝练、峭拔、尖新,京派散文意象的跳跃性要大得多,它往往借助于虚实结合的记叙与描写,构成一种虽零碎,却是多重组合的画面,其思路的推进也较为平缓连贯,并且,相较于诗歌意象的含蓄朦胧、缥缈玄妙,其显示出明朗化的特征。但比之京派小说的意象营构,则又显然具有凝聚性的一面。

京派散文中的意象类型繁多,意义丰蕴,表现各异,大可概括为如下几种类型:

(一) 感觉式意象

京派文人非常重视自我的个人化的感觉,带有封闭性独语的性质,然后再将此"孤独"的感觉附着于外在物象之上,如此,在其散文中,形成了种种个人化的感觉意象。它带有强烈的个人性,虽然有些意象表面看来似乎有古典意象的外在形式,但绝非机械借用、引用与化用。而是调动了多种感觉,并使某种感觉瞬间放大、定格,同时,将两种或多种意象组合并置,或者对物象进行不同层面、不同时空的累积性描述,即将一个意象叠加在另一个意象之上,使作品由单调渐成丰富,由平面趋于立体,从而产生颇为陌生

---

① 郑明娳:《现代散文构成论》,大安出版社1989年版,第282页。

化的效果。

  京派散文感觉式意象的表现形态主要有感官式的、心理式的，以及在诸种感觉意象基础上的叠合式意象、系统意象、意象群等。代表性的如何其芳的《雨前》中所描写的天的灰冷，文中刻画的期待着雨的"大地""树根""柳条""回舍的鸽群""烦躁的鸭""愤怒的鹰隼"等众多视角意象，把盼望雨的来临而雨最终没有来的怀念及失望形象地呈现于读者面前。灰冷的天、期待雨来的大地、树根、柳条，以及回舍的鸽群、烦躁的鸭、愤怒的鹰隼等，已经不是单纯的自然物象，而是雨前特有及带有作者主观感觉的视觉意象，这一意象群共同呈示着雨前的气象。又如林徽因在《一片阳光里》中所体味的"静"："那种静，在静里似乎听到那一种噌琮的泉流，和着仿佛是断续的琴声，似诉着一个幽独者自娱的音调。看到这同一片阳光射到地上时，我感到地面上花影浮动，暗香吹拂左右，人随着晌午的光霭花气在变幻，那种动，柔谐婉转有如无声音乐，令人悠然轻快，不自觉地脱落伤愁。"显然，这里的"静"，是一种在各种感觉基础上的叠合式意象，它融合了听觉、视觉、嗅觉、触觉等，加上古色古香的辞藻，传统文化的情蕴，共同营造出了一个立体的感觉意象。"静"的意象亦可看作宏观的大意象，而各种听觉、视觉、嗅觉、触觉等当可视作中观或微观的次级感觉意象。李广田的《雾·雾中》中的"光"的意象，是一种感觉。雾中看雾，雾笼罩了一切，却罩不住我们，因我们周身是"光"。因雾的滋润及我们"光"的照耀，雾中的红石竹花开得更艳，我们往前走，"光"则随着来，苍翠的树木，碧绿的杂草，在我们的"光"中含笑舞踊，草木为我们而惊醒，山花为我们而开放，还有流泉雾中唱……并说：在这重雾所充塞的天地之间，凡有我们同类所在的地方，每双眼睛的前面都有一个"光"的圈子，他们都在私心里说道："我们是幸福的，我们在暗雾中得到光明。"而且就连那引吭高歌的雄鸡，就连那在雾中穿行的山鸟，它们都各自欢喜它们所独有的"光"啊。也许并没有雾，因为就连那苍翠的松柏，那碧绿的杂草，那开得鲜艳的红石竹花，它们也各有它们的"光"呢。显然，"光"既是指雾中人进雾退，故而显得物象清晰的物理现象，亦是指作者自我理想幻化出的温暖感，人人有"光"，万物有"光"，方觉雾中非雾。"光"是一种视觉，更是一种主观感觉。李广田的《绿》中"绿"的意象，属视觉意象，亦属于颜色意象，附着了诸多作者的主观心理，甚至有幻觉的成分。它指"楼"窗外的一片绿海，这"绿海"是"我"凝神伫立时的一种幻觉，仅因"我"的一声"叹息"即吹皱了它，绿海上起着层层的涟漪。刹那间，"我"分辨出海上的品藻，海上的芰荷，海上的芦与荻，这是海吗？原是"我"家的小池塘。通常意义上，"绿"是生命的颜色，意味着生机和希望，但在该文中，"绿"却是悲哀的代表，广漠而沉郁。充斥着"我"的世界，而"我"又深爱着这个深绿色的悲哀世界。这显然是作者个人化的感觉，属于一种心理式的概念型意象。该文最后还有："我有一个喷泉深藏胸中。这时，我的喷泉起始喷涌了，等泉水涌到我的眼帘时，我的楼乃倾颓于一刹那间。""喷泉"当然也不是实有的，是心里的情绪或想象，当这种情绪来临时，幻觉的深绿色的悲哀于是倾颓。这"喷泉"亦可视为心理意象的情绪式意象。李广田的《山水》中"山水"的意象，意味着平原之子的超越式理想。平原之上无山水，故而平原之子甚寂寞，也就有了对远方山水的渴盼。寂寞的平原之子把平原上的那一洼水、一拳石，当成了渴望中的山水，充满着对山水的想象，也表明他们寂寞的无边。这一"寂寞"自从"我们"的远祖来到这一方平原时就已领略到了，"他们"想以人力改造这平的并自以为宽漠而无限孤独的天地。接着，文本想象了平原的祖先改造自己的天地营造人为山水的伟大工程：大川流的凿成，可以垂钓，可以泅泳，可以行木桥，可以驾小舟，可以看河上的烟云；以后又运土、移石、采木，形成峰峦秀拔，嘉树成林的山岳。于是，平原之地变成了"山中梁木柴薪，均不可胜用，珍禽异兽，亦时来栖止……南海北海，亦自鱼鳖蕃殖，萍藻繁多，夜观渔舟火，日听采莲歌"。文末却又说：这是平原之子的一个大谎，它永远存在自己的记忆里。那里有"我"的童年，"我凭了那一块石头和几处低地，梦想着远方的高山，长水，与大海"。如此，"山水"就成了平原之子梦想的着意之象，是一种概念型的心理式意象。李广田的《荷叶伞》写的是一个梦，梦中的荷叶伞，是梦中神仙的赠品，可保平安，可以遮雨，它使"我"觉得喜欢却又觉得荒凉之至，因为它毕竟为了遮蔽风雨，且正因为伞的赠送也同时意味着天地所以黑暗，云雾迷蒙所以到来。在梦中从峰顶回来的路上，雨下得很急，伞的大小随雨的大小而变，但"我"忽然发现路边仿佛有许多人在昏暗中冒雨前进，如孩子们在急流中放出的芦叶船儿，风吹雨打，颠翻漂没，"我"颇觉不安，恨伞不能更大，大得像天幕，"我的念头使我无力，我的荷叶伞已不知几时摧折了"。"伞"通常意义上是指可以遮蔽风雨的器具，而荷叶"伞"增添了这种雨具的诗意性、象征性，意味着美好。虽是梦中仙人所赠，非现实之物，但无疑寄托了作者心中的理想。它是作者心造的幻影，带有强烈主观化的色彩。是心中之象，属想象型的心理意象。文本中的"荷叶伞"既代表着作者理想化的一种遮蔽或拯救的力量，亦隐含着美丽中的忧伤。李广田的《树》说自己爱树，爱一切的树，也最喜欢"种树"。"午荫清圆如一把伞，我愿做种树人，也愿做一个行人到树下来歇脚乘凉。祖祖种树，孙孙得果，我愿做种树的祖祖，也愿做吃果子的孙孙。榆柳荫后檐，桃李罗堂前，也是我最喜欢的境界。"然而"我"的古屋的周围竟无一点绿。"我"想种树，更盼望有远方的游鸟，从异域带来嘉树的种子，当它正飞过"我"的新居时，把种子遗落在地上，生长繁殖，罩"我"一地清荫。于是，出现了一个奇迹。仿佛神说：要有光，就有了光。"我"说：要有树，就有树了。不知何时，"我"的古屋的周围已是疏疏落落的有树成林了。"我们"以和平的微笑望着树的生长。"我们"仿佛听到了树叶的开展声。"我们不知道树的名字，也不知道将结出什么花果，只见树干不高，恰好达到窗檐，株似梧桐，叶似蝴蝶，作秋末霜叶色，然而那是鲜嫩的带着细细绒毛的。我愿意这些树发展到这样子便停止，它们将永远把初春留在枝头。当我刚要开口说出赞美与感谢的时候，一切都退隐入迷离的梦中。"显然，树不是现实实有之树，是一个梦，是梦中的树，是一个爱树、种树的梦，尤其是作者喜欢的"种树"之意，于是"树"便成了一种概念型的心理式意象。再比如何其芳《独语》（1934年3月2日）中的"独语"属于一种情绪型的心理式意象，并且，此情绪意象又分成诸多层次。在其统摄之下，引出了一系列其他类型的情绪型心理式意象，有语言的，也有动作的：独步荒凉夜街上的脚步的独语；决绝地离开绿蒂的维特将一把小刀子掷入河中以占卜自己命运的寂寞地一挥手的独语；一个西晋人物，驱车独游，于车辙不通之处就痛哭而返的独语；绝顶登高，悲慨长啸的独语……"温柔的独语，悲哀的独语，或者狂暴的独语"，皆渲染了无边的寂寞。

京派散文的感觉式意象分别调动了视觉、触觉、听觉、嗅觉甚至幻觉，以及概念、情绪、想象等各种感官与心理感觉，根据主体表达之需要，或单一或繁复，营构了一个感性诗意的王国。

（二）象征性意象

"象征"与"意象"是相互关联、同中有异的两个概念。象征与意象都具有化抽象于具象，寓一般于特殊的共同性。但"意象"所意味的表"意"之"象"与"象"中之"意"的关联比之"象征"，往往具有一种瞬间感受的特性。它以心象为基础，重"瞬间感受"的"呈现"，而象征则多依仗于"比喻"或"暗示"，以此物暗示彼物，是"托物寄兴"的诗学手段。① 另外，象征的内涵较之意象要大，而且稳定，也牢固，象征"具有重复与持续的意义。一个'意象'可以被转换成一个隐喻一次，但如果它作为呈现与再现不断重复，那就变成了一个象征，甚至是一个象征（或者神话）系统的一部分"②。然而，任何象征都是建立在意象之上的，没有意象，也就无从谈论象征。意象与象征在很多时候又常常结合在一起，学者陈剑晖将意象与象征的结合称为"象征性意象"③。这在京派散文中是比较有代表性的，而且有着创造性的表现。

典型的如黄昏意象。沈从文在一系列散文作品中都描写了湘西的黄昏景象，而"黄昏"意象的重复出现，也就有了象征的意味，是为象征性意象。沈从文的"黄昏"不是简单的景物描写，也超越了背景的意义，更是一种对乡村诗意的留恋。"夕阳无限好，只是近黄昏"，风光即逝，美中蕴愁。另外，何其芳、李广田等也常常写到"黄昏"，并且其二人有一篇同名散文就叫《黄昏》。在何其芳的《黄昏》里，作者从"黄昏"中孤独的马车写起，继写了"孤独的马蹄声""沉没的街""慵倦与凄异的暮色"，整饬、漫长立着的宫墙、小山巅的亭子等黄昏中的视觉意象，与黄昏背景在整体上构成了一种情绪上的和谐，都在突出"我"的寂寞、孤独、期盼，以及对物是人非的感伤与惆怅。其实，何其芳的《画梦录》就是一曲爱与孤独的重奏！文本中一再出现的黄昏既是一种背景氛围，亦是一种象征性意象。李广田的《黄昏》（《画廊集》）记叙了一位娴静寡言的朋友，屋里除了书就是闷塞、烟气、潮气……黄昏的灰暗，阴沉的天，凉森的雨意。他认为吸烟也是一种工作，可以排忧解闷。他谈到天空的黑云，谈到读书对自己的无用。惨苦的

---

① 参见陈剑晖《论散文的诗性意象》，《社会科学辑刊》2005年第4期。
② ［美］雷·韦勒克、［美］奥·沃伦：《文学理论》，刘向愚等译，生活·读书·新知三联书店1984年版，第204页。
③ 陈剑晖：《论散文的诗性意象》，《社会科学辑刊》2005年第4期。

生活，让活跃的他变成了"一个讲催眠故事的老祖母"。他变得沉默、闷塞、郁积于心，让时光虚掷。云下飞过一只灰色孤独的鸟，他便也议论鸟的孤独……黄昏渐浓，雨意也浓，"我走着，我想着要走出这黄昏，这黑暗，我想着那一位寂寞的朋友，他那不离口的香烟，和那要飞到北冰洋去的灰鸟，那沉默的空气，那闷塞的氛围，我想着，我可能用什么东西来打破这紧压着我们的'力'吗？""黄昏"意象的多次出现，与朋友的沉默、郁闷等情绪保持了内在和谐，灰暗的黄昏与阴沉的天、凉森的雨意、天空的黑云、灰色孤独的鸟等共同生成了闷塞的氛围。"黄昏"似乎正象征着"我"力图打破那紧压着我们的"力"，那闷塞的低气压，那难以舒展的心怀。

在京派散文中，"黄昏"意象意味着一种环境氛围，一种背景，更代表着一种情绪，一种紧压着人的"力"，它在整体上暗示了京派文人的一种孤独伤感的心怀。

何其芳的《画梦录》因其意象特点，是学者一再提到的经典文本。《画梦录》中，除"黄昏"意象外，也曾一再出现"迟暮""秋天""白霜""冷雾""荒野""沙漠""冷泪""墓""楼""古宅""梦"等意象，这些重复出现的意象无疑具有了象征性的意义。此等象征意象放在一起，易于产生一种挥之不去的孤独的感伤，这也恰恰映现了何其芳当时的苦闷心境及无以纾解的寂寞。这苦闷与寂寞又更多地属于"个人"，其散文也就成为一种独语式的散文。而整体性的孤独感伤意味的象征性意象与何其芳的心境及作品的语境达到了相得益彰的效果，相辅生成，相互辉映。另外，系列文本中的"我"也是一个象征意象，"我"反复出现，"我"既非作者本人，亦非故事的叙述人，而是周围一切物象的观察者，是一个与万事万物同一的拟人化个体。"我"与"梦"和"孤独"连在一起，既具有了主宾关系的意味，亦具有同一混融的感觉。以《雨前》为例，作者从"鸽群"这一具象入笔，继写"柳条""白色的鸭""放鸭的人","我"始终居于文本的中心。而"我"的观察点及其显现都是通过其他物象来体现的。"鸽群"的满身"憔悴色","嫩柳"的"期待","白色的鸭"的"焦急",都是"我"在对"覆阴"的要求中等待的多个侧面。"我"是一个视点意象,也是一个象征意象。

"坟"也是废名作品中一再出现的意象,在他的长篇小说(亦可视为长篇连缀散文)及单篇散文中,经常可以看到作者对"坟"的描写。比如《桥》中对"坟"的议论:"女子只有尼庵,再不然就是坟地";"天上的月亮正好比仙人的坟,里头有一个女子,绝代佳人,长生不老(钥匙,琴子)";"刚才我一个人这样想,我们这些人算是做了人类的坟墓,并没有什么了不起的事情,然而没有如此少数的人物,人类便是一个陌生的旷野,路人无所凭吊,亦不足以振作自己的前程";"是的,那个佛之国(指印度)大概没有坟的风景,但我所怀的这一个坟的意思,到底可以吊唁人类的一切人物,我觉得是一个很美的诗情,否则未免正是我相(钥匙,小林)";"我好像船一样,船也像海面的坟,天上的月亮";等等。再比如,《墓》中写的于北京西山寻朋友之墓,写"墓"也即对坟的描写,并说"墓(坟)"上有"我"写的碑文,是朋友最喜欢的"春草明年绿,王孙归不归",署了"我"的名字。自然照"我"的排列,空白多,不肯补年月日,想到身世这题目。"对于人世间成立的关系,都颇漠漠然,惟独说不出道理的忠实于某一种工作",而后又徒步去看"王坟","王坟"周围的美景,首先夺目的是那树林的绿色,叫人清明,这实在是一个恩惠等。这些对"坟"的描述,显然不是一般性的记叙,它包含着作者对生命的诸多领悟。"坟"成了具有象征意义的意象。"坟"意味着"死",生命的必然归宿,与人的生命不可分,不能离,离不了,回避不了。直面"坟"亦意味着直面生死。思索"坟"亦意味着思索生死。"坟"让人凭吊,让人清明,可以吊唁人类一切的人物,有美的诗情。在废名的笔下,"坟"有了亲切感与穿透性。

京派散文的上述"水""黄昏""我"等象征性意象,从整体上看往往又是潜隐的,即它不是以明晰的形式予以呈现,也不是简单地将两个或多个价值的语词并置在一起予以显现,而是在多个文本中连续地诉诸读者的感官以形象性与可感性呈现,是一种组合式的整体象征意象,有隐喻的意味,它不朗然却又无处不在。而京派散文中的"坟"的象征意象,则是一种发散性的富有想象力和创造力的扩张性意象,易于让读者展开无尽的想象。

(三)文化意象

顾名思义,"文化意象"是带有"文化"意涵的意象,与"自然意象"相对应。文化意象之"文化"无疑来源于社会、历史、民俗诸方面,深深打上了人文与历史的印记。它具有集体无意识结构的原型意味,是我们祖先反复体验的精神模式在我们心灵上的积淀物,属于一种民族记忆。

京派散文的文化意象体现着对传统的因袭,亦包含着对传统的反思。如李广田散文中的"母亲意象"就属于典型的文化意象。其《回声》中所叙述的"老祖母"是母亲形象的代表。她虽然不是作者一般意义上的生育者,但她是给予了作者爱、温暖、照顾及保护的养育者的形象:在"我"寂寞的童年时代,她想着法子使我快乐,讲故事、唱歌谣、做玩具……"祖母"不厌其烦地为"我"做着各种事情,祖母的慈心永远是作者回念的港湾。祖母就是童年温暖的象征。这里的祖母既是单个的人物意象,更是文化意象,是传统文化中母亲的意象,代表着温暖和爱抚,代表着作者童年的温暖泉源。是母体,是温暖,是生命之源。李广田的《悲哀的玩具》《五车楼》《花鸟舅爷》等系列作品中则写到了"父亲"的形象。《悲哀的玩具》中的父亲,在幼年的"我"看来,是不近人情的,他踏毁了"我"童年仅有的玩具"小麻雀",他严厉、专横。《五车楼》中的"稚泉先生"作为一个在乡间躬耕的读书人，是一个至诚至情之人。为治母亲的病，他偷偷割了自己胳膊的肉来煎熬；而二子埋骨荒山，他常常悲从中来，酒泪共饮。他是一个至诚至性之人，没有任何做作，更没有丝毫虚伪。而《花鸟舅爷》中的花鸟舅爷是个懂生活情趣的人，追求诗意人生。不同意涵的"父亲"意象，显示着李广田的"审父"倾向，既是一种对父辈之爱的审视，亦是对传统文化的审视。在李广田笔下，父爱的取得是以失去自我为前提的。"父亲"意味着遵从，不实现父亲的愿望，或者违背父亲的意愿，就要受到惩罚，以像父亲为前提条件的"父亲"，在"我"看来，显然是残酷的。传统父爱的本质是以服从为美德，不服从即为罪孽，以收回父爱为惩罚，这显然是李广田不愿意接受的，同时也已意味着李广田的现代意识。汪曾祺散文中的"父亲"意象代表着"我"的思想世界，指导与影响着"我"的一生，照耀着"我"的未来之路。汪曾祺的"父亲"意象里有平等观念的意义，汪曾祺有篇散文《多年父子成兄弟》即是这一体现。

　　京派散文中的物自然意象也是颇有意味的。中国"天人合一"的思维模式养成了对自然景物的敏感，使我们体验着自然万物的人间意义，即德自然现象。而京派散文中的自然意象既有传统文化已然的意义，亦有作者的个性化赋予。以何其芳《秋海棠》中的"秋海棠"意象为例，"秋海棠"不是自然界纯然的自在之物，而是有着传统文化意义上的"忧愁"内涵。在文本中，作者先写寂寞思妇，静夜独处，凭依石阑干，思绪纷飞，感觉凄凉。孤独的早秋的蟋蟀的鸣叫声、黄色的菊花、鱼缸里的假山石庞然的黑影、晴泰蓝的天空、高耸的梧桐、金色的小舟似的新月、碎宝石似的凝固的嵌在天空里的粒粒星、冰样的天空、斜斜的银河、一叶悄然下堕的梧叶等，一系列的感觉触觉意象烘托了思妇的寂寞、孤独、凄凉、哀愁、厌倦、酸辛、惆怅……于是，随之出现了秋海棠的意象："两瓣圆圆的鼓着如玫瑰颊间的酒涡，两瓣长长的伸张着如羡慕昆虫们飞游的翅,叶面是绿色的,叶背是红的,附生着茸茸的浅毛,朱色茎斜斜的从石阑干的础下擎出,如同擎出一个古代的甜美的故事。"以秋海棠的"忧郁"文化性作了全文的结尾。李广田的《井》中的"井"的意象,也是一种文化意象。通常意义上,人们皆已熟知的"井"代表着生命的浆液,也是生命之源。作者在文中表达忧虑、悲哀、寂寞和惆怅时所带有的安慰与熨帖,意在抒发对生命之源的眷恋与依恋。另外,论者多有论及的废名的《菱荡》中"塔""庙"的意象,《桥》中"桥""女人"与"孩子"的意象等,都属于文化意象,兹不赘述。

  京派散文的意象营造,有着同于其他文学体裁中的意象之处,亦有着自己独特的表现形态。传统意象造型,往往强调象中有意,意中生象,立象尽意,追求一种空灵,似与不似,而又不似又似,弥漫了的神韵。但传统意象造型,往往缺少对事物本质的显豁。京派散文虽外在显示着传统意象的"身心""天人""物我"等关系的神似,亦有着意境上的气韵生动,但也在追求着个人化的对事物本质的感觉与理解,甚至时有概念化的倾向。或者说,有先在的文化意义,也有现代性自我赋予的个性化意义。另外,意象的本质是情景交融,支撑与贯穿意象之中的是一种"整体意识",带有强烈的主观性。没有主观之情,绝无意象的产生。情景交融的特定方式是"兴"和"比"。"触物以起情,谓之兴,物动情者也。"(李仲蒙语)"兴者,起也。"(刘勰语)钟嵘说:"气之动物,物之感人,故摇荡性情,形诸舞咏。"意即所谓触景生情,这是"兴"的特征。而"比"近似于今天的"移情说"。比者,"附也"(刘勰语),"索物以托情"(李仲蒙语)。往往情先物后,以主观之情,注入物境,使客观物景若带有情感,血肉情义丰满。显然,"比"较之"兴",更显人为、理性、自觉。从上文举例不难看出,京派散文的意象重视"兴",但更偏爱"比",它是在瞬间呈现出的一个理智和情感的复杂体,超越了实际生活的纯实在性,接近于概念,但又未上升到纯粹的概念层面，带有强烈的个人生命感知，如此，京派散文意象充满着现实与超越，暧昧与朦胧。京派散文对意象的多元经营，无疑增加了散文文本本身的诗性与语言的浓度。

正因为有了京派散文迷人的意境与意象创造，才使得其散文有了如南宋严羽的《沧浪诗话》里所谓"如空中之音，相中之色，水中之月，镜中之象，言有尽而意无穷"的境界，也正如西方美学中黑格尔所认为的内容和形式是有机统一的，"没有无形式的内容，一如没有无形式的质料……内容之所以为内容即由于它包含有成熟的形式在内"①。换言之，京派散文的意象与意境不仅仅是形式的质料，更是由内而外地发散。有了意境与意象，京派散文具有了浑然一体的综合美与整体美，浓郁醇厚，如诗如画。

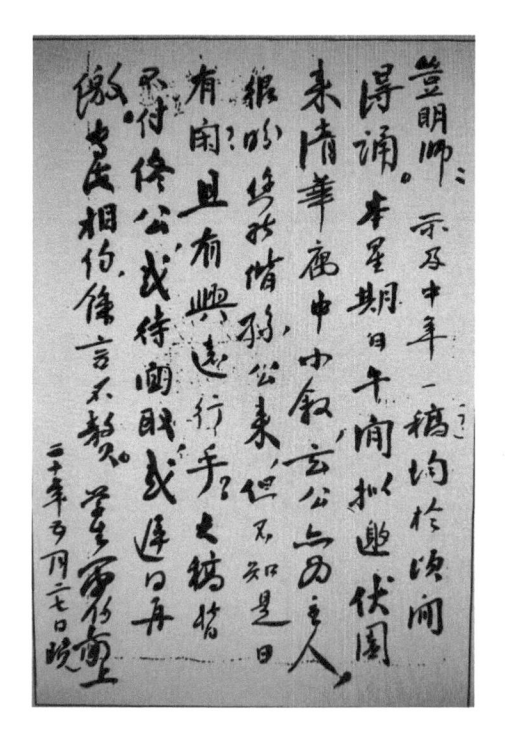

图 5-1 俞平伯致周作人信手迹

---

① ［德］黑格尔：《小逻辑》，商务印书馆 1986 年版，第 22 页。

附录　本讲精读篇

导读语

　　京派散文的意象营造，有着同于其他文学体裁中的意象之处，亦有着自己独特的表现形态。京派散文虽外在显示着传统意象的"身心""天人""物我"等关系的神似，亦有着意境上的气韵生动，但也追求着个人化的对事物本质的感觉与理解，甚至时有概念化的倾向。京派散文的意象重视"兴"，但更偏爱"比"，它是在瞬间呈现出的一个理智和情感的复杂体，超越了实际生活的纯实在性，接近于概念，但又未上升到纯粹的概念层面，带有强烈的个人生命感知，充满着暧昧与朦胧。京派散文意象的多元经营，增加了散文文本本身的诗性与语言的浓度。精读下列选文，体会京派散文的"意象"特点及其他。

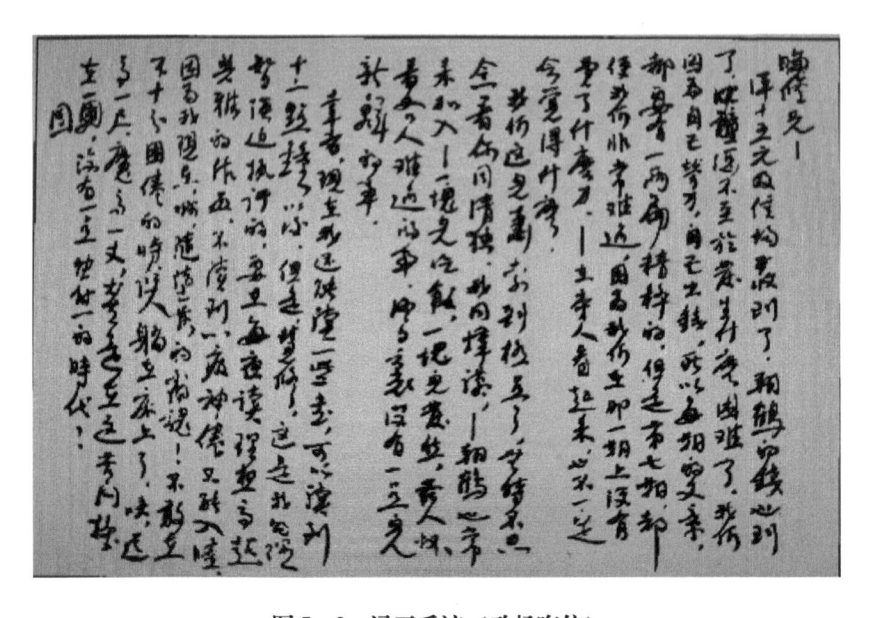

图 5-2　冯至手迹（致杨晦信）

废名：《墓》

梁遇春：《猫狗》

沈从文：《绿魇》

林徽因：《一片阳光》

何其芳：《独语》《黄昏》

李广田：《绿》《荷叶伞》《树》《悲哀的玩具》《五车楼》《花鸟舅爷》《井》

第 六 讲

京派散文的象征段片

　　散文显豁的是一种人生段片的织结，它着意于对故事的表明而非故事的叙述，更非完整的叙述。散文文体的写人、记事、写景与抒情等，重视的是对于人生段片的抒写，似乎也只能是"段片"的书写（否则，也就变成了小说等文体），而非发展变化的显在完整性，呈散跳式的形态。作为散文的一般形态，京派散文当然如此。它往往缺失贯彻始末的核心事件，而是生活中的段片或段片的连缀，但这些生活中的段片又绝非割裂的，而是有着诗意性与跳跃性的、或强或弱的因果逻辑关联。当然，就一般性来说，如果散文中的生活段片失去了这种因果逻辑的关联，其必然也是失败的散文写作。不过，本书想要强调的是，京派散文的段片书写追求言在此而意在彼的象征性。京派散文段片书写的象征性是一种现代意义的个人性象征，即象征物象与象征意义之间不是一种相对稳定的传统性的对应关系，其所重视的是用感性形象象征个人的偶然性与非理性及当下性的独特体验。象征物象与象征意义之间的意义关联完全是作家的主观设置，也是一种现代意义的自然呈现。京派散文不太重视再现式描写客体的、直接模拟式的写实，而偏重表现式的主体因素对客体的渗透、转化和再创造，有心灵写实化的倾向。京派散文的诸多文本无论是对环境、人物、事件等的正写、侧写、综写等，多显示出繁复或明朗的超现实式、诗意印象式等的风格。

一　超现实式段片

京派散文常常给人以虚实相生、疑真似幻的陌生惊奇之感，主要源于京派文人"开放性"的超现实主义手法的运用。超现实主义一般着意于表现人的潜意识、非理性，而京派散文的超现实主义手法则潇洒狂放得多，它几乎完全无视现实中的一切规则，自由驰骋，思接千载，视通万里。它肯定了混乱无序的心灵世界，又偏重于对人本身的深切关注，如此，出现了京派散文众多的超越现实的象征段片，梦境、幻觉、意识流、荒诞、传说、变形等极显了京派文人本身的主体性介入及自我的深层次意识。使其散文颇似青果，虽稍显"苦涩"（典型的如周作人、废名等），却利于发挥读者的再创造想象，实现个体生命之间的交流，以及领悟"再创造"的意义。

京派文人颇喜欢写梦，在梦境中，思想在温和及闲在的自由状态中驰骋、游荡。比如，李广田的《马蹄》写的即是一个梦的段片：不知何时，骑马登山，山耸入云际，似乎永不能及顶。而"我"就为山背面等着"我"的莫须有之人，执意越过绝顶。山与天相连，人与马已乏，但终于发现意料之外的奇迹——"我"看见"马蹄下的金火"，而有无穷的快乐。然而"我"却异常镇静，"不愿让任何精灵来窥探我的发现"。"我乃在下意识地祝祷夜的永恒，并诅咒平原的坦荡，因为我的奇迹是只在黑暗的深山中才会发现，而我的马呢，它会为平原的道路所困死，我的旗帜也将为平原的和风所摧折。"[①] 借梦表现一种向上的感觉与发现的愉悦，也隐现了平原之子的寂寞与忧伤，以及对"远方"的想象与渴望。李广田的《荷叶伞》写的是梦里寻人："我"来自遥远的古城，欲去一摩天

---

① 李广田：《荷叶伞》，华夏出版社1996年版，第141页。

的峰顶，寻系念之人。路远艰深，寻之不果，无奈跋涉而回，怀着虚空离开这个圣地。但当"我"以至诚之心为那人祷告时，已得"那人的恩惠"——"我"有了那人送的一把"荷叶伞"。虽觉喜欢，亦感荒凉之至。向着归路，听伞上雨声。于是发问：天原是晴朗，"是为了我的伞而来雨吗？还是因为预卜必雨而才给我以伞呢？"天地昏黑，云雾迷蒙。雨越大，心越不安，而伞的大小随雨的大小而变。于是"我"重致"我"的谢意。忽然又发现路上不只"我"一人，仿佛看见许多人在昏黑中冒雨前行。"我恨我的伞不能更大，大得像天幕"，"我"希望"我"的伞能分出许多伞，"如风雨中荷叶满江满湖"。"我"的这一念头使我乏力，而荷叶伞不知几时已摧折。醒来窗外雨正急。文本诗意迷离，就是个梦，借梦的段片暗示对于自己理想的追求与失落。根据现代心理学的解释，梦的基本目的是恢复心理平衡，即梦的补偿。李广田正是借助梦的段片象征性表达了自我的真实心灵与渴望。

　　李广田在散文中还常常借助幻觉，描述一种超现实的段片。《绿》一文中，写"我"独处于自我幻化的一座楼上，百无聊赖，仿佛就在纯粹地制造寂寞。"西北有高楼，上与浮云齐。""我的楼吗？简直是我的灵魂的寝室啊，我独处在楼上，而我的楼却又住在我的心里。"[1]也不知楼外的世界是什么，于是感到无可奈何的惆怅。"我"无意间触动了"我"的窗子，窗前是一片绿海。绿海连着绿的天际，"正如芳草连天碧"。海上平静，"我"的思想就凝结在那绿水上。"我的一声叹息吹皱了我的绿海。""这是海吗？这不是我家小池塘吗？""我一个人占有这个忧愁的世界，然而我是多么爱惜我这个世界呀。我有一个喷泉深藏胸中。这时，我的喷泉起始喷涌了，等泉水涌到我的眼帘时，我的楼乃倾颓于一刹那间。"[2]写幻觉实写寂寞。文本以幻觉写寂寞，如真似幻，是忧郁

---

[1] 李广田：《灌木集》，中国青年出版社1995年版，第147页。
[2] 李广田：《灌木集》，中国青年出版社1995年版，第148页。

的诗。

　　意识流亦为京派散文所青睐。意识流最早流行于当代西方，重意识的流动与自由联想，以内心独白、虚实相生的方式表达意识的流动，旨在将压抑的意识或潜意识通过艺术的形式表现出来，以达内心的底蕴。意识流手法所呈示的是理智或非理智的潜意识、幻觉及下意识等全部人物意识流动的实际。它打破了时间和空间为序的传统，而代之以过去、现在、未来时序颠倒和空间交错、渗透的写法；传统单线条的、平面结构的写实主义的手法被打破，而代之以多线立体交错式的结构。这一小说中常用的手法，京派文人借之于散文营构。重视自身内心独白、联想、跳跃等，甚或通过非理性的夸张，将现实、非现实融为一体，寓严肃于荒诞之中，以致散文形象具有了特殊的意旨及概括力。如林徽因的《蛛丝和梅花》，文本从门框上的两根蛛丝轻轻牵至一枝梅花谈起，一首又一首咏梅的古诗，复联想起东方人惜花的传统，惜花而解花，而解花又与恋情相关，如此等等，读者也就随着这意识在浮云沧波中徜徉、陶醉。诚如作品所言："又门框梅花牵出宇宙，浮云沧波踪迹不定。"[1] 李广田的《扇的故事》，其意识流动于幻觉联想之中。文本由夏天的一只黑色的折扇生发开去：去岁夏末，旧扇遗失，特觉热燥，非一扇子不可，买到之后，天忽变凉，有孤独悲哀之感，放于书架。无意捐弃于《古代旅行之研究》一书上。今见之，有故旧之感，"仿佛见一串无尽夏与秋，一站一站展向远方"[2]。而且预感折扇将永远伴"我"，沿长串夏与秋作一远足旅行等。特别是，它以"我"所能理解的唯一语言说出这样的故事：海滨一大城，荒凉古旧，居民悠闲，生生死死，一任自然……他们的后人也是一样，那些人所生活的城也一样，一次一次的海陆变化，一次一次的新旧更迭，循环往复。"我又仿佛看见成串的无数夏日与秋日，又仿佛看见我自己的

---

[1] 林徽因：《林徽因作品新编》，人民文学出版社2009年版，第139页。
[2] 李广田：《灌木集》，中国青年出版社1995年版，第210页。

许多影子在那一串夏与秋的交替中取一把扇子,又放一把扇子。"①扇的故事,可视为寓言,但实乃作者本人伴随意识流动的一次遐想,对生命循环往复,人世沧桑等的终极思辨。

何其芳的《画梦录》中所写的常常是一个神奇的传说,虚虚实实,似真似幻,而主体性的现代意识却蔓延其间。如《画梦录·丁令威》中的丁令威在灵虚山因怀乡尘念所扰,腾空化为白鹤,不知疲倦,"随着目光,从天空斜斜地送向辽东城"。他轻巧停落在城门口的华表柱上。小城荒凉,物是人非,"无从向昔日的友伴致问讯之情"。"生长于土,复归于土",丁令威寂寞得很!"难道隐隐有一点失悔在深山中学仙吗?"因何而归,为何而回呢?"在时间作了长长旅行的人,正如犁过无数次冬天的荒地的农夫,即在到处是青青之痕了的春天,也不能对大地唤起一个繁荣的感觉。""然而我想看一看这些后代呵。我将怎样的感动于你们这些陌生的脸呵,从你们的脸我看得出你们是快乐还是痛苦,是进步了还是堕落了。"② 丁令威无意间用鹤的语言呼唤来了欢迎的人群,在语声,笑声,欢呼声里,丁令威感到无言的悲哀!而丁令威的"不动""凝视",似乎又激怒了好奇的人群,将之视作不祥征兆,于是由欢呼又变成了驱逐。在人群愤怒的驱赶声里,他飞着,但又似乎带有不舍之意地绕着城画圈子。"在他更高的冲天远去之前,又不自禁的发出几声高朗然而噪急的长唳,若用人类的语言翻译出来,大约是这样:有鸟有鸟丁令威,去家千年今始归,城郭如故人民非,何不学仙冢累累。"③ 鸟乎?人乎?作者乎?已融为一体,似很难分辨。而沧桑之变,去留两难,寻梦无果等失落、忧郁、伤感等莫可言状的复杂意涵也得以含蓄地呈现。

---

① 李广田:《灌木集》,中国青年出版社1995年版,第216页。
② 何其芳:《何其芳选集》(第一卷),四川人民出版社1997年版,第29页。
③ 何其芳:《何其芳选集》(第一卷),四川人民出版社1997年版,第30页。

二 印象式段片

印象式段片意指作者努力再现心中对客体的直接印象，是一种瞬间的感受，并将主观情绪投射到具体事物中去，"寓写实于写意之中"，"重感觉、气氛的渲染"①。当然，散文的印象式段片不是京派散文所特有的，它具有一般性，但京派散文的印象式段片却往往虚实相生，诗意盎然。不过，这也不是京派散文的"专利"与"特有"，但京派散文于此方面却具有群体的集中性。典型表现在京派散文写人的一面。京派散文的写人，常常以点带面，以不写之笔写之，小中显大，残中求全，以少总多，似云中龙爪，引人遐想。这当然异于小说，并非在完整故事情节和紧张激烈的矛盾冲突中刻画人物，具有片段性、局部性、单一性、零碎性的特点。如沈从文的《湘行书简·虎雏印象》中对虎雏的描写："这副爷现在还不到廿三岁，七八岁时就打死了人"，独自跑到外边，做过"割草人"，做过土匪，做过"采茶人"，当过七年的兵，"明白的事情，比一个教授多多了"②。他喝酒打架的事情，更似家常，但仍不失其可爱的地方，甚至"可爱之至"。他识广见多，知识渊博，"对于自己打算铺叙的才干"，简直令人佩服。沈从文对虎雏显然不是全面描绘，重在强调感觉和印象，抓主要特征，即他的"野性"和生命性，且不失鲜活与有趣。三言两语，活灵活现，以意取胜，类似中国古典的浓墨写意。

梁遇春的《救火夫》写的是一个由看到的"救火夫"（即今天的消防队与消防队员）而产生的感想。"救火夫"是作者的瞬间印象与感想的触媒："他们赤膊，腰间唯系一条短裤，棕黑色的皮肤

---

① 郑明娳：《现代散文构成论》，大安出版社1989年版，第162—163页。
② 沈从文：《沈从文散文》，浙江文艺出版社1999年版，第258页。

下面处处有蓝色的浮筋跳动着"①;"他们的足掌打起无数的尘土",可是他们越跑越带劲,"好像他们每回举步时,从脚下的'地'都得到一些新力量";"他们在满面汗珠之下现出同情和快乐的脸色"②;因心中有爱,他们爆发出惊人的力量,那一架庞大的"铁水龙",你绝对想象不到,居然六七个人能够牵着它飞奔。他们的心里与口里只有"救"……由此,作者联想开去:生命似"顽铁",总是死沉沉,冷冰冰,"惆怅地徘徊于人生路上的我们天天都是在极剧烈的麻木里过去——一种甚至于不得自己同情的苦痛","救火夫安得不打动我们的心弦……他们才是真真活着的人们";"他们无条件联合起来,为着人类,向残酷自然反抗。他们同科学家、同伟人一样伟大甚至更伟大,但少听人歌颂他们"。他们不是只想着自己的利害得失,而冷漠于别人的苦难以及人类的灾难;他们有同情,做的是搭救的伟业;"他们的慈爱精神和活泼肉体得到尽量发展,脚踏天堂乐土,气概可佩"。在这"搭救"与"同情"里,还能产生亲密团结的力量。最后总结说:"我们都是上帝所派定的救火夫,因为凡是生到人世来都具有救人的责任",但事实却并不是这样,很多都是"失职的救火夫"。"我们这个大规模的失职却几乎变成当然的事情了。"③ 显然,作者给"救火夫"这一印象式段片赋予了诸多主观情愫,有心灵再造的痕迹。

汪曾祺写于20世纪40年代昆明的《背东西的兽物》,则综合运用了剪影造型与近距离精绘的特写镜头描写了中国山地运货夫即"负之兽"的段片印象。为了说明这些人除了背东西就没有生活了,他们不但没有"人"的意义,而且没有"人"形。作者描写道:他们不作声,"是他们的工作教他们不得不埋头"④。粗率的背篓,

---

① 梁遇春:《毋忘草》,京华出版社2006年版,第124页。
② 梁遇春:《毋忘草》,京华出版社2006年版,第124页。
③ 梁遇春:《毋忘草》,京华出版社2006年版,第128—129页。
④ 汪曾祺:《汪曾祺全集》(第三卷),北京师范大学出版社1998年版,第44页。

高装货物，颈部因经常艰苦用力已变形。"省城是烧去他们背上柴炭的地方，可是看不出他们对这个日渐新兴起来的古城有什么感情。"① 老板卖出的价钱跟向他们买的价钱相差多少，他们永远不知道，至于谁烧怎么烧去这些"货物"，更不在他们的想象之内。他们休息随便，衣食朴实寒酸，他们的大事是吃一点东西到肚里，"慢慢慢慢的咀嚼，就像一头牛在反刍似的！"② 他们表情冷淡，或者说根本就没有表情，他们吃得很专心……"他们当然是有思索的，而且很深很厚，不过思索很少，简单，没有多少题目，所以总是那么很专心似的，很难在他们的眼睛里找出什么东西，因为我们能够追迹的，不是情意本体，而是情意的流变，在由此状况发展引度成另一状况，在起讫之间，人才泄露他的心。而他们几乎是永恒的，不动的，既非明，也非暗，不是明暗之间酝酿绸缪的昧暖，是一种超乎明暗的浑沌，一种没有界限的封闭。他们一个一个的坐在那里，绝对的沉默，不是有话不说，而是根本没有话，各自拢有了自己，像石块拢有了石头。你无法走进他们里面去，因为他们不看你一眼，他们没有把你收到他们的视野中去。"③ 作者选取"负之兽"们在一个短暂的停顿中所呈现出来的特定动作、姿势、外貌特征进行了雕像式的描写。只勾轮廓，重神似，化虚为实，似美术中的剪纸，也是近距离的特写。另外，文本中穿插的诸如"吃""沉默"等的细节，以小见大，见微知著，使其更具逼真感。

三 段片连缀

京派散文的超现实式段片与诗意印象式段片等的书写当超过了单一段片时（就散文写作的一般性来说，也不可能总是单一的片

---

① 汪曾祺：《汪曾祺全集》（第三卷），北京师范大学出版社1998年版，第45页。
② 汪曾祺：《汪曾祺全集》（第三卷），北京师范大学出版社1998年版，第46页。
③ 汪曾祺：《汪曾祺全集》（第三卷），北京师范大学出版社1998年版，第47页。

段），即形成了段片连缀，其段片连缀最主要的方式就是电影蒙太奇手法的艺术运用。蒙太奇原属电影的表现手法，京派文人则创造性地借用到散文之中。其经常的表现是：主观表达的中心通过一个个相关的画面或故事，按照一定的目的与指向串联或组接，从而产生连贯、悬念、对比、衬托等意义，并进而凸显散文的主旨。这种蒙太奇式的段片"连缀"当然符合蒙太奇手法的一般性原理，但又有着创造性的独属于文学散文的意味。京派散文主观性段片接组及连缀，斩断并绞碎了因果之链及时间之线，段片之间，叙述时点来回跳动、摇摆、转折、回环及照应，并因此带有了叙述与描写的舒缓及轻曼，也因此储满了诗意，使得散文更加迷离与迷人。以典型作品为例，汪曾祺的《风景》写了三个印象式段片：一，堂倌；二，人；三，理发师。三个段片，三个形象，三组画面，各自独立，彼此之间构成一种并列式蒙太奇，即作者将不同时间、不同地点发生的事件段片，按照一定的思路进行排列组合，以此凸显文章的立意。在文本中，写"堂倌"：写自己对坛子肉不感兴趣的很大原因与那个堂倌有关。堂倌"低眉""下作"等，让人感觉生之悲哀。堂倌很干净，但并不是说他自己对干净有兴趣，他失去了对世界一切的兴趣。"他不抽烟，也不喝酒！他看到别人笑，别人丧气，他毫无表情。"他有着一种说不出来的疲倦，"一种深沉的疲倦"。"座上客人，花花绿绿，发亮的，闪光的，醉人的香，刺鼻的味，他都无动于衷。他眼睛空漠漠的，不看任何人。""他在嘈乱之中来去，他不是走，是移动。他对他的客人，不是恨，也不轻蔑，他讨厌。"甚至连"讨厌"也没有了，他根本不在意了。"说什么他都是那么一个平平的，不高，不低，不粗，不细，不带感情，不作一点装饰的'唔'……"堂倌的木然让作者"我"想起了死！而所写的"人"则是：在一个邮电大楼侧面，地下室的窗穹下，这个"人"盘腿而坐。他在用一点竹篾子编东西，"一只鸟，一个虾，一头蛤蟆"。"人来，人往，各种腿在他面前跨过去，一口痰唾落下来,嘎啦啦一个空罐头踢过去,他一根一根编缀,按部就班,不疾不缓。"其脸上的"沉思"表情似乎已成习惯,无论在休息还是在工作。"我"见过他吃饭,慢吞吞地吃一个淡面包,脸上依然保持着那种静穆的神色。写"理发师":其头发指甲长得可怕,引出"我"不爱理发。理发店用红、蓝、白三色相间旋纹标记,让人想起生活的纷扰。作者说自己怕上理发店是想"逃避现实",但又说逃避现实不好。而真正的原因却是因为这些理发师太缺乏想象与创造,常常弄得千"发"一"式"。一经理发,回来照照镜子,"我已不复是我","镜子里是一个浮滑恶俗的人!"三个段片各自独立又内在呼应,作者综合运用侧写、白描等技法,印象式地写出"人"之窘状与浮滑,似现实又超越现实。

李广田的《雾》(1936年10月9日,忆山居作)系列散文:《雾·蛛网》《雾·雾中》《雾·晴光》,整体上构成并列式蒙太奇。《雾·蛛网》写的是一个特写镜头:雾从谷中升起,隔窗纱看雾,不见群山,夜刚去,夜又来。一只蛛网挂在檐角,在雾中摇。"好寂寞的蜘蛛啊!"[1]《雾·雾中》写的是雾中看雾,也是一个特写镜头:雾中看雾,雾笼罩了一切,却罩不住"我们",因为"我们"周身是"光"。雾依然重,"我们"向前走,"光"就随着来……"草木为我们而惊醒,山花为我们而开放",还有流泉雾中唱,远远的,人语声,鸡鸣声,仿佛那是幸福之所,觉得平安,有远古隔世之感。而且应该想象:"在这重雾所充塞的天地之间,凡有我们同类所在的地方,每双眼睛的前面都有一个'光'的圈子,他们都在私心里说道:'我们是幸福的,我们在暗雾中得到光明。'""这充塞于天地间的是暗雾吗?也许并没有雾,因为就连那苍翠的松柏,那碧绿的杂草,那开得鲜艳的红石竹花,它们也各有它们的'光'呢。"[2] 写的也是寂寞,但因"我们"心中有"光",既不寂也不寞。《雾·晴光》

---

[1] 李广田:《灌木集》,中国青年出版社1995年版,第154页。
[2] 李广田:《灌木集》,中国青年出版社1995年版,第157—158页。

写道：雾消，一切清晰。"我们有了太阳，太阳又赠我们一个影。一切都有一个影。"[①] 三组画面，各自独立，发生于不同时间不同地点，但各个画面之间又内在连贯、对比、衬托甚至形成悬念等，它们共处于雾中。雾的一再出现与凸显，似乎带有了重复式蒙太奇的感觉。雾给人的感觉是寂寞，蛛网的画面即强调了蜘蛛的寂寞，也是人的感觉。但身处"雾中"，只要心中有"光"，"我们"又不是寂寞而是幸福的，"晴光"的画面进一步强化了这种幸福的感觉。三者互相又构成了隐喻式蒙太奇，即作者所连接的镜头之间，有一种微妙的关系。各画面的相似点是笼罩一切，易产生孤独寂寞之感的"雾"，通过此"具象点"，突出画面之间的相关相似特征，叙述时点也在各画面之间往来跳动、转折等，促使读者易于产生联想，领会内在的、深层的比喻含义，从而具有了象征的意味。

何其芳的《独语》（1934年3月2日），开篇就营构了诸多形式的"独语"："独步荒街"之脚步的"独语"；决绝地离开了绿蒂的维特（实际指歌德），"寂寞的一挥手"的"独语"（动作也是一种语言）；西晋人物，驱车独游，"车辙不通之处就痛哭而返"的"独语"；自己"独面画廊巨柱之古代建筑物"的"独语"；昏黄灯光，书中各个人物的独语……"温柔的独语，悲哀的独语，或者狂暴的独语。"各种不同形式的"独语"，皆源于作者的内心创造，将之组结串联，表现自我的回忆、幻觉、思考、想象等，是为主观式蒙太奇。而各种"独语"之间，又构成了并列式蒙太奇。同时，各画面之间皆有内在相似点："每一个灵魂是一个世界，没有窗户。而可爱的灵魂都是倔强的独语者。"由此，读者足可悟出深层的隐喻意味。

概言之，京派散文的段片及段片之连缀，是一种故事的表明，而非故事的叙述，体现一种空间化的"破碎"的技巧。它异于小说叙述的连续性，而将若干相关或不相关的人生段片与场景，以主观

---

① 李广田：《灌木集》，中国青年出版社1995年版，第158—159页。

及特定语词的方式组接到一起，形成一个总的感觉性的场景，产生强烈的视觉冲击效果。它当然也有叙事，但偏重于抒情。京派散文的"段片"及"段片之连缀"往往体现出叙事学意义上的"概要""停顿""省略""场景"等"故事时间"兑换成"文本时间"而产生的"时距"的形态。而这一"时距"的表现形态也正与散文的"段片"书写的本质内在相通。"概要""停顿""省略""场景"等"时距"的形态所蕴含的正是散文有限中的无限，"微言"中的"大义"，"客观"中的"主观"等意义。类似地，京派文人通过对典型的足可以作为标志性的段片的选择和呈现，使其具有了电影艺术的、永远现在式、临场感的特征。而且，这种段片及段片的"连缀"，因段片选取及"连缀"的特别又可望生成新的意象，以至生成更为复杂多变的意象空间，从而具有丰富的象征性。京派散文的"段片"与"段片之连缀"，以及"段片连缀"所用到的电影蒙太奇的手法等，往往又体现出热奈特所谓叙述"时序"的"倒叙""插叙""补叙""预叙"等，尤其是其中的"倒叙"与"预叙"，依旧是小说手法在散文中的化用。"倒叙"是立足于现实记忆而对过去之事的追述，类似于记忆"过去"的永远的"现在时"。而"现在"之"我"以"现在"之身追述"过去"，便常常又会以预先的叙述口吻即"预叙"来表达反思、悔悟、追问与重估等，呈现出时间的交错感与虚幻感，更体现出强烈的介入感与创造性，是在"叙述时间"与"故事时间"不统一之下心灵穿越时空的时间性的修辞，其所表达的是个人化、私语化的观念与思想，是"小道理"，但这"小道理"却包藏"大意味"。其形态多线与多向，如此，其审美空间也是多重的。这种"时间"交错的空间张力促生了读者再想象的空间，意味也因之更为深长。它打破了传统循环式的时间观，而代之以开放的线性的时间观，以及时间的空间感，实现了"空间"抗拒"时间"的意义。

附录 本讲精读篇

导读语

散文写人、记事、写景、抒情等，不重视发展变化的外在完整性，而重视对人生段片的抒写，呈散跳的形态。作为散文的一般质态，京派散文当然如此。但更为重要的是，京派散文的段片抒写追求言在此而意在彼的象征性。此种象征所重视的是用感性形象，象征个人的偶然性与非理性及个体当下的独特体验。京派散文不太重视再现式描写客体的、直接模拟式的写实，而偏重表现式的，主体因素对客体的渗透、转化和再创造，有心灵写实化的倾向。精读下列选文，体会京派散文的"段片"特点及其他。

梁遇春：《救火夫》

李广田：《马蹄》《扇的故事》

何其芳：《画梦录》

汪曾祺：《背东西的兽物》

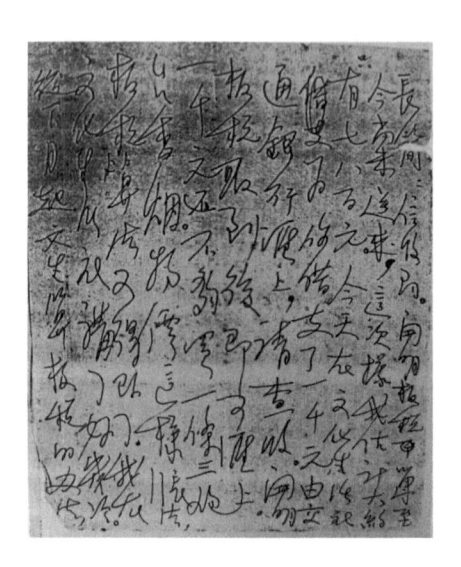

图 6-1 师陀手迹

第 七 讲

京派散文的赋形结构

从整体上看，京派散文的结构是一种内部生长型的生命结构，是由内而外且超越了外在表现形态的内生性结构。或者说，它给人的感觉是自然生成的，虽也匠心独具，甚至精巧别致，但不留斧斫之痕，是自然的"精美"。这在整个中国散文结构的发展史甚至整个中国古典文章的结构史上，都是有开创及启示意义的。

一般认为，"我国的整个散文创作，尤其是古典散文，在结构上同我国江南园林的布局，大体保持着一致的风格，那就是在有限中求无限，在统一中求变化，在人工中求自然。造园者，以筑山、叠石、回廊、漏窗、粉壁、洞门……造成景观的藏、露、对、转借，给游人以曲径通幽，步移景换之感。散文作者在结构行文时，也总是力求在有限的篇幅里，写出深邃，写出曲折，给人以长久的回味"[1]。"散文结构应讲究起、承、转、合，应有一种严谨的结构美。"[2] 中国的古典文论家大多强调谋篇布局、行文章法之类的"文章"做法的外在形式结构，以外在的谋篇布局来把握散文以及一切文章的结构形式，但强调多了容易产生一种匠气甚至陷入格式化、模式化等形式主义的泥淖，缺少一种圆融和自然性。而京派散文的结构整体上则不是特别在意开头、中段、结尾，以及篇中的句

---

[1] 佘树森：《散文创作艺术》，北京大学出版社1986年版，第75页。
[2] 曹国瑞：《情有独钟——散文奥秘的探询》，光明日报出版社1990年版，第95—100页。

型组织和精心、精巧布局的外部形态，它是一种开放自主的生命生长型结构。重视把创造主体自然生发的意识、情感、思想、生命体验转化为物质形态的有意味的形式。它是创造主体的思想内心生长出来的一种表里如一、浑然一体、水乳交融的结构，这种结构的表现形态是一种隐性的"超越了线性结构和常规结构"的情绪结构、意象结构、表层结构及深层结构等。[1] 也就是说，京派散文是自然生长的，少匠气，重天然的整体存在形态，是一种超越常规形式之上的无型之有型、有型之无型的结构，它所遵循的是内在的结构及各种赋形结构的内在原理。这种"原理"属于"一般"，但也更体现于京派散文的"特殊"之中。是"一般"在"特殊"之中的自然体现。京派散文的结构有一种随心所欲而不逾矩的开放自由美。

一 无型之有型

京派散文追求结构的开放和境界的潇洒大美，充溢着一股流动的活泼新姿。但这并不等于说京派散文散漫无章、放荡不羁。京派文人在写人寄思、叙事言情、借景抒情等具体表现过程中，在遵循散文开放自由的审美约束中，同样追求着无型之有型，追求着"随心所欲而不逾矩"的潇洒中的形式常态。主要表现为：

（一）情绪结构

京派文人之为文，非常重视自己的情绪和心态。沈从文曾说："我就是个不想明白道理却永远为现象所倾心的人。"[2] "我看到一些符号，一片形，一把线，一种无声的音乐，无文字的诗歌。我看到生命一种最完整的形式，这一切都在抽象中好好存在，在事实前

---

[1] 陈剑晖：《论散文结构》，《南京师范大学文学院学报》2005年第2期。
[2] 凌宇：《沈从文散文选》，人民文学出版社1993年版，第74页。

反而消失。"[1] 何其芳也说："对于人生我动心的不过是它的表现。"[2] "我不是从一个概念的闪动去寻找它的形体，浮现在我心灵里的原来就是一些颜色，一些图案……有些作者常常略去那些从意象到意象的锁链，有如他越过了河流并不指点给我们一座桥，假如我们没有心灵的翅膀，便无从追踪。"[3] 其实散文本身就是一种情感的文体。如此，京派文人在进行散文创作时，常常将某种强烈或主要的情绪与情感蔓延扩衍到外在的人事景物上，使得外在的人事景物"着"此情绪与情感，从而形成一种无序但有"根"的形态。如萧乾的《雁荡行》，以情感的逻辑贯穿其中，并运用联想和想象进行描绘，因而达到神韵融合、天然入妙的功效。整篇散文采用连缀式的表达及散点透视的视角。文本首先写雁荡山的惊险、美艳、刺激，以及山的伟大；由山路的艰险引出钦佩那坚毅勇敢且始终警醒着的司机及当日筑路的民夫等，置身于那幽奇浑庞的境界，古怪，怕人！"平时见了山，你还忘不了民生大计……到这里，山却成了你的主人了。"接着以"永远滚动着""灵峰道上""银白色的狂巅""那只纤细而刚硬的大手"等几个小标题分别写了于险峻、雅丽、无数怪状峰峦之背景中永远滚动着的生命浩荡的小龙湫瀑布，以及同样永远滚动着的以"二十块钱，卖一条活命"而代代相传的山民的绳绳表演；灵峰道上的怪峰森峭，清流激湍的惊险、神秘、刺激、怪异；乍乘山轿所引起的良心上的伤感性的鞭笞；"罗带瀑"以一个震怒的绝代美人的气派所显现出的万斛晶莹、一道银白色的狂巅等。而贯穿其中的情感逻辑也是一波三折、散而归一的，即随着外在景物之不同而感叹生命的浩荡、悲悯山民的生计、惊叹自然的奇观……这一切都让作者感到一种"胸中的闷压""人间的悲戚"。文本就在这情感的起伏涨落中散珠成串。

---

[1] 沈从文：《沈从文文集》（第十一卷），花城出版社、香港三联书店1984年版，第295页。
[2] 何其芳：《画梦录》，人民文学出版社1993年版，第1页。
[3] 何其芳：《画梦录》，人民文学出版社1993年版，第60页。

沈从文的《桃源与沅州》写的是一种对家乡人事失落的情绪：历史上的桃源已不再是心中的乌托邦幻象，住在此处的人们也无人自以为是遗民或神仙，桃源已褪去了神秘的灵光。作者正是以此种情绪回旋、放射、附丽于桃源和沅州的一系列见闻之上，整体呈扇状形态。竹林潜伏的"剪径壮士"；悲苦可怜的妓女；慕名而来的"风雅"人士的"风雅"放荡；水手经济条件差，生死无依；沅州南门城门上凶残的血迹等，这些跟美丽的山水环境多么不协调。湘西人尽管有着潇洒自然的人格及人与自然浑然为一的妙合，但毕竟也有着种种的不尽如人意，家乡也断然不是美的所在，也有着一种寻求中的失落感浸透纸面。

何其芳的《独语》反复渲染的则是那种荒凉、倔强的孤独。为了表达这种孤独，作者分别设想了独步荒街"脚步的独语"；维特试卜自己命运的那种将小刀子掷入河中之寂寞地一挥手的动作的独语；西晋人物驱车独游于车辙不通处痛哭而返的独语；绝顶登高，悲慨长啸的独语；昏黄灯下，书中人物的独语……"温柔的独语，悲哀的独语，或者狂暴的独语"，作者通过对一系列意象的描绘所要述说的就是那难耐的落寞的孤独情绪，而这种孤独情绪也恰恰是全文的生长点和谋篇布局的基点。其实，倘不嫌以偏概全的话，何其芳的《画梦录》几乎都是以一种爱与孤独的情绪结构全篇的。

情绪结构的基本特征即为重情绪、重生命体验的知性化，在"我"与"物"、感性和理性之间融贯着饱满的情感和体验。情绪结构在外在表现形态上，常常表现为围绕着某种或几种情绪，组合与升华外在生活的细节或意象，情绪与外物之间有一种说明与被说明、解释与被解释的关系，同时这种解释和说明是主体内在的、直觉的、浑圆的。情绪是散发、感知、体验、生成的原点与基点，外在的人事景物是情绪附着、回旋、跳荡、扩衍的场地，整体格局上呈现无序却有"根"的发散型的扇面结构。

（二）意象结构

类似于一般意义上的意象散文，京派散文的意象结构是指以凝聚着作者生命体验的某一意象为结构核心，文本由此意象做层层意义的生发，或以这一意象为中心点扩衍出种种相关的意义。如此，这一中心意象就成为散文结构的核心，散文也就成为意象结构的散文。

如何其芳的《秋海棠》（1934年），文本的显层主要写静静的庭院，寂寞的思妇。作者以比喻、象征、通感、幻觉等多种艺术手法极写夜的静谧、幽暗、阴湿，思妇的孤独、凄凉、彷徨和哀愁，而文本的末尾才归结到对秋海棠的描写："就在这铺满了绿苔，不见砌痕的阶下，秋海棠茁长起来了。两瓣圆圆地鼓着如玫瑰颊间的酒涡，两瓣长长地伸张着如羡慕昆虫们飞游的翅，叶面是绿的，叶背是红的，附生着茸茸的浅毛，朱色的茎斜斜地从石阑干的础下擎出，如同擎出一个古代的甜美的故事。"显然，秋海棠的意象是一种潜在的象征意象，它象征着一种哀怨、忧愁，而文本中显在描写的思妇所包蕴的主体情思与秋海棠在内涵上是等同的。秋海棠所代表的哀怨、忧愁、怨怼等内涵即为文本构思的潜在基点。

李广田的《井》通篇以"井"的意象作为结构的核心。作者以幻觉和想象的手法写自己在寂静而带着嫩草气息，同时也是墨色而森然的夜里，做一个忧虑而悲哀的自己想象中的夜游人："我"无力地想着"白色的日光"，"温润的土壤"，"遥碧的细草"；"于是又仿佛听到了雨的丁当，森然的暗夜中仿佛影绰绰地看见带着旧岁的枯黄根叶，从枯黄中又吐出了鲜嫩的绿芽的春前草"。"我"在院子里移动着逡巡着。"学着老人的姿势，拄着想象的拐杖，以蹀躞细步踱到井台畔"，久立谛听那慑服夜间一切精灵的水滴坠入玉盘的叮当珠落声，于是联想和感叹道："我觉得寒冷，我觉得我与那直立在井畔的七尺石柱同其作用：在负着一架古老的辘轳和悬在辘轳上的破水斗的重量,并静待着,谛听破水斗把一颗剔亮精圆的水滴掷向井底。泉啊,人们天天从你这儿汲取生命的浆液,曾有谁听到过你这寂寞的歌唱呢?"显然,"井"的意象即代表着生命的泉源,而人们却常常忽略生命的泉源,"我"为发现这一秘密而欢喜,同时也感到寂寞。

梁遇春的《坟》中"坟"的意象,是一种心理意象,指"你"走后的心境,似天天过坟墓中人的生活,"小影心头葬","坟"乃心中之小坟,却很美,"因为天下美的东西都是使人们看着心酸的","我"只"是一个默默无言的守坟苍头而已"。"坟"就是文本生发和结构的核心。

总体上看,京派散文的意象结构,其表现形态常常是围绕某个中心意象展开思绪,或生发或引申或联想,思维呈发散性特征,使文本诗情浓郁。另外,京派散文意象结构中所用之意象多是个人化和多层性的象征意象,象征符号自身的能指与所指意义具有不固定的随意性、模糊性、多层面的陌生意味,体现了京派文人特有的生活经验与思想观念,是一种独特个人性的生命体验与生命感知,从而使京派散文充满了多重性、多层性,以及多元高密的现代性意涵。

(三) 情节结构

情节结构的散文则意味着"情节"的中心意义。有人物,有事件,有活动,人物活动与生活事件也就成为散文结构的核心。由于京派文人很多就是小说家,小说手法有意无意地影响了其散文的结构形式。在此方面最明显的表现就是京派散文吸收了小说有中心人物的特点,以人物行动为主,使其散文具有了小说描写的客观性。有所不同的是,京派散文对人物的描写当然不可能像小说那样作全面的描写,而是以散文特有的抽象的言论统贯其中,以主观的态度统摄全篇。在此方面,以李广田为最。如他的《柳叶桃》(1936 年

1月），文本写了一个女戏子的故事，主观色彩浓郁。

  文本开篇即说，"提起笔，心中有说不出的感觉。既高兴又烦忧。高兴者，是自己解答了多年前未能解答且已忘怀了的一个问题。烦忧者，是因为事情本身令人不快"。接着叙述了十几年前的往事："我们"其时为一些五颜六色的梦所吸引，过着浪漫的日子，在"我们"租赁的院子对面，住着一破落富户，富户家中有一美丽女人，即女戏子。她想儿子想疯了，常把"我们"所租赁院子里的"哥儿"当成自己的儿子。十几年后方才明白，原来，女子幼贫学戏，二十岁左右小有名气，故得以与秦姓少年相好，并被其接回家中。她在秦家是三姨太的身份，受着二姨太压制，过着奴隶不如的日子，于是希望为秦家养出一个"继香火的小人儿"，后来希望破灭，被迫回家，艰难度日。接着作者跳出来说道："说到这里，几乎忘记是在对你说话，先检些重要的题外话在这先说，免得回头忘掉。假如你想把这件事编成小说，尚须设法把许多空白填补起来，我所写的仅是个报告。"后来，种种原因的凑合，秦家又接女戏子回去，回去后更是虐待得厉害，女戏子更想着孩子的梦，终至发疯，以至死去。"我"烦扰着，仿佛这件事和"我"发生了关系，"我"不禁向"你"问一句："我们当年那些五颜六色的奇梦，现在究竟变到了什么颜色？"显然，文本主要是讲故事，在故事的回忆中，包蕴和充斥着作者本人的理解、愤懑、惆怅、惋惜……

  另外，像沈从文的《老伴》中写重回泸溪县，引出往昔自己痛苦快乐的回忆。文本重点记述了十七年前从戎时的老朋友"傩右"的不安分与活力，而十七年后，时间同鸦片已毁了他，他也不认识"我"，"我"也不愿意再打扰他。并因之引发议论："时间使我的心在各种人事上感受了点分量不同的压力，我得沉默，得忍受……我明白'我不应当翻阅历史，温习历史。'在历史面前，谁人能够不感惆怅？"《一个戴水獭皮帽子的朋友》则记述了一个懂人情有趣味的老朋友，"善玩女人"，"爱玩字画爱说野话"，言语行为粗中有细，且带点妩媚。从三岁时就喜欢同人打架，"但人长大到二十岁后，虽在男子面前还常常挥拳比武，在女人面前，却变得异常温柔起来，样子显得很懂事怕事。到了三十岁，处世便更谦和了。生平书读得虽不多，却善于用书，在一种近于奇迹的情形中，这人无师自通，写信办公事时，笔下都很可观。为人性情又随和又不马虎，一切看人来，在他认为是好朋友的，掏出心子不算回事；可是遇着另外一种老想沾他一点儿便宜的人呢，他就完全不同了。——也就因此……有人称他为豪杰，也有人称他为坏蛋。但不妨事，把两种性格两个人格拼合拢来，这人才真是一个活鲜鲜的人！"并说：时间使一些英雄美人成尘成土，把一些傻瓜坏蛋变得又富又阔；"我"这个朋友，"在一堆倏然而来悠然而逝的日子中，也就成就了武陵县一家最清洁安静的旅馆主人，且同时成为爱好古玩字画的风雅人士了"。沈从文这些记人的散文，虽都用的第一人称叙述，在充满着强烈主观性的同时，也透露出小说的客观性，即都有叙述的中心人物，也有人物的行动和故事等。

情节结构的散文有人物有故事，有时还采用第三人称叙述的手法，具有小说的客观性，但也更有着散文的主观色彩。

（四）象征结构

京派散文的象征结构是指用具体物象对社会生活的某些本质方面进行喻示和概括，从而形成一篇以象征"物象"为结构核心的散文。象征结构的散文常采用象征手法，通过某一特定的具体形象来表明与之相近的某一抽象概念、思想、感情等。

如萧乾的《破车上》，作者开篇即用了象征意味的笔法点出题目的意旨：凡是残旧了的时髦物件都曾有过昔日的光辉，"像红过一阵的老艺人，银白的鬓发，疲惫的眼睛下面，隐隐地却在诉说着一个煊赫的往日"。

接着便叙述了"我们"钻进一辆破汽车，去看一位垂暮的老人。路途中，极写了路的艰难，车的嘶喘和屡次断气，并借用途中人物的对话写出破车的象征意味：中国就是辆破车，但车破，可也走得动艰难的路，"出了毛病，等会就修好。反正得走，它不瘫倒，这才是中国"。显然，表面写的是破车，其实写的是当时的中国，破车的形象就是中国的形象，是公共化的中国的象征，也是文本结构的凝聚点和发散点。

李广田的《老渡船》，题目为"老渡船"，但文本显然写的不是船，而是用渡船的坚实、稳固，最能适应水面上的一切颠颠簸簸、风风雨雨的显在象征意义来写一个老渡船式的人。"老渡船"风平浪静，也可谓麻木或无奈，安于生命中所遇到的一切，无所谓满意，也无所谓不满意，仅天天负了一身别人的重载，耐劳，耐苦，耐一切屈辱，却无一点怨尤，永被一个叫命运的东西任意渡到这边，渡到那边。他已把他那份生活磨炼得融进他的生命中去了。说不清他做的什么职业：儿子的父亲，妻子的丈夫，妻子"朋友"的对手。一个铁匠的打"下锤"的伙伴。比起打铁，他又更多地在田里。有二亩薄田，却难以维家。他的家庭似一个不断有闲人来陪那水手和女人闲谈的"闲人馆"，他也任意由妻子驱使，永远忙着。妻子的水手"朋友"也俨然是这屋里的主人，任意吩咐他。他那"高傲"的儿子也最看不起他。他终日劳动，不免污秽，衣服人称破狗皮……如今人老，日衰以前，仍像一只老渡船，负了一身的重载艰难度日。

林徽因的《窗子以外》中所说的"窗子"，显然不是现实中实在的窗子，而是一种潜在的象征符号，代表着一种"隔"，一种"自我"与外面世界的隔离。真正的世界是在窗子以外的，只有自己走出窗子，才能真正见到外面的世界，但事实却是整年整月所花费的时间大都是在窗子以内，"这是多么靡费的用途！"虽然"你诅咒着城市生活，不自然的城市生活……没想到你走到哪里，你永远免不了坐在窗子以内的"，"不是火车的窗子，汽车的窗子，就是客栈逆旅的窗子，再不然就是你自己无形中习惯的窗子，把你搁在里面……隔着一个窗子你还想明白多少事？"

京派散文的象征结构，融合着浪漫主义与象征主义的质素与因子，包蕴着中国古典诗词与西方现代派的艺术神韵，呈示出含蓄蕴藉、言近旨远、包容广阔、品之不尽的艺术神韵。

二　有型之无型

京派散文的"有型"，其实质又体现着自由的"无型"之美，它比诗歌、小说等文体更自由、更灵活、更多变、更开放，有一种自洽生长的无规范的自在之态。也就是说，京派散文在上述所列的种种形态中，又表现出一种流动的和不安分的自由，呈现出有型的无型：

第一，结构的宏阔性和开放性。前文所论的情绪结构、意象结构、象征结构、情节结构等，尽管也表现着结构中的常态，比如文本中的情绪、意象、情节等是文本结构的内在凝聚点、发散中心及结构核心，但在文本具体展开的发散形态上，又表现出无定法、无定局乃至无定体的特征，追求行文的潇洒自由。情绪结构的散文一任感情的回旋、跳跃。意象结构的散文又常常表现出意象的发散性、思维的辐射性。情节结构的散文则表现出断片性、主观性。象征结构的散文表现出个人化、潜在化、浪漫化的神韵等。这些特性都散发着自由潇洒的因子，也规约了京派散文文体的自由、宏阔与开放。诚然，概观整个京派散文，我们大可感觉出，它们尽管写得都很精美，但并没有模式化、定型化、程式化等的倾向，是随心所欲而不逾矩的大美。

第二，流动性。不拘泥于成法，随物赋形，一如苏轼在《自评文》中所说："吾文如万斛泉源，不择地皆可出。在平地滔滔汩汩，虽一日千里无难；及其与山石曲折，随物赋形而不可知也。所可知者，常行于所当行，常止于不可不止，如是而已。"京派散文于整体的结构风格上有如上文所论的情绪结构、意象结构、象征结构、情节结构等不同的多元流动的表现形态，即便具体到各种结构形态的内部，也同样表现出复杂多样且具有流动性的风格特性。比如，同样写情绪，沈从文的《桃源与沅州》与何其芳的《独语》写得较为空灵、变幻、虚玄，因为它写的是内在心灵的思辨和孤独。而萧乾的《雁荡山》则写得较为繁复与真实，因为它所写的则为现实的引发、观感、思考，是随着现实的踪迹而依次凸显自我的情绪。同样写意象，何其芳的《秋海棠》中的"秋海棠"潜在象征着一种哀怨、忧愁、怨怼，内涵和神韵丰富、深沉、朦胧，而李广田的《井》中的"井"的意象与梁遇春的《坟》中的"坟"的意象等则为心造的幻影，乃是一种心理意象，是作者自己的那种难明、晦涩、朦胧之幻想、想象的诗意的表达。同样是象征，京派文人也追求自己个人化的独特理解和表达，比如，萧乾在《破车上》中以"破车"的象征形象来写中国。李广田的《老渡船》以渡船的坚实、稳固，最能适应水面上的颠簸来象征一个老渡船式的人。而林徽因的《窗子以外》以虚幻的"窗子"来象征自我世界和外面世界的一种隔离等。总之，京派散文追求结构的自适性、多变性、自我性、随物赋形，突破成规、多姿多彩。

第三，适然的思维支撑。思维是无形的，它既有逻辑的、理性的因素，又有非逻辑、非理性的因素。其中，非理性的因素对于思维的创造力起着相当重要的作用。比如，直觉就是思维中的一种非理性的因素，它看似无明显根据，实质则以思维主体长期的经验积淀为基础。直觉的本质是领悟，指主体不经过严密的逻辑推理而直接洞悉事物的本质。从心理学的角度看，直觉是一个熟悉的过程，是个体在前知识经验的基础上再认识某事物的过程。在此过程中，概念逻辑被悬置，个体感觉、经验被突出。京派散文的上述结构其内在的支撑力量是各种适然的思维，以及各种思维引导下的思维结构。思维的无形决定了散文结构的理性与非逻辑，即常态中的自由形态。比如，情绪结构的散文受制于意识流思维，作者通过心理意识的自由联想延伸、生发成文。是一种个人的冥想。在冥想中，作者打破现实与想象、现实与梦境的界限，自由表达其对生命的质询与追问，表现出强烈的内倾性、自在性、自为性。意象结构的散文，其内在的支撑力量则是意象思维。意象思维在中国异常发达，为中国的传统思维形式。意象思维的运用能使散文艺术呈现生动活泼的面貌，而散文家的主体意识也因此可望得到高扬及深刻的体现。根据意象主义大师庞德的说法，意象是瞬间呈现出的一个理智与情感的复合体。有时甚至是多种感觉的瞬间放大及定格，它是凝聚了个人生活经验和思想观念层面的物象，超越了生活经验的纯实在性，同时又未上升到纯概念的层面。作为物质性存在上升为思想的媒介，它与作者个人的生命感知密不可分。这种与个人主体性的密切相关使得文学意象具有意义的多重性和暧昧性。主体意识的高扬及多重意义的指涉性，符合散文文体的"真我"本质，也潜在规约着散文文体结构的开放性、自由性。

另外，所有上述京派散文的结构形态大多往往遵循着中国传统，也即最重要的顺应自然的思维形式。中国古代的儒、释、道都强调顺应自然但各有侧重，而又相互补充，使这一思维更为深入人心。儒家讲顺应自然，强调合乎时宜，顺应人心。如《易·革·象》曰："汤武革命，顺乎天而应乎人。"还强调符合自然和社会规律，如《易·贲卦·象》曰："观乎天文以察时变，观乎人文以化成天下。"用之于文学批评，则是主张诗文符合时代和政治道德的需要，强调其"经夫妇，成孝敬，厚人伦，美教化，移风俗"[①]的作用。以老庄为代表的道家讲顺应自然，强调"道法自然"。老子说："人法地，地法天，天法道，道法自然。"[②] 庄子则强调"天

[①] 郭绍虞主编：《中国历代文论选》（一卷本），上海古籍出版社1979年版，第63页。
[②] （清）黄元吉撰，蒋门马校注：《道德经注释》，中华书局2012年版，第104页。

地与我并生，而万物与我为一"①。佛教哲学特别是禅宗哲学，歌颂"青萝夤缘，直上寒松之顶；白云淡泞，出没太虚之中"的心灵自由自在的自然状态，歌颂顺其自然，便会有心灵澄澈之福的境界。三者的合流，便成了向内宇宙和外宇宙掘进的时空意识。这种开阔深邃的时空意识又是辩证的。它以"变动不居，周流六虚"为特征，以"易穷则变，变则通，通则久"②的变通思想为指导，是既包含着量变，也包含着质变的辩证的时空意识。京派散文吸取了传统中国顺应自然思维的内在哲学神韵，于散文的结构形态上追求自我与自然的融合，"真我"心灵的自由自在，叙述抒情的自适、自然等，追求文本结构的顺势行文、自然天成。

质言之，京派散文的结构是"赋形"的结构，生长的结构，京派散文不是写成的，倒似自然生成的。

三 赋形结构的内在原理

李广田说："我以为诗与小说来和散文相比，也许更容易见出散文的特点。假如各用一个字来说明，那就是：诗必须圆，小说必须严，而散文则比散。若用比喻来说，那就是：诗必须像一颗珍珠那么圆满，那么完整……小说就像一座建筑，无论大小，它必须结构严密，配合紧凑……至于散文，我以为它很像一条河流，它顺了沟壑，避了丘陵，凡是可以注处它都流到，而流来流去却还是归入大海，就像一个人随意散步一样，散步完了，于是回到家里去。这就是散文和诗与小说在体制上的不同之点，也就是以见出散文之为'散'的特点来了。"③诚然，京派散文之"散"就表现在它的生成性，即随着所要表达的思想内容或物的需要，赋予其恰当的结构形

---

① 孙通译注：《庄子》，中华书局2016年版，第39页。
② 杨天才译注：《周易》，中华书局2016年版，第367页。
③ 李广田：《谈散文》，沈世豪：《散文创作艺术》，辽宁教育出版社1988年版，第97页。

态。"匠心"内化于"自然"的结构形态中,又不是随意的。深究之,京派散文赋形结构的内在原理本质表现为:围绕一个基本生长点,合宜地运用渲染与反衬,并通过各种因果与相似立意思维,以及分析与综合的路径思维以达成文本的复制生长和最终形态。所谓"渲染",即一种信息的重复思维操作,所谓"反衬",即一种功能性的重复思维操作。是对所指(意思、主题、立意、情调、色彩等)的复制,也是对能指(形式、形象、载体等)的创新。主题的自我复制过程就似"滚雪球",即自相似的分形生长过程。而在文本最终生成的过程中,立意思维和路径思维特别是路径思维起着重要的作用。路径思维是写作行为的(实体)结构性思维,其基本原理就是因果(逻辑)、共时(空间)、历时(时间)、程度等不同形式不同形态的分析与综合,最终达成功能性赋形的完成和定型。不得不说,在一定意义上,"渲染""反衬""立意思维""路径思维"等思维模式,符合写作学的基本原则,而这些思维模式恰恰内在于京派散文赋形结构的"环节"当中。它属于"一般",也属于京派散文的"特别",而这"特别"又浑然内在于整体京派散文的赋形结构中。

当然,不同类型的散文其赋形生长的结果又各具其美学形态。具体分析如下:京派文人叙事的散文,常常表现出"递进式"或"因果式"的美感。不管是先因后果,先果后因,还是果中有因,因中有果,都讲究脉络的清晰呈现。以李广田的《柳叶桃》为例。文本叙述了一个女戏子的故事。开篇即说自己解答了一个令人既高兴又烦忧的问题,这成为文本的引子。接着叙述十几年前的往事,叙事的过程与文本的"引子"形成了整体上的因果(逻辑)分析与综合,引出令人既高兴又烦忧的原因。在具体叙述的过程中,先果后因,"我们"当年遇一富户家中的美丽女人,想儿子想疯了,常把"我们"所租赁院子里的"哥儿"当成自己的儿子,这是果,接着叙述十几年后知晓了原委,并运用了原因分析与综合的思维操作。女子幼贫学戏，二十岁左右小有名气，所以得以与"秦姓少年"相好，并被其接回家中。在秦家是三姨太的身份，受着二姨太的压制，过着奴隶不如的日子，这是背景分析。于是，她希望为秦家养出一个"继香火的小人儿"，这既是因受压制而借以自慰的果，也是秦家买她过来的因。后来希望破灭，被迫回家，艰难度日，这又是因中有果。再后来，种种原因的凑合，秦家又接女戏子回去，也是因中有果。回去后更是虐待得厉害，女戏子更想着孩子的梦，这是她承受虐待依然坚强的原因和心理支撑，也是导致她后来想孩子想得发疯的原因。叙述的过程，"因""果""递进"，脉络清晰，一波三折，呈现出错落有致的层次性的美感。

文本至此，还没有交代清楚为何取名"柳叶桃"的原因。于是接着叙述：柳叶开花之际，秦家满院桃花，女戏子爱花，并于花下叹息、哭笑、自语："柳叶桃，开得一身好花儿，为什么却永不结一个果子呢？"整日疯状，终至死去。死时满面脂粉，一头柳叶桃的红花。文本的解题运用了人与物的异类相似思维的分析与综合的思维操作。桃花的美丽与不果恰与女戏子的美丽不生子相似，都有美丽而让人忧愁的他相似品性，这也正是文本生长的基点。

文本正是通过因果（逻辑）思维、相似（形象）思维进行立意，并在女戏子的不同和反复遭际的渲染性与反衬性的信息重复中，运用一系列的原因分析与综合的思维操作，以剥笋式分析法，层层递进，脉络清晰，从而生成文本。

京派文人写人的散文，常常呈现辐射式的广度。以李广田的《老渡船》为例。文本以渡船坚实、稳固，最适应水面颠簸的象征意义来写一个老渡船式的人。题目与正文运用了人与物的他相似思维进行立意。而在文本的生成过程中，则运用了多角度分析法的思维进行操作。文本的前段先总说"他"麻木地安于遇到的一切，整天背负别人的重载，耐劳、耐苦、耐一切屈辱，并无一点怨尤地永被命运渡来渡去。接着，分别通过"职业"、儿子的父亲、妻子的丈夫、妻子"朋友"的"对手"等不同方面展开对"老渡船"的描写。在职业上,他是一个铁匠的打"下锤"的伙伴,但更多地又在田里,然二亩薄田,难以维家;儿子"高傲",看不起他且任意使唤他;妻子的"朋友"是个强悍、狡黠的跑大河的水手,他不胜对手……他的家庭似一个不断有闲人来陪那水手和女人闲谈的"闲人馆",他经常由妻子任意驱使,永远忙着,终日劳碌……如今人老了,仍像一只老渡船,负了一身的重载艰难地度日。整个文本的叙述与题目形成了整体上的物与人的异类相似思维的分析与综合,而文本的内部,为了说明"老渡船"的渡船性,作者以渲染性的信息重复思维操作,分别从"职业"、儿子的父亲、妻子的丈夫、妻子"朋友"的对手等方面辐射并展开论证,此又为事与事的他相似、同类相似思维的分析与综合。这样,文本基本循着他相似思维立意与他相似思维的分析与综合,围绕着"渡船性",多方面多角度地生成文本。

京派文人托物抒怀的散文,具有情化式的辅助美:所借之物的描写,只是起着辅助性、背景性的前提作用,同时多有着象征性的结构形态。如萧乾的《破车上》,开头作者即运用了象征意味的笔法点出题目的意旨:"凡是残旧了的时髦物件都曾有过昔日的光辉。"显然,文本运用了他相似思维立意,是一种隐喻、象征的思维。

接着便叙述了"我们"钻进一辆"破汽车",去看一位垂暮的老人,路途中,极写了路的艰难、车的嘶喘,且屡次断气,并借用途中人物的对话写出破车的象征意味:中国就是辆破车,但车破,可也走得动艰难的路,"出了毛病,等会就修好。反正得走,它不瘫倒,这才是中国"。显然,表面写的是破车,其实写的是当时的中国,破车的形象就是当时中国的形象。作者借"破车"来抒发对中国的感情。这显然又是运用了联想性的异类相似思维的分析与综合的思维操作,把中国与"破车"联系起来,而文本的生成过程即是通过围绕破车的"破"和路的"难"不断地进行渲染性和反衬性的信息重复。

　　京派文人纯抒情性的散文，常常表现为缘情布线，在描绘喜、怒、哀、乐、悲、恐、惊等情感的走向时，如何先铺设若干情感层次，然后推出一个情感高潮的顶点层次，便形成了起伏式或递进式的结构形态。如何明显运用抑扬、褒贬、直曲、疑解等方法，便形成了"交互式"或"并列式"的结构体式。以何其芳的《街》为例，文本记录自己一次凄凉回乡的孤独感受：回到故土，由家乡县城的冷淡陌生，回忆幼年的阴暗与荒凉；回忆艰难地从读着经史到县城初中，学生年龄差异大，幼小自己的孤独；初次看到学生攻击校长及自己黑夜被禁、被吓，被一旅长训诫等，第一次学校生活留下的记忆，产生沉默、孤独、对成人的不信任感；接着，见昨日学校已拆，怀念老校，而眼前的人也尽是垂头丧气，失去希望，担着劳苦的人。至此，作者孤独的情绪并列式地形成了若干层次，由不同方面把孤独的情绪递次强化，这是孤独产生的原因，整体上运用了原因分析与综合的思维操作，而在这若干层次的内部，则运用了同类相似思维分析与综合的思维操作，进行多角度的阐述。接着，作者笔锋一转：自己已不再责备昔日的同学，而要重新发现他们的美德。"与其责备他们，毋宁责备那些病菌似的寄生在县的小教育家们（即校长们）"，与其责备他们（校长们），毋宁责备社会。"这由人类组成的社会实在是一个阴暗的，污秽的，悲惨的地狱。""当我是个孩子时，已习惯了那些阴暗，冷酷，卑微。"于是，在书籍里寻找理想、爱、品德与幸福，"我生活在书上的故事里。我生活在自己的白日梦里。我沉醉，留连于一个不存在的世界"。"对人，爱更是一种学习，一种极艰难的极易失败的学习。"至此，文本情感进一步提升，达到了高潮，运用的仍是与前文并列式的同类相似的思维操作。文本整体上运用了因果思维立意，而在行文的操作中又运用了同类相似思维，并列式、层进式地完成对"荒凉与孤独"主题的渲染。

前文已说过，京派散文的诸多思维模式的操作，是内在于"无型之有型""有型之无型"等京派散文的整体赋形结构之中的。其实，凡是水平线以上的散文或文，大致都可能采用这样的分析方式，这是一般规律性的思维模式与思维操作，但这种"一般"内在并内化于全体京派散文的结构形态中，便使得京派散文的结构形态具有了纯散文的高格。

总之，京派散文的赋形结构，所内在遵循的是自洽的凝聚。它常常将一种情绪或一种理念作为赋形的凝聚点，将情感的流动作为散文的中心轴线，去纵横交错地吸附和粘连一切使情感得以产生和表现的自然之物，整体呈现出开放自由与有序凝聚的双重美感。

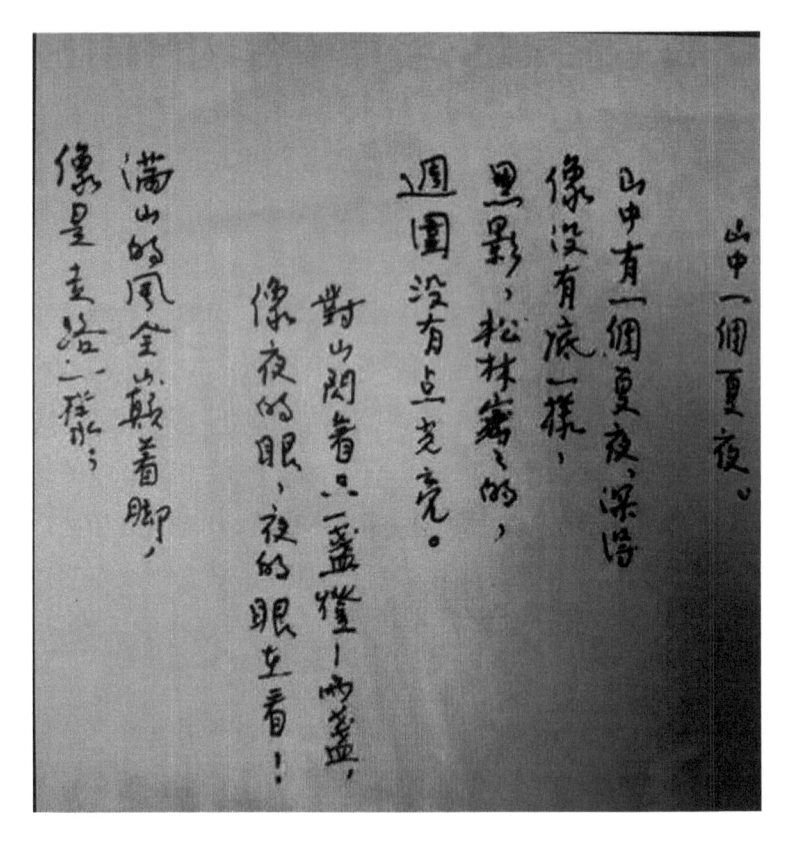

图7-1 林徽因手稿

附录　本讲精读篇

导读语

从整体上看，京派散文的结构是一种超越外在表现形态的、内部生长型的生命结构。其所内在遵循的是自洽的凝聚。它常常将一种情绪或一种理念作为赋形的凝聚点，将情感的流动作为散文的中心轴线，去纵横交错地吸附或粘连一切使情感得以产生和表现的自然之物，整体呈现出开放自由美和有序凝聚美。这在整个中国散文结构的发展史，甚至整个中国古典文章的结构史上，都是有开创和启示意义的。精读下列选文，体会京派散文的结构特点及其他。

梁遇春：《坟》

沈从文：《老伴》

萧乾：《雁荡行》《破车上》

何其芳：《街》

李广田：《老渡船》

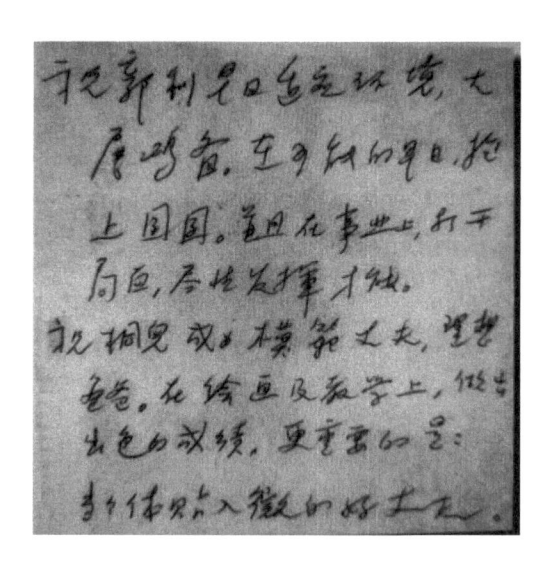

图 7-2　萧乾手迹

图7-3 朱光潜墨迹

第八讲

京派散文的终极情怀

文学与生命是难分的，文学的生命感往往也是全人类的话题。文学与生命的并重与合一，难免有着对生命的沉思、死亡的默想等人本问题的关注，以及对人类生命存在的叩问。这是纯文学的追求，也是京派散文的追求。实际上，散文这种不重情节与故事的文学成规，似乎也更宜于表达生命形态的超约束性，从而有着终极的意味。本讲以生命、人生与人性问题为考察角度，以最具有代表性的废名、梁遇春、沈从文、李广田为例，考辨京派散文中那些超越阶级、超越民族、超越社会的终极问题，即一种非宗教亦宗教的形而上的叩问。

一 废名：生命的澄明

废名的故乡，湖北黄梅，禅佛灼热，建有宏大的四祖寺和五祖寺。六祖慧能即在此接受了弘忍的衣钵，且创立南禅，废名自小就在佛教禅宗的熏陶中长大。

在北大读书及工作期间，废名即迷禅学，常与著名学者熊十力论道，时或激烈争论，甚至扭打，足可见其对佛经、老庄之造诣与痴迷。后于隐居北京西郊农家期间，趺坐入定，形似枯木。抗战期间，著就《阿赖耶识论》。其文学创作因受此影响，亦是禅思盎然。朱光潜先生曾如此说："废名先生富敏感而好苦思，有禅与道人风味。"① 废名的散文充满着玄思,乃思与理的融合。"精理为文,秀成采。"② 而且,这种思与理融合的理趣之美是对生命本体的彻悟与澄明,实乃一种永远走向精神坦途的追求,意味着自我依靠一己之精神力量实现的自我拯救,而非宗教界靠神对人精神的"他救"。废名融合佛儒,既飘逸潇洒,亦悲壮沉重。而其本质是个入世儒者,他表面孤独,内里肠热,有着丰盈与真正的精神担当与人间关怀。然而,现实并不完美,生逢乱世,军阀混战,农村萧条,农民破产,致使废名欲超脱而不得,其散文由是充满了世间亦非世间的矛盾复杂情愫。

(一)"自然好比人生的境"

废名说过:"自然好比人生的境,中国诗人把人生的意思寄之于风景,随便看过去好像无非几句闲适的描写,其实包括了半生的顿悟。"③ 同样,废名散文中那些宜人、迷人,清新、淡雅的风景描写,也不仅仅表现出作者对自然的钟爱,更包含着废名对人生的彻悟。其众多作品空灵飘逸,自然宇宙的任何一花一草、一水一石,在废名看来,都有禅的生命本体,是广大无边的禅境,都能使他产生顿悟,进而参透生命的真谛。他写风景,亦写人间风俗,且常常将二者融合,把对自然的参悟渗于人间。比如《桥·沙滩》中所描绘的史家庄,风景宜人且空明,显示出作者对自然的钟爱。而在《桥·送路灯》中,则写到了"送路灯"的风俗。"送路灯"乃是替"新死者"留一道光明,以便"投村"。文本中同样融会着风景。其中人物的对话,充满着对生死的参悟。"史家奶奶"对生死(主要是死)态度严肃,而小林却似禅者,笑谈生死。文末写道:"许许多多的火聚成了一个光,照出了树林,照出了绿坡,坡上小

---

① 朱光潜:《编辑后记》,《文学杂志》1937 年第 6 期。
② 周振甫:《文心雕龙今译》,中华书局 1986 年版,第 23 页。
③ 废名:《悼秋心》,《大公报·文艺副刊》第 236 期,1932 年 7 月 11 日。

小一个白庙——不照它，它也在这块，琴子想告诉小林的正是如此。""生""死"问题在废名笔下是如此的自然平常，又如此的充满着诗意！在《墓》中，说自己为朋友写的碑文"春草明年绿，王孙归不归"是"朋友"颇喜欢的，并且署了"我"的名字。"我"喜欢照我的排列，空白多，不肯补年月日。由此大可觉出：人之生死就似自然的荣枯，"世间甲子须臾事"，进化途中的一环一节，何须年月？在《芭茅》中，小孩子去"家家坟"摘芭茅做喇叭，寻找自己同姓的名字，如"（程）小林"，找姓程的，且对之认真，严肃，亲稔。"小喽啰们或许并不懂家家坟的含义……但到家家坟，也总是欢喜的，也总是要找。"在这里，对死亡的认识不是恐惧，一似自然。生中写死，死中有生，生死互通，动静合一。

"生死事大"是禅宗要义的基本话题。此话兼说"生""死"，然其重点是说"生"，说"生死事大"，只是怕死。怕死乃乐生，连带说"死"，是舍不得死。死的寂寞、悲哀而与生的美丽在无形中互化了。废名似乎更在于薄生死，空物我，尚心性。《桥·洲》中写城外妇女河边洗衣，"生长在城里而又嫁在城里者，有她孩子的足迹，也就有她做母亲的足迹"。出生，成长，一任自然。另外，文中写塔："传说是年大水，城中人淹死净尽，慈悲观世音以乱石堆成，站于高头，超度无罪过的童男女。见之凄惨景象不觉一滴清泪，滴于一石上，随长出一棵树于其上，名千年矮，至今居民朝拜。"以典故表境界，是传说，亦是真实。写传说，有助于写景写情，"塔景""民情"因传说而益美。当然，此景此情，更隐含着对人生的思考，只是被废名超脱、稀释、淡化、意象化了。《菱荡》中的"陶家村"在菱荡圩坝上，有"水"有"竹"有"菱叶"，有"桥"有"塔"有"传说"，"一条线，十来重瓦屋，泥墙，石灰画砖块分明，太阳底有光泽"，"周青树矮林密，岸绿草野花成一圈圈……"风景宜人，诗情画意。人与自然圆融和谐，自足安乐。

生活在这里的人，诚实憨厚，淳朴率真，总觉得"东西是深的，碧蓝的，绿的，又是那么圆"。《墓》中写自己于雨后草深之时，去逛"小熊儿"，宿雨初晴，空气清新，山色如画，晚照宜人，"在我简直是一种晨光，我不知从何而来，往何而去了"。顿有渺茫之感，音乐之感。置身自然，忘怀自我，人即自然，自然即人。

废名深受南宗禅的影响，南宗禅重返照，崇清净虚空，主直指顿悟，"微妙法门，不立文字"。类似地，废名爱自然，好孤独，于广大宇宙整体中，悟悟不已。"一"即"多"，"多"即"一"，一花一世界。经他身边的每一片树叶，每一滴水，每一片花草都有着禅的生命存在，更包含着对长长人生的思考。废名追求指示与彻见自身的心性，崇尚宋代严羽的《沧浪诗话·诗辨》中所谓"空中之音，相中之色，水中之月，镜中之象"。但他又是难离现世的，故其散文中时或隐逸与悲观之气共存，此乃一种安乐的厌世主义者的人生感悟。在他看来，大千世界于不知不觉中生生灭灭，无有常住，何况还有现世的困扰。在《树与柴火》中，他把"人类的记忆"比喻为柴火，所谓"春华秋实""昨夜星辰"，只不过是"火之生平"而已，但"终于又是虚空，因为火烧了，则无有也"。这不就是"诸行无常，诸法无我，诸受皆苦"的佛理吗？无非是说人类经历的一切是无常的，本身不能有任何停留，必立即逝去。又在《墓》中写道，看见桃杏开花，便觉荒凉之意。因为，桃花总要落水，"所谓花落水流红，全无兴会"。感叹那"既不是春又不能说秋的北京春天"，似有身世之感。并且说，对于人世间成立的关系也颇漠然，莫名理由地忠实于某一工作。偏爱孟轲骂杨墨"无父无君，是禽兽也"断章取义的批辞，好像又很明白，"有杀身以求仁，无求生以害仁"。"为什么想到这一句话？今之世其乱世乎？唉，这恐怕还是少年血气用事，莫以为得了意思才好。"似有疲倦意与茫然感。废名哀叹人类野蛮的一面，希望远离它，但这又是怎样一个妄想！他喜欢"坟"，喜欢"墓地"，"到了那里，叫人清明"，因为在他看来，唯独当面对死人，哪怕仅是一张照片，也无论与"我"什么关系，方觉稍稍释怀自己甚至人类的可怜。"但面对死人，又不胜惶恐，生怕自己有什么罪过，并且死人已盖黄土，自有其世界，理当应该疏远。"在彷徨无依中，只能抱有一个天真而侥幸的欣喜："我不管了"——一个实实在在的意识。然而，现实是无法躲避的，"仿佛世上的事都没办法"。废名曾认为，人是哭着来到这个带有凉意的世界的，这也是一个真切的现实。人生活着的世间充满着虚空，而这"虚空"也正似人我之间的距离。"咫尺画堂，容纳得一生的幻想，他在这里头立足，反而是漂泊无所。"① 人间不尽美妙，废名难免感叹个人与人类的共同命运。在禅宗与现实的引导及规约下，废名生出了否定客观世界、泯灭人生意义与肯定现实意义的两难尴尬思想，有着解与非解的困惑。虽超然物外是其解，然超脱不得，便担一份悲哀和沉重。

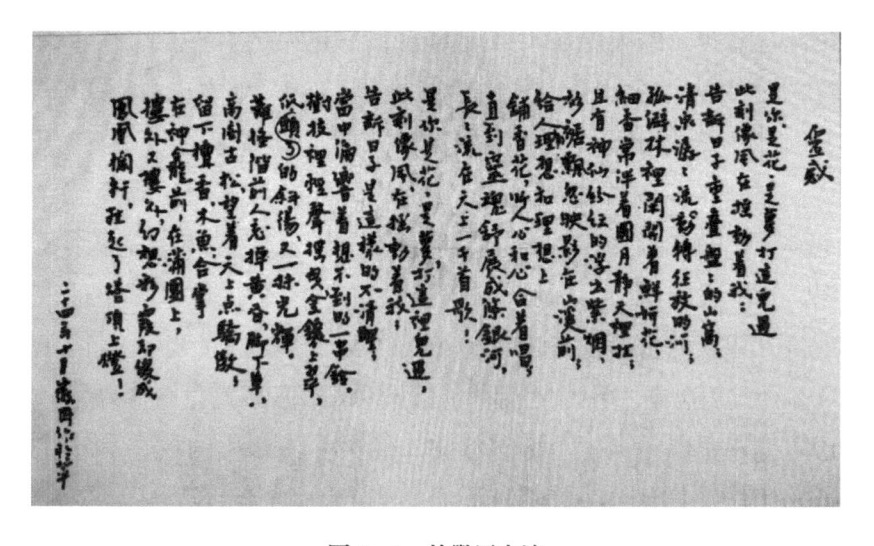

图 8-1　林徽因字迹

① 废名：《桥》，花城出版社 2010 年版，第 158 页。

(二) 物便是心

大乘有宗强调"五物世象唯识所变，心有而物无"的主张。在禅宗的概念里，人的自我心性是世界的最高主体。自我个性的幻想是一切事物及其发展变化的原点或根本。只要达到自我心性的清净与空寂，或者说一念觉悟，便是佛，"灵山只在我心头"，"明心见性，见性成佛"此之谓也。慧能说："佛法在世间，不离世间觉；离世觅菩提，恰如求兔角。"① 废名则认为"物便是心"。在《树与柴火》中废名说，年幼时"喜欢看树叶子"，"喜欢看乡下人日落之时挑了一担松毛回家"，愉悦之情，真应说"落日不是落日而是朝阳了"。到了成年，再遇挑松毛的人，只觉奇异，没觉得有什么喜悦的。感觉的变化显然是时移而心性的变化，于是大悟："人生之不相了解一至如此。"并且生发开去："人类有记忆，记忆之美，应莫如柴火。春华秋实都到哪里去了？所以我们看着火，应该是看春花，看夏叶，昨夜星辰，今朝露水，都是火之生平了。终于又是虚空，因为火烧了则无有也。庄周则曰：'火传也，不知其尽也。'"树木柴火如此，人生朝夕亦然，虚空与实有之间，解与不解之际，是一片多么迷人入境、诱人深思的天地。因此，他甚至"憧憬于一个死的寂寞，也就是生之美丽了"②。其实，外物世象本无感无识，其所附之意义，皆心性之幻想。在《打锣的故事》中他说自己小孩时喜欢的打锣仅是单单打锣的本身，"直截了当"，"简单圆满"，无一点隔阂，要打便打，了然明见，"你给我我给你好了，世间还用得着费唇舌吗？"甚至还说，喜欢看陈死人的坟，喜欢将小孩子的死写得美丽……物者本无心，人心附之。

在《五祖寺》中，废名说自己小时候喜欢大人有"自主"的快乐，高兴去哪里就去哪里，小孩子是寂寞的。然而，"成人应

---

① 参见《六祖坛经》。《六祖坛经》亦称《六祖大师法宝坛经》，简称《坛经》。
② 废名：《打锣的故事》，《大公报·星期文艺》第16期，1947年2月2日，署名废名。

是不幸的，因为凡事知道临深履薄的戒惧"。"自己作主是很不容易的。"因此在他看来，成人是不自由的，小孩子的心境真是可以赞美的，"在一般的世界里，自己那么的繁荣自己那么的廉贞了"。接着又说，小时候去五祖寺，过门而不入，并认为是一个人间的圆满，这"其中所包含的忍耐之德，是最可赞美的"。忍耐给予了很多涵养，"到长大之后也就在这里生出了许多记忆"。显然，这记忆的空间是广大自由，充满着想象的。并始终觉得当年的五祖寺进香是一个奇迹，"仿佛昼与夜似的完全"。其实，儿时的五祖寺是想象的五祖寺，而且这"想象"广大无碍。想象的五祖寺与实际的五祖寺并不相干。从此意义上来说，儿童的世界充满着禅宗式的无羁神思和跳荡的联想。自己是自己的主宰，超越了外在的束缚与执着，一任本心，破除传统和现实的权威，具有突破时空，自由驰骋的想象美、神韵美。《枣》写夜半大风，枣熟落地，颇觉可喜，并认为"雨中山果落"，恐不及此。"清早开门，满地枣红"，简直是意外的欢喜，昨夜的落地不算事了。其中所显现的正是一种无心之心，心有而物无的禅意。枣熟落地，亦如花开流水，鸟飞落叶，本身都是无目的、无思虑、无意识、无计划的"无心"之性状。而废名感觉到的"意外之喜"，实在是自然之物"无心"背后的"大心"，即自然之物之所以如此的目的性，它充满着神性。也只有在这"无心""无目的"性中，才可能感受到它。"无心"也称"无念"，是禅宗最为重要的原则。至道之人，心片刻不止于一物，在生命的源头，真理的流水在深深的河床上奔流不息。"本来无一物"，此即禅的绝对性。不执着于一物，亦不执着于观念，方是真正的悟。《碑》中的小林，留意自然中的一切。他看见无数的山，以及山上的大石头，并追问石头为什么是黑的！（自然只是问一问罢了）"山的绿，树叶子的绿"，"青青的天"，"黑的鹞鹰"，山上的白道……小林对一切都觉得好奇，有趣，甚至让他仰止，并伴有轻轻的思考，但是一种不怎么用力地想。他走在绿野当中的大路上，简直忘却了自己，忘却了一切相知，也被一切相知忘却。路旁所见之"碑"，一块麻石头，碑上四个字：阿弥陀佛。"石碑在他的心上，正如在这地方一样。"并且，"两手把着碑头，看不起的字也尽尽的看"，而且，因此地传说名叫跑马场，小林便幻想出一匹匹的马，而马在县里同骆驼一样少，他是怎样的惆怅，真叫他念马！并认为自己从前总一定放过的。他暗地里说，以为从前这里总一定放过马的了……小林之思（实为废名本人之思。废名作品中的"乡间小儿女"当可视为废名自己，在"变幻的观察点"一讲中有专门的解释），其要乃于豁妄存真中忘形尔我，触物即发，纯任天机，它打破了外界与"我"的界限，思绪自由驰骋，无拘无碍。使自我胸襟气韵灌注于外物之上，外物便因此情趣丰富，生命活跃。实现了一种无物我之间的交流回互，这即是一种禅趣。《沙滩》中写琴子于沙滩上看见鹭鸶。"沙白得眩目，天与水也无一不是炫目"，让她心境平和。于是，琴子想："此时此地真是鹭鸶之场……此时此地很难说尽鹭鸶，很难说尽鹭鸶的静。"另外，琴子对老尼使用的棍子，甚而也起一种虔敬之情，而对老尼所讲的关于"真心"的故事却全然不察。琴子眼中的鹭鸶，老尼的棍子，完全是一种直观领悟，是一种非分析非综合的个人化的心灵体验，是一种心灵境界。外界的任何事物对她而言似乎既有意义也无意义，过而不留，有虚幻感，真实的存在只在于心灵的感觉中。一如禅者，废名执着于破除一切外在的束缚，一任本心，思虑万物。于沉思冥想中渐入梵我如一，心我合一，心物合一，无我如一之境，追求清净圆明，虚灵透彻，卓然独立。其联想与感觉跨越性大，思接千载，具有突发性、闪回性、不定性的无羁神思。他触物即发，一任天机，化除人物及人我之间的界限，普运周流，人、物、我一体同仁。"我"与"外物"之间"相互生成""相得益彰"，外物因"我"之气韵胸襟的灌注而生气淋漓，而"我"之气韵胸襟也因外物生命与情趣的长养而进一步扩大。在静观默察的基础上,"见桃花而悟道,闻钟声而彻悟"①,渐至妙谛"法门",凸显出诗意般的生命沉思,如云破日出,而又淡烟轻笼,似明非明,美绝妙绝。

(三)"梦即是实"

禅宗主张"名相不实,世界如幻",认为一切物象都是虚幻。"在禅宗看来,'心'所显现的世间一切事物和现象皆如梦幻,泡影。"② 在这一点上,废名既继承着禅宗又超越着禅宗,他不但承认梦幻世界的真实可信,更深信外部世界的牢固可靠。他曾说自己是不太有伤感的人,"随时爱景光",始终酝酿着一个积极而欢欣的气势。用他评价梁遇春散文的话来评价他自己,何尝又不贴切呢!他的文思"如星珠串天,处处闪眼,然而没有一个线索,稍纵即逝","它是新文学当中的六朝文,这是一个自然的生长"。"玲珑多态,繁华足媚。"③

废名敏感苦思,他的《桥》中的每一篇皆自成一体。在《桥》中,他借文中的"小林""琴子""细竹"等乡间小儿女思索生死与外部世界的一切。在他看来,"生"包含着"死","死"亦意味着"生",并因此混淆着,"忌日,什么叫做忌日?是不是就是生日?"混淆着奶奶的白辫子和琴子的黑辫子一样是黑的,而且说,无边的黑而实是无量的色相,"死是人生最好的装饰"。其散文中也一再出现"坟"的意象,并且说"地面没有坟,我儿时的生活简直要成了一块空白,我记得我非常喜欢到坟头上玩。我没有登过几多的高山,坟对于我确同山一样是大地的景致"。显然,在废名看

---

① 南怀瑾:《禅宗与道家》,复旦大学出版社2002年版,第348页。
② 韩林德:《镜生象外》,生活·读书·新知三联书店1995年版,第296页。
③ 废名:《〈泪与笑〉序》,《现代》第2卷第5期,1933年3月1日,原题《秋心遗著序》。《泪与笑》,开明书店1934年版,均署名废名。

来，"死"是人世间最真切的实有。认识了这个"实有"，才能感觉到"四海八荒同一云"，"春草年年绿"；同时也才能平常地对待死，即便是年轻的死，并由是说："我想年青死了是长春，我们对了青草，永远是一个青年"；甚至说"坟"象征一种美好，"它常常会与美丽的女子以及仙人牵连着"。废名如是说："女子是应该长在花园里（桃林，小林）；女子只有尼庵，再不然就是坟地；天上的月亮正好比仙人的坟，里头有一个女子，绝代佳人，长生不老（钥匙，琴子）。"人类也正是因为有了这个"坟"的意思，路人方才有所凭吊，亦才足以振作自己的前程。这是一个很美的诗情，"否则未免正是我相（钥匙，小林）"。"要使微妙的光阴不至像流水逝去无痕，也正因为有这第三者加入其间。""人的境界正好比这样的一个不可言状，一物是其着落，六合俱为度量了。""我好像船一样，船也像海面的坟，天上的月亮。"他赞美世上的"真"，世上唯有"真"字好，说"花"在夜里红了我们不晓得，但却是红了。"我"的灿烂的花开之中，实有那盲人的一见。"真星不恼白日，真心是松柏长青。"这"真"是各各的所在与所有。从"瞎子看花红"里，废名体悟到的是"我与人生两相忘"。"俨然花前合掌，妙境庄严。"人不必为白驹过隙的光阴、良辰美景等而留恋，怀有相忘之念，也就不相关了。这犹如"美女子梦里光阴，格外的善眼天真，发云渲染，若含笑此身虽梦不知其梦也"。此即以梦为实有，而面对这种实有，只需要悟悟不已。古人说，"镜里花难摘"，探手之情是可笑的。看花而不怀掐花之念，自然也无所谓悲欢，一如过屠门而大嚼。孔子说，"鸟兽不可与同群"，也包含这个道理。"鬓云欲度香腮雪"，一落言诠，便失真谛。而各人的沉默正是各人的美丽。在《放猖》中，废名就记述了童年时期小孩子们练猖时的"寂寞"。他们由道士领着在神前画佛念咒后便是猖神，再没有了人间的自由，不准说话。也正因如此，尤觉得天下只他们有地位与神圣，似天神，也更值得羡慕，而所值得羡慕的正是他们的

"寂寞"。"我"当时的世界热闹极了。当第二天遇放猸后的小猸兵时,"仿佛觉得一朵花已经谢了"。奇迹全无,"尤其是看着他说话,他说话的语言太是贫穷了,远不如不说话"。同一文中,还说到自己小时候喜欢猸的声音,"那个声音把小孩子的什么话都说出了,便是小孩子的欢喜……"废名似乎难逃厌世之嫌。的确,他喜欢李义山的诗,喜欢厌世者的文章,品味袈裟似的雨,嗜读"醉卧沙场君莫笑,人生何处似尊前";"我是梦中传彩笔,欲书花叶寄朝云";"细雨梦回鸡塞远……"在《桥·塔》中,废名借文中小林之口如是说:"我感不到人生如梦的真实,但感到梦的真实与美。"他沉浸在自感的真实的梦里。

以上所论三点,表面相对独立,但内里相通,有时难以分开。统而言之,废名显豁与追求的近乎中国传统的哀而不伤。"水流心不竞。"① 自然何其大,人则何其小。"虽然也有人心不同各如其面,大若垂天之云。"但整体观之,人在自然之中一切都不过是"偃鼠饮河,不过满腹"②。在如此自然之中,是足可忘怀的。在此忘怀中,倘能做到无己,就是多为别人着想,却是易于能够立于事功。比如,"为小孩子作想,也便是民族主义"。但废名追求的又多是空灵大我的积极,追求"池荷贴水圆","荷花似云香不断",是一种无己之功。他是属于诗的,诗的世界遭遇现实,当有些许的不适。正如他心中的小孩子:孩子应该是驰骋想象的,应该多有"童话",但"纯的童话多是经验的答案了,世上的东西都有一定的规矩"③。废名正是在这平平常常的日常生活,以及随处可视但常人习焉不察的外物中,观照自性,彰显生命的真谛。"春有百花秋有月,

---

① 出自唐·杜甫《江亭》,全诗如下:"坦腹江亭暖,长吟野望时。水流心不竞,云在意俱迟。寂寂春将晚,欣欣物自私。江东犹苦战,回首一颦眉。"
② 出自《庄子·逍遥游》。
③ 废名:《工作》,原载1947年《文学杂志》第2卷第4期,《莫须有先生坐飞机以后》第5章。

夏有凉风冬有雪，若无闲事挂心头，便是人间好时节。"① 他悟性较高，反求诸己，随处爱景光，物物见佛性，因之对生命的把握如诗似幻，也有着一种缥缈的忧伤。废名一生追求禅悟，但他毕竟生活在一个乱世之邦，无法逃避和远离现实。诚然，废名也在正视着现实，一样憎恶着黑暗与人世的虚假浮华，在超越的复古式的飘逸中，亦显出浊世的孤独与寂寞。

二 梁遇春：品味人生一切的风景②

梁遇春最喜欢奔走于"红尘"，喜欢于人生"途路"当中，会心静观人生真况。他悲观看世，品尝痛苦，但又乐观地看待生命世界的黑暗及单调。康德说："有两种东西，我们愈时常、愈反复加以思维，它们就给人心灌注了时时在翻新、有加无已的赞叹和敬畏：头上的星空和内心的道德原则。"③ 康德所说的"内心的道德原则"是每人心中的神性。梁遇春正是带着精神朝圣的态度面对人生的苦难与悲哀，于灵魂深处爆发心灵革命，在看似二律悖反的人生态度中咀嚼人生之青果。然而，"他在人生里翻筋斗，出入无定，忽悲忽喜。十年都市的生活把这位'好孩子'的洁白心灵染上世故人情的颜色，他无法摆脱现实，躲藏这里头又没有片刻的安宁"④。

（一）"黑暗"就是人生的核心

梁遇春是个天生含有忧郁气质的人，有着与生俱来的"悲"感。在他看来，整个生命世界皆充满了黑暗。人终其一生在希望中

---

① 出自宋代无门慧开禅师《无门关·平常是道》（即《春歌》）。
② 注：有关"梁遇春终极情怀"的内容受到张龙福先生《"醒时流泪醉时歌"——略论梁遇春散文的思想情感特色》（《青岛大学师范学院学报》2003年第1期）一文的不少启发和影响，但内容与侧重点有别，特以说明并致谢张先生，且致敬所有"京派"研究的前贤们。
③ ［德］康德：《实践理性批判》，蓝公武译，商务印书馆1960年版，第164页。
④ 刘国平：《序二》，梁遇春：《春醪集·泪与笑》，河北教育出版社1995年版，第110页。

打滚,在烦恼中挣扎,似是无谓的循环;以麻木之躯体应对麻木之人生,以至醉生梦死而不清醒,甚至自啮其心,而无痛感,悲喜忧乐,浑无知觉;负上莫名之重担,拖着微弱之身躯,蹒跚于沙漠人生之途;天下事无一可执,做人仿若随着地球同太空样毫无目的地狂奔,此外毫无意义。质言之,在梁遇春的世界里,"黑暗"就是人生的核心。然而,面对"黑暗"之人生,梁遇春又不是消极的。他看破生死红尘,却不悲观,以平常之心待之,于醉中幻化出彩霞般的好梦,哪怕这美梦有随时破灭之虞。他把人生的一切悲观失意看作一种当然,是世界本然的安排,虽觉可惜,但亦应该坦然面对。在不尽如人意的人生里,不应苦眍着眼,唉声叹气地过日子。要陶醉在这流年急景的人生里,迷醉般地畅饮。梁遇春正是努力寻找和发现着种种"黑暗"的可爱。

第一,玩味生死。

谈论"生""死"(主要是谈论"死")是梁遇春常谈常新的题目。"死"在他的散文里是如此的亲切,没有丝毫恐怖的味道,是一种玩味,一种意境,一种淡然。以"死"观"生",是对"死"的追问,也是对人生的探寻与参悟。在梁遇春的概念里,"死"是人生必然的归宿,也是自然的一环。将之看作自然的一环,"死"也就变得不再那么可怕。不仅如此,在梁遇春看来,整个的宇宙万物都一样地生生死死,且永不回头。永不回头恰似世界万物的发展规律与过程。"生长"本身也就含有"灭亡"的意思。人生没有永远,过去的"我"与现在的"我"即隔离天壤。他举例说:十岁的"我"与现在的"我"的大异其趣,简直可以说已经夭折了。这似乎也类同于宗教家的"末日说":世界的任一日都是末日。当然,梁遇春也意识到,对人生内在道理的感悟不是人人所能做到的。他说,中国人最"晓得凑趣",虽然有时也能看透这内里的情趣,但又往往以微笑释之。唯有将"死"看穿方能揭破人生内里的"玲珑玩意儿",也只有看破了"死",才能懂得人生世事的妙处。

总之,"天下事不完亦完,完亦不完"①。梁遇春不太看重自然的生死,而是着意于欣赏迅乎即逝之人生中的逝去之"波",以等闲之态对待万事万物。没有悲哀,只有自然、顺情、适意与超然。在有限的人生里构筑一个梦的宫殿,借以陶醉与悠然。这种对于"生""死"(主要是"死")问题的旷达与超然,使得梁遇春能以一种艺术的眼光,拉开距离观赏,品味人生百态,正因如此,"死亡"在梁遇春的笔下变得不再恐怖。在《人死观》中,他述说着骸骨的可爱与自己看到骸骨时感觉到的不可言说的痛快。"它是这么光着,毫无惧怕地站在你面前。我真想抱着他,来探一探它的神秘,或者我身里的骨,会同他有共鸣的现象,能够得到一种新的发现,骸骨不过是死宫的门,已经给我们这种无量的欢悦,我们为什么不漫步到宫里看那千奇万怪的建筑呢。"诚然,梁遇春描写了"骸骨"的美感,"死亡"的诗意。究其根底,是对生与死的内在统一的认识,对死亡意识之生命意义的透彻、积极的洞悉,而非渴望肉体的速逝与对死亡来临的追求。当然,也更非对人生的厌弃,抑或堕落与消沉。梁遇春是在借助死亡显在的威胁与惶恐以达对生命本身的唤醒,使其不致麻木与沉沦,以致最后的飞升。"死"是人生铁硬的事实,与其惧死避死,不如直面生死。"死"可以反观"生","死"同样也证明着"生"。"生"一样也包含着"死",且对照着"死"。悟透这"死"的真谛,方可望抵达对"生存"的理解。梁遇春对"死"所取的个性化的态度,显示出其对人生的勇敢面对与积极肯定。"死"是人生无法回避与拒绝的组成部分,无论你承认与否,它都确确实实地存在着。与其如此,倒不如潇洒爽快地面对与正视它、承认它。在对死亡意识的深刻思考当中,更能体味到如何生活的真意。它似乎在启迪着我们:人人都会走向死亡,都会丧失当下鲜活的生命,这是一个必然的归宿。而这个归宿是无法体验

---

① 梁遇春:《善言》,《骆驼草》第 26 期,1930 年 11 月 3 日,署名秋心。

的，当我们生命终结的时候已没有知觉。但正因为生命的这一归宿，却让我们体悟到了生命的本真存在与真实的状态。世界丰富多彩，气象万千，生活也是千差万别的，但所有的生命终而归一，那就是"死"。人如果有了对生死特别是"死"的豁达与明澈的高远认识，即可以说，他领会了生命意义的最深邃处。梁遇春不像一般人那样为了逃避人生的痛苦而沉浸于忧郁的情怀，以及执着于"生"之中而带有的种种的负累或枷锁，他看到了生命中最本质的真实——死！再由这最本质的真实——"死"之自由与穿透性来评判人生。他既有着以笑脸直面现实人生的勇气，更能积极洒脱地面对人生必然的归结——死亡，同时，在对"死亡"的玩味中更深地体味到了人生的意义与价值。

第二，体悟"过去"。

通常意义上，"过去"是一种失去，意味着风华不再的伤感与无可追回的遗憾。但在梁遇春看来，"过去"是一种慰藉，是一种抚摩。它于人生的意义不是可有可无的，而是举足轻重的。他常常回忆少年时自由不羁又能亲密接触大自然的时光，以及求知的校园生活，并把"天天在校园踏着桃花瓣的散步，树荫底下，石阶上面坐着唧唧哝哝的谈天"类比为亚当没有吃果子前乐园般的生活。并说："我是个恋着过去的骸骨同化石的人"，他强调"从前是不会死的，就算形式上看不见，他的精神都还是一样的存在"[1]。在梁遇春看来，"将来"渺茫不实，"现在"不过一瞬，而"过去"永远存在于记忆的宝库中，所以只有"过去"才是"不断时间之流中站得住的岩石"。"过去"的时光能够照亮"现在"和"未来"，能使"现在"与"未来"充满生机与灿烂。"过去"天真烂漫，让人生机勃勃。"过去"并不意味着流水年华，春花秋谢，因为"青春

---

[1] 梁遇春：《寄给一个失恋人的信（一）》，原载1927年9月24日《语丝》第150期，原题《给一个失恋人的信一束》，此篇署名梁遇春，实际上秋心、驭聪都是他的名字，文章是假托的。

的美就在那蜻蜓点水燕子拍绿波的同我们一接触就跑去这一点"[1]。青春的易逝,方使人感觉青春的宝贵,同时也更能够珍惜这一去不复返的瞬间,且从中体悟无穷的意义和乐趣。青春之可贵,也就在于其稍纵即逝的特性。青春永恒意味着单调,如果青春变成了家常之事,其缥缈、浪漫、诗意之美也就荡然无存。"变更"是宇宙世界的法则。梁遇春由对"过去"的理解升华出对人生"得意"之时的明达审察:"人生最怕的是得意,使人精神废弛,一切灰心的事情无过于不散的筵席。"青春也正因为其稍纵即逝性,才使得青春具有了可爱的一面。"夕阳所以'无限好',全靠着'近黄昏'。"这青春可爱的一面,可以"给少年以希望,赠老年以惆怅"。"希望的妙处全包含在它始终是希望这样事里面,若使每个希望都化成铁硬的事实,那样什么趣味一笔勾消了的世界还有谁愿意住吗?"[2]当梁遇春说起"过去"的时候,感伤的心绪总是充满希望或温馨,即使悲哀也带有明亮的色彩。

第三,念恋"悲哀"。

人生长途,悲哀之事是少不了的装饰。梁遇春认为,人生正因为有了"悲哀"仿若才具有了耐读的品质,人生也正因为有了"悲"感,才具有了切实可感性与丰富性。"悲哀"或者"痛苦"的丰富,似乎也成为一种咀嚼不尽的精神财富。在《泪与笑》中,他说"我每回看到人们的流泪,不管是失恋的刺痛或者丧亲的悲哀,我总觉得人世真是值得一活的"。"泪"正似人生肯定的表示!人生之"泪"源于人生之痛,然而正是这人生之痛似乎更能告诫人们更多的人生之理,明白生命究竟是怎么一回事。生命之途,难免有忧郁、孤独、彳亍的时刻,但须保持内心的富足。平淡的生活处

---

[1] 梁遇春:《寄给一个失恋人的信(二)》,吴福辉编:《梁遇春散文全编》,浙江文艺出版社1992年版。

[2] 梁遇春:《寄给一个失恋人的信(二)》,吴福辉编:《梁遇春散文全编》,浙江文艺出版社1992年版。

处掩藏着生趣,只要愿意,随时可以发现它的多姿多彩。

人生处处有风光,若要欣赏与享受,当有乐观昂扬的风度与心态。在《"失掉了悲哀"的悲哀》中,梁遇春以一种近乎怪诞的梦幻式内心独白,对自己悲观消极的思想情绪作了无情的剖露。文中神采飘逸的青年"青",虽与十年前一样年轻,但失去了对生活中的任何"喜剧"与"悲剧"的感觉,仿若可怕狞笑着的魔鬼与面带渺茫微笑的行尸走肉,既没有快乐也没有悲哀。梁遇春借"青"之口大发感慨:生活是悲哀,但"失掉了悲哀的"悲哀更是悲哀!他再三声言:"悲哀是最可爱的东西","一个人能够有悲剧情绪不能算可怜人","只有对于生活有极强烈胃口的人才会坠涕泣血,滴滴的眼泪都是人生的甘露"。"因为生活是可留恋的,过去是春天的日子,所以才有伤逝的清泪。"天底下最可怜的人要算"失掉了悲哀"的人。失去悲哀的人也就失去了生活的热情,陷入一种麻木。没有了悲哀,就意味着死寂。在此,梁遇春似在倾诉又似布道,于"悲哀"的念恋之中,表达着对人生的肯定。

(二) 深知"黑暗"才会热烈地赞美"光明"

梁遇春热爱尘世且能看破尘世,对人生的思考多且深。生逢乱世,但心境悠然,有着内在的平静。似陶渊明般"采菊东篱下,悠然见南山"。之所以如此,是因为他懂得人生的"黑暗",正因为深知"黑暗"才会热烈地赞美光明,知道"黑暗"方能知道"黑暗"的意义,懂得人生的真谛,懂得"化腐臭为神奇"。在他眼里,那些不能懂得人生"黑暗"的人,"他们在世上空尝了许多无谓的苦痛同比苦痛更无谓的微温快乐,他们其实不懂得生命是怎么一回事。真是深负上天好生之德"。"所以天下最贞洁高尚的女性是娼妓。"[1] 而要想懂得"黑暗",须得有个光明的心地。梁遇春正是

---

[1] 梁遇春:《黑暗》,《骆驼草》第24期,1930年10月20日,署名秋心。

以执着之心慨然面对生命遭遇的一切。"同情"与"天真"恰是梁遇春的两大法宝。

第一，无边的同情。

梁遇春对人生充满着普遍、最大的同情。他主张真真地跑进生活，以宽大通达之眼光细细品之。即便在缺陷之中，也要寻出美点。抑或想着法子，读解出缺陷中的可爱，不致让人讨厌。持如此态度，人生之途少痛苦，仿佛处处有诗意。而要取得如此态度，关键即是要有广大无边的"同情心"。真正的"同情心"需要设身处地，需要共情，需要体贴，还要有理解与宽容，甚至"容忍"。要充分感受别人的苦衷，并以此心怀与眼光观察世界，如此，"同情"自然"欣欣然"。也正因如此，方能感受与体悟到真挚的怜悯，博大的宽容，一切的可爱，生活的趣味。梁遇春认为兰姆即是如此之人，他具有最广大的同情心与高远的精神境界。无论看什么，总能情绪盎然而饱满，心驻芳华。他设身处地想着别人，想着世界，生满同情，趣味充盈。以玩味的态度对待普通生活之经验，而对生活中难避的苦难则持一种超然通达的胸怀，以轻逸的词句，飘然的念头将之轻轻拨开。这似生活的止血术。梁遇春自己也正似兰姆，拥有真挚、怜悯、博大的宽容，觉出了"黑暗"人生的可爱。《救火夫》中的"救火夫"，让梁遇春产生了无尽的感想："救火夫"因"同情"而产生超常的力量和勇气，他们脚踏天堂乐土，气概非凡，"同情"让他们成为最快乐的人。甚至因此自己也想当一名"救火夫"。梁遇春从"救火夫"的无畏和勇敢又进一步联想：生命似一块"顽铁"，须在"同情"的熔炉里烧得通红，用人世间的灾难做锤子方使其迸出火花。并且，这"同情"更会使得死沉沉、冷冰冰、麻木木的人生之路产生激情和活力；使得这残废的人生充满共舞的狂欢。如此，人才是真真活着的人们。显然，梁遇春于此表现的"同情"意指人类全体无条件地联合，向着自然反抗的普遍之同情。"救火夫"所表现出的"同情"比之于那些利用自然残杀人类的人就似一种"义举"，同科学家等伟人一样伟大，甚至更伟大。这是一种超越世俗且单纯的，对人类全体充满童真之爱的同情。更为重要的是，梁遇春从此"同情"之上想到了抽象的人类之爱，忘记个人特有的弱点，专注于人们真、善、美的地方。人人都充满着普遍的"同情"，人人爱我，我爱人人，人人都是亲密的"同志"，人性势必向着健全壮丽的方面发展，世界也必然是温情的，人人也当是喜悦的。当然，梁遇春也看到了世界的不完满和很多失职的救火夫，且常常把这种失职变成一种当然，他在努力表达一种理想和愿望。在《春雨》中，梁遇春述说自己喜欢春雨，喜欢整天的"春阴"，并认为其是最可愉快的事。而晴朗的日子却生来厌恶，因为"在这个悲惨的地球上忽然来了一个欣欢的气象，简直像无聊赖的主人宴饮生客时拿出来的那副古怪笑脸，完全显出宇宙里的白痴成分"。在他看来，"阴霾四布或者急雨滂沱"，会让人苦闷，而苦闷似乎正彰显着人的气味。骄阳灿烂的晴天，则容易让人盛气凌人，"颇有上帝在上，我得其所的意思"。人世的哀怨与生活的黯淡之中恰恰宜于找出自己的同情与光明，找到人世的温情与可爱。因为"穹苍替他们流泪，乌云替他们皱眉"，枯萎的心田得到了浸润，生平之坎坷，生活之苦楚仿若化作了洁净的白莲。人类正是从悲哀之中得到解脱。显然，梁遇春充分意识到了人生中必然会遇到缺憾、辛酸、孤独、残酷等不完满，但却以通达之心观之、待之、味之，"能够忍受，却没有麻木，能够多情，却不流于伤感"。那楼前的"春雨""春阴"以及"山雨欲来风满楼"的气势，恰似孤立、辛酸、磨难等不完满人生的象征，它让我们在怀抱理想、诗情的同时，尚能"认清眼底的江山，把住自己的步骤"，以清瘦之态做"狂风中的老树"。更兼那凶猛的急雨，能让我们"焦躁同倦怠的心境"感到涅槃般的妙悟。它纷至沓来，洗去阳光，也洗去云雾，"使我们想起也许此后永无风恬日美的光阴了，也许老是一阵一阵的暴雨，将人世哀乐的踪迹都漂到大海里去，白浪一翻，什么渣滓也看不出了"。"整个世界就像客走后撒下筵席，洗得顶干净排在厨房架子上的杯盘。"人生恰如"春雨"，阴晴不定，捉摸不透。梁遇春从习见的"春雨"中冥想出哑谜一样的人生真谛，这真谛就是以通达之心顾惜爱抚人生的愁绪。

第二，淬砺的天真。

梁遇春的"天真"不同于通常意义上的天真，它纯真自然，不跟自己的生命抗争，似飘浮于蓝天中的一朵白云，悠闲地享受着上帝所赋予的每一个瞬间。这"天真"有着孩子般的清纯与明澈，以孩童金子般的心理与清澈的眼光来打量这个世界，一任自然，思维畅达，如行云流水。梁遇春的生活是充满诗意的，更是充满意趣。他的"天真"自然、浑然、适然、超然，没有引诱，没有渣滓。似孩子的天真却又超越着孩子的天真。在梁氏看来，是"无知的天真"，和"桌子的天真"没什么区别。人们追求的应该是"超然物外的天真"①。仅有孩子的天真还不够，天真还需要理智，要有理智的基础，这理智要高洁。有了这样的"天真"，人们方能见美丽女人而不动枕席之念，见鲜花而不采。他曾如此赞美妓女："天下最贞洁、高尚的女性是娼妓。她们受尽人们的揶揄，历尽人间凄凉的情境，尝到一切辛酸的味道，若使她们的心还卓然自立，那么这颗心一定是满着同情和怜悯。"② 显然，梁遇春所谓"天真"是一种阅尽人间春色之后的二度"天真"，是淬砺后的天真。扎根于现实，更超越其上。只有品尽世间得失哀乐，阅尽人生悲欢离合，方能超越于世俗之上，撇开一切世俗利害，涤荡世间烟火色，怀一颗赤子之心，品味人生，欣赏万汇。在对俗虑的洗涤中，他快乐地享受着，纯真地生活着。人生本无圆满，也实难圆满。世间之事一圆满即死亡。圆满意味着理想的破灭，幻觉的轰毁，好梦的勾销。人生正因为有着诸般"美"与"不美"，才让人有着多方面的品味。人

---

① 梁遇春：《天真与经验》，《语丝》第 5 卷第 81 期，1929 年 10 月 14 日。
② 梁遇春：《黑暗》，《骆驼草》第 24 期，1930 年 10 月 20 日，署名秋心。

生的苦乐悲欢正意味着人生的丰满。在如此无目的的人生里，绝好的目的即是造作"空持罗带，回首恨依依"①的心境②。生本不乐，人间可哀，矛盾重重，哭声不断，生活的世界有乌云，夹闪电，朝彩霞暮凄雨，"'满眼春风百事非'③，这般就是这般"④。人生的宇宙不问解释。

（三）怀着好奇的心态进入人生的迷宫

毋庸讳言，梁遇春看到的人生显然充满了贫乏、困苦与犹疑。人莫名与孤独地生活在这个荒凉的世界。"可哀惟有人间世""独坐空斋画大圈""知己从来不易知"等是梁遇春对人生的解释。他说："人生路上长亭更短亭，我们一时停足，一时迈步，往苍茫的黄昏里走去……消失于尘埃里了。路有尽头吗？干吗要个尽头呢？走这条路有意义吗，什么叫作意义呢？""人生的意义若在人生之内，那么这种人生，不足以解释人生，人生的意义若在人生之外，那么又何必走此一程呢？""人生的意义，或者只有上帝才晓得吧！"⑤他在怀疑人生的意义，更是在追问人生的意义。这"怀疑"与"追问"的纠缠有时也就成为他的困惑。不过，面对人生的困惑与难题，梁遇春不悲观，而是乐生，乐观地看待生命中所有的一切，是无限的乐生。对于人生的有限与迷茫，他不气馁，而是充满乐观的勇气不懈地追问与探询。他对人生的思索与追问，固然有形而上的一面，但不虚玄，有踏实的生活的根桩作基础。他是怀着好

---

① 注：出自五代南唐李煜的《临江仙》一词的末二句。全诗为："樱桃落尽春归去，蝶翻金粉双飞。子规啼月小楼西，玉钩罗幕，惆怅暮烟垂。别巷寂寥人散后，望残烟草低迷。炉香闲袅凤凰儿，空持罗带，回首恨依依。"
② 梁遇春：《破晓》，《骆驼草》第3期，1930年5月26日，署名秋心。
③ 出自（清）纳兰性德《采桑子·当时错》中的句子。全诗为："而今才道当时错，心绪凄迷。红泪偷垂，满眼春风百事非。情知此后来无计，强说欢期。一别如斯，落尽梨花月又西。"
④ 梁遇春：《又是一年春草绿》，《新月》第4卷第4号，1932年11月1日，署秋心遗稿。
⑤ 梁遇春：《人死观》，吴福辉编：《梁遇春散文全编》，浙江文艺出版社1992年版，第32页。

奇的心态进入人生的迷宫的，一路浏览、品味人生中可能遇到的一切风景。他肯定生活的意义，留恋生活，他从妇女哭夫的悲哀中看到了"无穷的慈爱同希望"；从孩童的眼泪中感到了"说不出的快乐"；从果戈理的"含泪的笑"中发现了生活处处有"回甘的快乐"。他看到了"悲哀"人世的价值。

人生布满着泪的感觉和悲哀的情绪，是会必然遇到的，也是无法改变的事实，因此没有必要为此而戕害自我。史铁生说："人可以走向天堂，不可以走到天堂。走向，意味着彼岸的成立。走到，岂非彼岸的消失？彼岸的消失即信心的终结、拯救的放弃。因而天堂不是一处空间，不是一种物质性存在，而是道路，是精神的恒途。"[①] 梁遇春所追求的同样也是执着的走向之态度。

梁遇春之所以有着此等"黑暗"的人生意识，除了受自己多思默想的性格的影响外，更与20世纪初期的中国，整个国民麻木、困苦、失望、徘徊等的大环境有关。他内心深处有着中西比较的失衡，现代化的冲击带来的失落与忧伤的意绪。但可贵的是，他能努力发现人生的"黑暗"之美，以无边之"同情"与淬砺后的天真拯救自己，拯救国人。他对待人生的态度是雪白的、莹洁的，他把人生世相咀嚼得通透，且又对生活充溢着兴趣，心底坦然，精神健康。笑对人生一切的忧喜哀乐。在人习而不察之人生现象的反面，发出自己独特的自慰与自乐的"笑"，做自己人生的勇者，并尽可能地将这"笑声"传染给别的苦闷的人，"渡己"亦"渡人"。有了这种心态，人生方不至于沦丧，且可望保有精神的振作，健康的心境，不至于麻木沉落到失望的深渊里。梁遇春有着极其深韵的看透人生的那种超然物外及无边的人道主义关怀，故此，苦闷、压抑、黯淡之"黑暗"人生增添了些许亮色，于悲哀人世中品尝出青果的甘甜。

---

① 史铁生：《病隙碎笔》，陕西师范大学出版社2002年版，第70页。

三　沈从文：美与哀愁永远相连

　　从整体上看，沈从文的散文充满着对乡土社会的悲悯感，亦有着悲伤背后的和谐。他在平凡人物的"常"与"变"中，以及所有哀乐的现实中加上一点牧歌情调，这种"牧歌情调"是他的理想，也似一种"掩饰"，他不愿给读者仅仅留下一个忧伤的形象。但仔细品读其作品似可察觉，在这平静自然人事及所有哀乐的现实之后，体现出的更是一种生命的质感及对生命历史个性化的形而上的审视，且是一种本然亦自然的表现，不需要外在"高大""思想"的干预。沈从文的散文多为旅途散文，人在旅途的感觉正是中国传统文学中千年不移的话题，而羁旅之中也最易感悟个体及全体生命的情态。

（一）生命的自觉与敬畏

　　沈从文的散文有着鲜明的生命质感，是人本主义关怀的充分体现。他对湘西世界的一人一事、一草一木，有着强烈的生命自觉性并充满着爱感，实乃人类精神之爱的最高形式，有似上帝般的仁爱之怀。这种对生命的自觉与敬畏，出于他作为一个文化人的本能，并显露出深厚的文化内涵。人从出生的那刻起就拥有了"上帝"赐予的真实生命。并且，每个生命个体都是一个独立的存在，都有其区别于他人的个性特色和魅力。当人从蒙昧的状态中觉醒时，就懂得应珍惜生命、尊重生命。绵延不绝的生命之歌从古及今，或沉郁，或激昂，或低回，或高亢，然总保有朴实无华的本色。然而，沈从文所生活着的现代都市，在其看来，生命原本真实的面容逐渐被遮蔽与掩盖了，已经失去了生命本身应有的力量和情致，展露出狰狞与非人的一面。充斥于都市的，是空虚、无妄、堕落、孤独、虚伪……生命之光不再，人犹如行尸走肉，丧失了基本的人性和完美。这似乎显现着 18 世纪以来，随着西方启蒙运动的兴起和以笛卡尔为代表的理性主义的渗透影响的痕迹，如此，世界相应地变成"荒原"且变得无路可走。在如此虚妄与强烈的对照下，沈从文似乎很自然地归依于自然与生命，描绘出各种"优美、健康、自然而又不悖乎人性的人生形式"[①]。类似于他的小说，在沈从文的众多散文中，同样思考着那生命本身"美"与"神性"。他以爱怜的眼光打量着乡村中一切的生命形态，他本就是一个"乡下人"，能够感同身受、设身处地地体悟着乡村中那种天人合一的生存状态，欣赏亦张扬着那种人与自然和谐共存的哲学理念。作为现代知识分子，虽然也有反思与批判，但更多的似乎还是"同情"与欣赏，倾注了对湘西那种自然且雄强的生命形态无尽的爱。在《箱子岩》里，作者叙述了这样的感觉："这里是一群会寻快乐的正直善良乡下人，有捕鱼的，打猎的，有船上水手与编制竹缆工人……这些人每到端阳时节，都得下河去玩一整天龙船……这些人生活却仿佛同'自然'已相融合，很从容的各在那里尽其性命之理，与其他无生命一样，惟在日月升降寒暑交替中放射，分解。"[②] 文本在此体现的是一种传统美学的生态意识，充满着对自然生命的崇拜之情。沈从文认可的万物皆有其"性命之理"，所彰显的恰是万物一体"生而不有"的崇高情怀。老子说："人法地，地法天，天法道，道法自然。"[③] 而"自然"是什么呢？老子又说："道之尊，德之贵，夫莫之命而常自然。故道生之，德畜之，长之育之，亭之毒之，养之覆之，生而不有，为而不恃，长而不宰。是谓玄德。"[④] 即是说，自然产生万物，但不占有万物，更不因此而视自己为万物之主宰，此之谓"玄德"，即一种最高的品德。《湘行书简·横石和九溪》中的

---

① 沈从文：《沈从文文集》（第十一卷），花城出版社 1982 年版，第 45 页。
② 沈从文：《沈从文散文选》，人民文学出版社 1982 年版，第 174 页。
③ 《道德经》第 25 章。
④ 《道德经》第 50 章。

那个"临时纤手":"一个老头子,白须满腮,牙齿已脱,却如古罗马人那么健壮","人那么老了,还那么出力气,他同船主讲价钱,为一百钱大声嚷了许久"。活得那么卖力与积极,不去想活着的本身。虽然"一切生存皆为了生存,必有所爱方可生存下去。多数人爱点钱,爱吃点好东西,皆可以从从容容活下去。这种多数人真是为生而生的。但少数人呢,却看得远一点,为民族为人类而生"。但不管是哪种生活,"皆应当不自弃,当得把自己凝聚起来"。《虎雏再遇记》中的虎雏,充满着野性,爱打架,甚至打死了人。即便如此,虎雏在沈从文眼里也是可爱的,并说,人一定要这样发展才像个人!"一切水得归到海里,小豹子也只宜于深山大泽方能发展他的生命。"沈从文于此肯定的显然是其充满激情的强力生命,这种"强力生命"也正按照它的"生命之理""放射"与"分解"。《辰河小船上的水手》中的水手,说话照例永远使用着粗字眼儿,"也正同我们使用标点符号一样,倘若忘了加上去,意思也就很容易模糊不清楚了"。"可是这些粗人野人,在那吃酸菜臭牛肉说野话的口中,高兴唱起歌来时,所唱的又正是如何美丽动人的歌!"更为可贵的是:"遇应当下水时,便即刻跳下水中去。遇应当到滩石上爬行时,也毫不推辞即刻前去。""在能用力气时,这些人就毫不吝惜力气打发每个日子,人老了,或大六月发痧下痢,躺在空船里或太阳下死掉了,一生也就算完了。"《一个多情水手与一个多情妇人》中的露水恩情,也"让人感觉到了柔和",他们有情有义,其中虽然俨然也带有一点"人生"的苦味,但他们的"欲望同悲哀"一样充满着神圣,纯洁质朴,是生命当中应有的哀乐。沈从文笔下的生命呈现,通常看来,似乎仅仅意味着"活着"。但"活着"是一种状态,也是一种胜利。世世代代,生生死死,不被毁灭,充满着生命的激情与强力。"他们那么忠实庄严的生活,担负了自己那分命运,为自己,为儿女,继续在这世界中活下去。不问所过的是如何贫贱艰难的日子,却从不逃避为了求生而应有的一切努力。在他们生活爱憎得失里，也依然摊派了哭，笑，吃，喝。对于寒暑的来临，他们便更比其他世界上人感到四时交替的严肃。"① 这本身就是一种神奇。尼采说："凡是生命之处，那里便也有意志，但不是向生命之意志，却是——我这么教你——向权力之意志。"② 当一颗种子破土而出，它就获得了向上的生命力，任凭风吹雨打，它都毅然生长。"生命是一个必须生长的概念，而生长是在对异己的力的征服和战胜中获得。"③ 沈从文笔下的这些积极活着的生命，体现的是一种生命的"强力意志"，亦体现着中国的"生生之得"。在中国的传统文化思想里，宇宙是普遍生命流行的境界，"天为大生，万物资始，地为广生，万物咸亨，合此天地生生之大德，遂成宇宙，其中生趣盎然充满，旁通统贯，毫无窒碍，我们立足宇宙之中，与天地广大和谐，与人人同情感应，与物物均调浃合，所以无一处不能顺此普遍生命，而与之全体同流"④。即是说：宇宙是生命现象的流行，整个宇宙具有创造性、和谐性，人类的生命意义由天地宇宙而来，人类的思想和宇宙精神是融通的。作为宇宙中的人，理应与宇宙妙合无间，做到德配天地。而人尽自我性命之理，阳刚劲健、元气淋漓地活着，同样当属依乎天道，弗违天时。而且，任何一个宇宙的生命，都是一个奇迹。生命的孕育、诞生和本质的显示都是一个令人无比激动的过程，故而对此神奇的生命没有理由不敬畏与爱戴，沈从文正显示出对生命本身的崇拜。他在有生中发现了美，"那本身形与线即代表一种最高的德性，使人乐于受它的统制，受它的处治。人的智慧无不由此影响而来。典雅

---

① 沈从文：《一九三四年一月十八》，《大公报·文艺副刊》第74期，1934年6月13日，署名沈从文。原为《湘行散记——一九三四年一月十八》。

② ［德］尼采：《权利意志——重估一切价值的尝试》，张念东、凌素心译，上海商务印书馆1991年版，第450页。

③ ［德］尼采：《权利意志——重估一切价值的尝试》，张念东、凌素心译，上海商务印书馆1991年版，第450页。

④ 方东美：《生命理想与文化类型》，中国广播电视出版社1992年版，第83页。

词令与华美文字，与之相比都见得黯然无光，如细碎星点在朗月照耀下同样黯然无光。它或者是一个人，一件物，一种抽象符号的结集排比，令人都只能低首表示虔敬"①。沈从文笔下的很多"生命"形态有时虽然显得卑微纤弱，甚至愚蠢、质朴、勇敢、耐劳之处相为融一，但生命的意义，在沈从文眼里似乎就在于这短暂生命时空中的丰盈的哀乐本身，一种近乎神性的，对于"生"本身执着的信仰中的充实与丰盈。从湘西生命形态的爱、恶、哀、乐中，亦可以领悟到人类本身的生命存在。

朱光潜说："生命像音乐和画面一样暗自带着一种命定的声调或血色；当它遇到大潮的席卷，当它听到号角的催促时，它会顿时抖擞，露出本质的绚烂或激昂。当然，这本质可能是卑污、懦弱、乏味的。它的主人并无选择的可能。"②沈从文在书写生命的爱与美时，同样感觉到了生命碰到现实后的不完美性。他如此说道："我看到一些符号，一片形，一把线，一种无声的音乐，无文字的诗歌。我看到生命一种最完整的形式，这一切都在抽象中好好存在，在事实面前反而消灭。"③沈从文是忧郁的，美与哀愁永远相连。在《烛虚》里，作者察明着人类的"狂妄与愚昧"，思索着个人的老弱与病苦。"生命无性格""生活无目的""生存无幻想"显示出生物学上的退化现象；人类的好斗与懒惰；或为种种名词所阉割等等，"像有意违反自然的恩惠！"沈从文同样为那群"与自然妥协"的整个的湘西人被无情的时间淘汰而感到忧伤，期望他们能"用划龙船的精神活下去"，但这是一个美丽的幻想，"其实对于他们的过去和当前，都怀着不易形诸笔墨的沉痛和隐忧，预感到他们明天的命运——这么一种平凡卑微生活，也不容易维持下去，终将受一种

---

① 沈从文：《烛虚》，载《沈从文全集》（第十二卷），北岳文艺出版社2002年版，第23页。
② 朱光潜：《悲剧心理学》，人民文学出版社1983年版，第211页。
③ 沈从文：《生命》，载《沈从文全集》（第十二卷），北岳文艺出版社2002年版，第43页。

来自外部另一方面的巨大势能所摧毁"①。沈从文感到了生命历史的茫然。

湘西的生命形态,虽或丰盈与充实,但毕竟缺少一种形而上的超越意识。他们更多的是一种消极地顺应历史的规则,在自然的伟力面前,生命显得又是那样的微弱与无力。人是可能性的动物,不可能仅仅停留在形而下的层面,也不能简单地肯定生命的仅有的生存。但作为一个现实世界中的有限的生命存在,人往往不能依靠实体超越满足生命的所有欲望,面对痛苦和混沌的生存状态,人类总在渴望冲破枷锁的束缚,获得无限的生命意义,建构一个趋向完满的生命世界,实现形而下存在的升华。在生命永恒的强烈祈愿下,精神的超越应运而生。这也恰是沈从文的隐忧与无奈之处,并因此引起其无言的哀戚。但在他看来,乡村生命形态相较于现代都市社会中的贪私、丑陋等,毕竟算是一个良好的"基底",他也正是努力于文学艺术中以此为基底创造一个人生理想的标准,虽然这"美丽总使人忧愁,可是还受用"②。

(二)历史的"常"与"变"

沈从文在《湘行散记》里这样表达了他的历史观:真的历史似一条河,一条汤汤生命之河,这条河里满载着万汇百物及"若干年代若干人类"的哀乐,这是历史本来的面目。它透明烛照,似乎毫无渣滓,让你彻悟人生;它温暖感人,给人智慧与知识,由不得地让你十分温暖地爱着;长流不息,似千古不变又时刻在变。这历史的长河里有明丽也有朴讷,有神奇也有愚拙,但它透露着沁人心脾的青草气息和树叶气味,我们应该尊重这自然形态的历史和生命。他们庄严而忠实地演进着,不伪装不做作,在自然上各尽自己的那

---

① 沈从文:《散文选译·序》,载《沈从文文集》(第十一卷),花城出版社1992年版。
② 沈从文:《七色魇集·水云》,载《沈从文全集》(第十二卷),北岳文艺出版社2002年版,第107页。

份命运,从不逃避为了活着而应有的那份努力。这是鲜活的历史,四季分明,充满着激情。它虽不"宏大",却关涉着真实的历史,远离着虚无与谎言。

沈从文也正是在此鲜活的生命形态中书写历史的"常"与"变",以及这些平凡生命形态在"两相乘除中所有的哀乐"。而所谓"常"就是"前一代固有的优点,尤其是长辈妇女,祖母或老姑母行勤俭治生忠厚待人处,以及在素朴自然景物下衬托简单信仰蕴蓄了多少抒情诗气氛"。"这些人似乎与历史毫无关系。从他们应付生存的方法与排泄感情的娱乐上看来,竟好象古今相同,不分彼此。"[①] 所谓"变"就是这些品德"被外来洋布煤油逐渐破坏,年青人几乎全不认识,也毫无希望从学习中认识"。"常"就是"农村社会所保有那点正直素朴人情美";"变"就是"近二十年来实际社会培养成功的一种唯实唯利庸俗人生观"[②]。如前文所述,沈从文理解的"常"是指生命的神性,而"变",则是指现实社会的冲击。沈从文对现实是不满的,他叹息传统生命神性在现实冲击下被销蚀,"这个民族,在这一堆日子里,为内战,毒物,饥馑,水灾,如何向堕落与灭亡大路走去,一切人生活习惯,又如何在巨大压力下失去了它原来的型范!"[③] 因担忧着这群"与自然妥协"的人即将被无情的时间淘汰而感到忧伤,思索着此种生命精神的未来及走向。在《箱子岩》里,他如此说道:"这些不辜负自然的人,与自然妥协,对历史毫无负担,活在这无人知道的地方。另外尚有一批人,与自然毫不妥协,想出种种方法来支配自然违反自然的习惯,同样也那么尽寒暑交替,看日月升降。然而后者却在改变历史,创

---

① 沈从文:《箱子岩》,载《沈从文全集》(第十一卷),北岳文艺出版社2002年版,第278页。
② 参见《〈长河〉题记》,载《沈从文全集》(第十卷),北岳文艺出版社2002年版,第3页。
③ 沈从文:《辰河小船上的水手》,载《沈从文全集》(第十一卷),北岳文艺出版社2002年版,第275页。

造历史。一分新的日月，行将消灭旧的一切。我们用什么方法，就可以使这些人心中感觉一种'惶恐'，且放弃对自然和平的态度，重新来一股劲儿，用划龙船的精神活下去？"这些人在生命形态上所表现出的激情与狂热，"证明这种狂热使他们还配在这世界上占据一片土地，活得更愉快更长久一些"。不过，到底有什么方法，"可以改造这些人狂热到一件新的竞争方面去？"沈从文曾经设想，以人性为准则，在时间和空间两方面都共通处多差别处少的共通人性为准则，排斥商品化和纯粹清客化、家奴化，再输入一个健康雄强的人生观，作为处理"生命"的方式。但这又是怎样一个理想的梦幻！沈从文自己当然也清楚。地方积习的滞重，且因地方性的"热情"与"幻念"，"特质"与"负气"等而形成的那种不稳定，甚或也是"僵硬"的一面，已经游离于当下的时代，这种地方性的"旧"，已然完全隔离于时代的"新"。如此，虽然有着"个性"的湘西人同样有着其他乡人类同的命运，接受同一悲剧的结局。显然，沈从文的"答案"似乎也是无谓的，或者说，他同于鲁迅，看出了"病源"，却开不出"药方"，并且因此而充满了悲感。他曾坦言："这个小册子（指《湘行散记》）表面上虽只象是涉笔成趣不加剪裁的一般性游记，其实每个篇章都于谐趣中有深一层感慨和寓意……内中写得尽管只是沅水流域各个水码头及一只小船上纤夫水手等等琐细平凡人事得失哀乐，其实对于他们的过去和当前，都怀着不易形诸笔墨的沉痛和隐忧，预感到他们明天的命运——即这么一种平凡卑微生活，也不容易维持下去，终将受一种来自外部另一方面的巨大势能所摧毁。"[①] 这是一个孤独者与清醒的无望者的心底之声。

---

① 沈从文：《散文选译·序》，载《沈从文文集》（第十一卷），花城出版社1992年版。

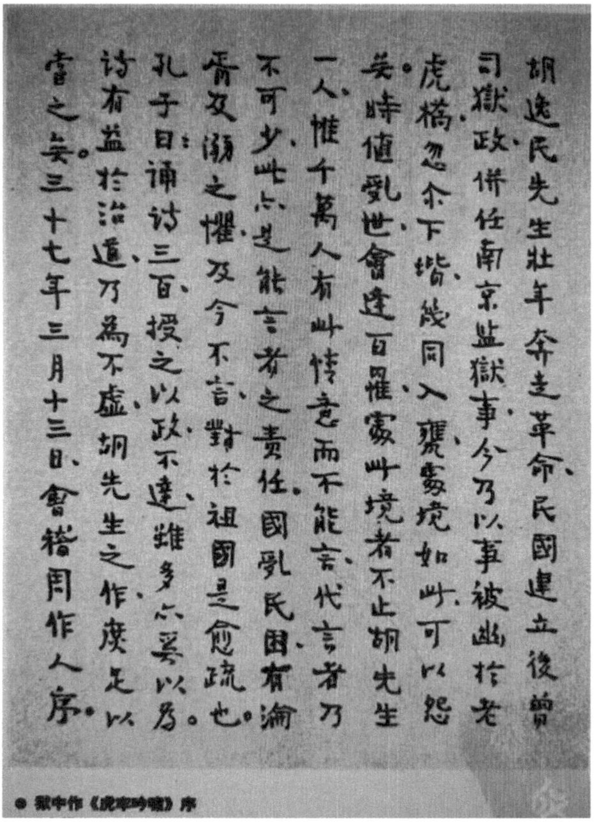
胡逸民先生壮年奔走革命、民國建立後曾
司獄政、併任南京監獄事、今乃以事被幽於老
虎橋、忽尔下堦、幾同入甕、處境如此、可以怨
矣。時值亂世、會逢百罹、處此境者不止胡先生
一人、惟千萬人有此情意而不能言、代言者乃
不可少、此亦是能言者之責任。國亂民困、有淪
胥及溺之懼、及今不言、對於祖國是愈疏也。
孔子曰：誦詩三百、授之以政、不達、雖多亦奚以為。
詩有益於治道、乃為不虛、胡先生之作庶足以
當之矣。三十七年三月十三日、會稽周作人序。
● 狱中作《虎牢吟啸》序

图 8－2　周作人字迹

四　李广田：人性的地平线

李广田的散文，特别是早期散文，在乡土这个当时非重大的题材中表现出了比较深刻的人生、人性主体。对个体生命充满了关注，以及由之自然触及的对人的生存与发展中的，诸如生、死、爱、信、人生的存在与虚无、世界的有限与无限等问题，显示了一定程度上的终极关怀色彩。李广田善于“在平庸的事物里，找出美

与真实"①，其笔下的人事，虽较普通，但所蕴涵着的对人生、人性的超越社会、超越阶级、超越民族的探询，具有了一定程度的普遍性、永恒性的精神价值，也同样使其乡土散文充满着一种思接千载，情思隽永，外省内视，奥秘无穷，瞬间永恒等的理趣之美。他的散文是根源于爱的内涵深厚的作品，对人生、人性的探掘是其永恒主题。

（一）人生有无意义

人类自从有了自我意识的觉醒，也就开始了对"人生有无意义"的追问。它是人类精神生活中相伴始终的，最大也最迫切的形而上问题。人为什么活着，一般来说，它充满着矛盾性的悖论。人生是有意义的无意义，无意义的有意义。因为，从终极视角观之，人生皆为虚无，目光放远，人生皆悲；而从现实或者世俗视角观之，人生又是有意义的。李广田在《扇的故事》中借"扇的故事"感叹人世的沧桑之变。"海"与"陆"在无尽的变化之中，"城市"与"田野"在人类历史上交相更替，循环往复。人的生命在生生死死间轮回，整个人类其实是"沿着那一长串的夏与秋作一次远足的旅行"，仿佛一串无尽夏与秋，一站一站展向远方。人类的生命在终极的长途上，仿若无尽亦无谓的循环。生命如同草木，荣枯不已，循环无尽，富贵无穷，无从完结。历史的沧桑之变，迁移更替，充满了莫可名故的神秘与孤独。人生短暂，生死无常，人面对生死，充满着无限的恐惧与无奈，也必然对人的生命的存在形态、生命的意义、生与死、生命的生存困境等无常问题产生思索与追问。也自然对自我生命这沉甸甸的问题，充满着莫可名状的沉重的责任感。诚然，面对无常人生，李广田似乎也流露出些许的孤独、失望、空虚的情绪。在《影子》中，作者对读者说："我受了一个

---

① 李广田：《画廊集·道旁的智慧》，载《李广田全集》（第一卷），云南人民出版社2010年版，第83页。

无名的诱惑，我跑到了这个地方，我说我是来看山的，是要来登上那山之绝顶的，然而我来到了这里，我却又不想登那座山了。在空想与梦幻中景仰了很久的这座所谓名山，看见了却也不过如此，万一登到上边而望尽了一切时，岂不将是一回寂寞的事情吗。这样想着，便绝没有再去登山的念头。"不单对于山，也不单对于海，"仿佛对于一切都存了一种空虚之感的，是永久在这人间跑着的我"。"山"预示一种景仰和崇高的目标，它是一个希望，"希望"的达成，即是希望的破灭。对于"山"，不如始终保持一个美好的希望，所以不再想登那"山"了。由"山"之于"海"，由"海"之于人生的一切，仿若都存在一种空虚。希望的终极原是虚空，人生原也就是在这虚空里无尽跑着的。看破人生的虚无与绝望，难免使得李广田有着一定的忧愁、寂寞与失落之感。在《井》中，作者就表现出了那种"老年的忧郁""少年人的悲哀""两颗不同滋味的果子"同结在"一棵中年的树上"的情绪。

　　人生既然是一种无谓且无尽的循环，那么人生的意义到底在哪里？李广田同样也在思索着生命之中无意义的有意义。在《通花草》里，李广田恳切地与读者一起探讨着一个关于存在与虚无的难题。瓶中有花，墙上有画。花是假的，情却是真的。世上的音乐是真的，却是暂时的；画中的音乐仿佛是虚无的，却是永久的。如此，人永远面临生活的两难选择，而这恰恰容易使人感到失落。作者对看花人的态度是：认为赞美花的那个"年轻人"是幸福的，而一见就说"花是假的"的"另一女人"，却认为其可悯。"世上的音乐是暂时的，画中的音乐是永久的，它永久给人以幸福。"瓶中花之真假，画中人之歌曲的演奏，真也，假也，"我"也不能清楚此问题。在永久的和暂时的两个世界之间，应该把握哪一个？觉之无可如何。但究竟地说，人倒不如怀抱一个莫名的希望活着，人才是幸福的。但这幸福却是无根的。而在《秋天》中，李广田对人生意义的追问具有了明确的态度。他说："我真不愿意看见那一只叶子落了下来，但又知道这叶落是一回'必然'的事，于是对于那一只黄叶就要更加珍惜了"，"一只黄叶，几片残英，那在联系着过去与将来吧。它们将更使人凝视，更使人沉思，更使人怀想及希冀一些关于生活的事吧。这样，人会感到了真实的存在……我们要向着人生静默，祈祷，来打算一些真实的事物了"。人生的意义应是在现实中的。低就俗世，思索现实，人才活得积极。于是，就有了《马蹄》中积极向上的奋进：他将人生比喻为策马登山，前路无人知晓，所归何处又是一个虚无。不知所来，也不知所往，只知道"我"要登山，而山却一直高耸，仿佛永远达不到绝顶。而"我"又仿佛执意要越过绝顶，再达到那山的背面。为一个莫可知莫须有的人的等候。不追问任何意义地登山。然而在"登山"途中却发现意料之外的奇迹了："我的马飞快地在山上升腾，马蹄铁霍霍地击着黑色岩石。随了霍霍的蹄声，乃有无数的金星飞迸。""我看见马蹄的火花，我有无上的快乐。我的眼睛里也迸出火花，我的心血也急剧地沸腾……""于是我乃恍然大悟，我知道我这次夜骑的目的了，我是为发现这奇迹而来的"，"我别无所求，我只是在黑暗中策马登山，而我的快乐，就只在看马蹄下的金火"，人生的意义就在途中。在此仿若具有了"希绪弗斯推石头"的意味与思考。

　　从以上所述即可看出，李广田对人生存在的认识是矛盾的，但从矛盾中生发出了希望与向上的勇气。面对存在的虚无与困惑，他选择了类似于鲁迅式的挑战绝望之路。人生实践的不屈与顽强，成了他的选择与肯定，这正如鲁迅"韧"的精神。生命本无意义，意义自我创造。你创造什么意义，它便有什么意义。"透过玻璃窗，人们所看到的是街道，但是，在镀银的玻璃中，也就是，唯有在玻璃镜中，人们才看到了自己本身。只有在感受到自己并意欲领悟自身之此在的模糊和不定性中，人们才能达到真正的无限者，达到直接存在，我们唯有从这种无限者或者直接存在出发，才能走向真实。"①

（二）生死问题辩证法

生死观问题随时代发展而迁流变化，但作为人类终极问题的严重性始终未变。孔子说："未知生，焉知死？"② 死亡与复活在现实中并肩同行。李广田的《花圈》以自言自语的方式叙述："朋友死了"，"自己"很安静，"没有感动"，也不知怎样地祭悼他，因为"他"是一个死者，何况还是自己的朋友。然而还是要祭悼的。既然任何方式都似乎无谓，"且去买一对花圈吧"，于是，就去买了。离殡期还有几日，且悬在"自己"室内。第一日觉得奇怪，不安，徘徊。第二日，始觉亲切，感情也似乎平和、慰藉。第三日，觉得花圈可爱，觉得是"我"屋子不可缺少的装饰品，生命中的装饰品。第四日，朋友殡期到了，"花圈"也就陪着朋友去了。送葬回来，乃觉悲哀，因屋里少了"不可少的东西"，于是，对着高大的粉白墙无声落泪。显然，这里表现的不仅是面对死亡的坦然，实乃人生的应然与安然。"我"由对花圈的"奇怪""不安""徘徊"，到感觉"亲切""平和""慰藉"以至"可爱"的层递情感变化，似乎透露出生与死本来就唇齿相依，生包含着死，向死而生。死是生命必然的装饰，或者说死就是生命的另一形式，又何必刻意回避呢？！在《上马石》中，李广田对生死的认识似乎更辩证了一些。不仅停留在对生死态度的坦然，而是生则乐生，死则乐死，以死为生，将死亡看作生命感觉的继续。文本描述了生活在曾经有着辉煌过往的小巷子里的三个同姓老人。他们大部分时间消磨在那曾经是过去辉煌时代的见证，现在成为闲散人坐下来谈天之地的"上马石台"。他们记忆烦琐，谈话"重复不尽"，永不忘情"过去的好年

---

① ［德］布洛赫：《幻想的精神》，胡经之主编：《西方文艺理论名著教程》，北京大学出版社1989年版，第421页。
② 《论语·先进第十一》。

月"。他们不关心现今，偶尔长叹，说自己不中用了，不如早到"土里歇息"。他们也常谈道："老弟兄们，到底我们谁应当先走呢？"于是年纪最长的一个便很慷慨地抢着说："当然啦，当然啦，我比你们大许多岁数，当然我先走啦……"另外两个老头子一定会同时把烟袋一敲："也好，你先到那边去打下店道，到那边把床铺都安排停当，然后再来招呼我们吧，我们可以到那边去同吃烟，同说话，就只怕那边没有太阳可晒了。"后来，年纪最小的那个先行死去了，如今剩余了两个。"他们觉得有点荒凉，但这感觉到底漠然，因为他们认为那人只是走了罢了。而他们自己也不过前后脚的事。"年纪最长的老人说自己曾梦见"他"（年纪最小的那个先行死去的人）。梦见"他"提篮赶集，问自己芋头多少钱一斤。于是说起梦来。于是又说到那走了的人。说到过去，"说到一些走了好多年的人"，说到现今的世道，于是"旧话"重提。"大哥，我们两个再来打赌吧，我们看到底谁走在前面。""还用打什么赌吗……麦前麦后，谷秋豆秋，是收获老头子的时候啊，我今年秋后不曾走，明年麦后是非走不行了……"该死的时候就坦然赴之。死就是生命的另外一种形式，是人生应有的存在。文中的"上马石"似乎就是那无限生命荣枯代谢，循环不已的见证人，而文中那"懵懂顽童"，即老人的"孙孙"在"上马石"上"盖房子"游戏，所体现出的富有盎然生机的生命童年与"老人"一道，所显示的生命样态似乎正象征着人类生命的"荣"与"枯"，而所有这一切，在作者笔下显得又是如此的平常与淡然，因为这就是生命的本然与常态。诚然，"死亡"是人生中庄严的大事。"死亡"对每一个人来说，都是一个必然降临的结果，所以，与其不承认死，拒绝死，而死却确确实实地存在着，倒不如大大方方、爽爽快快地承认它，正面面对它；文本中的三个老人，有着类似于海德格尔所谓向死而生的人生态度（这当然更是作者的态度与感觉）。苏格拉底说：未经省察的人生没有价值。有了这种态度，仿若更能感觉人生的价值，生命的丰富。

（三）人性之"恶"与心灵朝圣

李广田的另外一些散文则展览了一系列的人性之"恶"，省察了人性的普遍性与概括性。认识了人的卑贱与"兽性"，从而深觉善性的伟大，并以"高山仰止，景行行止；虽不能至，心向往之"[①]之心对之、念之。如《一个好朋友》中记叙了一个张姓的"患难朋友"，即七八年前在狱中看守"我们"的"看守兵"，他让"我"有一种无端的厌恶，因为他那过分"臭美"的德行与怪异的长相。他爱财，常常试图榨取"我们"仅有的一点钱，否则，得来的就是呵斥、谩骂、威吓，让你不得安生，"我"得到过这样的"优待"。"张排长"即"看守兵"曾冒充什么法官的亲戚，说可以用人情面子帮"我"脱险，骗"我"家钱财。"用他良心的万分之一特别对待我。"当"我"自由时，这"看守兵"更和"我"讲起了"交情"。面对虚伪欺诈之人性，李广田如此感慨道："我惟在戏剧圈子里而见过真正的友谊。在每个人都站在戏剧之中的时候，真是和衷共济，大家都能为别人想，都恳切。人是个什么样的人在那种时候看得最清楚。"而"戏剧圈子里"的所谓"真正的友谊"，在现实的世界中是异常稀少的，好多人在做戏的时候，常与在"外面"不一样。于是坦易，于是脱俗，于是，快乐了。而现实本身呢？在诸多不完满的现实世界里，却是种种的不堪，更是一种无奈。《看坡人》中的那个"瞎东西"本是一个聪明、漂亮的青年，不过，他因多情滥情，"爱"而无"信"，"勾引""玷污"了很多良家女子，激怒了村里"剽悍好斗"的青年人，终至以恶抗恶，挖掉了他"美丽的双眼"，演出了一场有勇无爱的悲剧。那个遭了"残暴酷刑"的"瞎东西"居然活了下来，成了一个"看坡人"，但性格变得更为邪恶、贪婪，变成了当地"人人惧怕"的一个鬼怪人物。《分担》叙述了如此

[①] 注：本出自《诗经·小雅·车辖》。后西汉时期司马迁《史记·孔子世家》专门引以赞美孔子："《诗》有之：'高山仰止，景行行止。'虽不能至，然心向往之。"

种种的"分担":一个人,端一盆汤,急急忙忙穿过街心,不慎摔倒,盆碎、汤泼,而一个骑自行车的恰好到来,他忙把车子拉住,喊道:"你不能走,你车子把我碰倒,你要负责!"这就叫"分担"。再比如丈夫同妻子骑驴进城,在途中见一"瞎子"。丈夫说道:瞎子可怜,把驴子让他骑。目的地到了,"瞎子"却喊道:驴子原是我的,你为什么叫我下来?为了避免麻烦,就把驴子让他。那"瞎子"却又喊道:你先要骗我的驴子,现又要骗我的妻子,她本是我的,如今嫌我"盲目",却被那有眼的迷惑了!众人听了,都同情瞎子。这也叫"分担"。你"分担"了他的不幸,他却令你更不幸。作者进一步引申道:小事如此,大事也如此,一人之事如此;国家的事也每每如此。《宝光》叙述了一个"老牧人"向"小孙孙"讲起的一个"宝光"的故事:他指着远处"金银峪的深处",说那里埋藏着宝贝。古年间,每当夜深人静之时,金银峪便放出宝光,有福的人方可见到,然看见的人很少很少。据说,古时一有福之人参拜过,他看到遍地黄金、珠玉,然而,"他对于一切美丽的东西,只有赞赏,却没有一点据为己有的意思。可是美丽的东西,宝贵的东西,却常常叫他遇见。他不要金银,却能看见宝光"。"自从这一带人们听说有珠宝,便都不安起来了","起了贪心","只想看见宝光,可是他们永不曾看见"。他们争着到"金银峪"去发掘,由于人类的贪婪,从此以后,"宝光"就永不再见到了。

面对人性如此之"恶",李广田也是"寂寞"的。但不同的是,庸人的寂寞,是无所事事与离开热闹场合时的寂寞,"终日地嚷着'寂寞呀!寂寞呀!'的人们,不会。终生地,要以热闹,以名誉,以利禄等等来消磨其所谓'寂寞'的人们,更不会。然则,人们所扰扰攘攘的,究是些什么呢?——恐怕,这也就是令人感到寂寞的原因的一个了罢"[①]。而超越世俗之庸人的寂寞又是什么呢?

[①] 李广田:《寂寞》,载《李广田全集》,云南人民出版社2010年版,第43页。

在《寂寞》一文里，他名之为"孤高"与"康庄"，李广田思索的是人活着的高远意义。并且，他试图用"爱"之"光"普照人世的一切，包括人性之"恶"。在《雾·雾中》中，李广田象征性地表达了这一思想：雾中看雾，暗雾笼罩了一切，却罩不住"我们"两个，因为，我们周身是"光"。"光"本是一种物理的感觉，是雾中近身能见度的感觉。但在文中，却有了象征的意义。这"光"成为"爱"与"温暖"的象征。"我们"走到哪，"光"就随着来，仿若"爱"之弥漫，"雾"即散开，人间处处有温暖，这"雾"也同时具有了象征意义，"雾"似乎又象征了人间之"恶"。如若"我们"都有了"光"，在这暗雾充塞的天地间，"我们"都是幸福的，"我们"在暗雾中得到了光明。就连那"引吭高歌的雄鸡""雾中穿行的山鸟"，也都各自欢喜它们所独有的"光"。如此，"暗雾"的天地仿佛不复存在。

李广田散文中人类的"兽性"，其实乃是一种普遍性。恩格斯说："人来源于动物界这一事实已经决定人永远不能完全摆脱兽性，所以问题永远只能在于摆脱得多些或少些，在于兽性或人性的程度上的差异。"[①] 强调人的"兽性"，其意义是能够让人类时时警醒。认识人性自身的缺点或"兽性"，不是让人类憎恶自己，而是让人更好地认识自己。认识到自己本身存在的先天卑贱，不是让人自我沉沦，而是让人自我提升，并且尊重美好的天性，从而远离自己身上的卑贱或"兽性"。帕斯卡尔说得好："使人过多地看到他和禽兽是怎样的等同而不向他指明他的伟大，那是危险的。使他过多地看到他的伟大而看不到他的卑鄙，那也是危险的。让他对这两者都加以忽视，则更为危险。然而把这两者都指明给他，那就非常之有益了。"[②] 李广田正是以相对温和的态度书写人性之"恶"，突出人

---

① ［德］恩格斯：《反杜林论》，中共中央马克思恩格斯列宁斯大林毛泽东著作编译局译，人民出版社1970年版，第98页。
② ［法］帕斯卡尔：《思想录》，何兆武译，商务印书馆1985年版，第181页。

性的复杂性,更多时候,李广田不对复杂人性作出主观的道德判断,因为,他关心的是了解人性而不是判断人性。在人类历史上,古希腊太阳神阿波罗圣殿上的箴言"认识你自己",以及神话中的"斯芬克斯之谜",记录了原始初民自我追寻的心灵轨迹。到了近代,"我是谁?我从哪里来?我到哪里去?"等问题,更是体现了人认识自我的急切呼唤,以及急于认识与追问自我的焦虑与不安。思索人性、自我,以及人怎样活着才算好等问题即是李广田文学的一个基本主题。

另外,李广田在《平地城》中还思考了人生命运的问题。所谓命运,即一个人生命的运动轨迹、运动形式、运动方向,是生命在特定时间、空间里的渐次展开。人生之命运,有必然,亦有偶然,甚至是荒诞。《平地城》写了一个很多中国人都曾听过的故事:一座城市突然不见了,被一种神奇的力量移到了别处。作者没有追究这故事是否真实,只在他的散文中留下一片似有若无的迷蒙,并借助象征性的笔法宣泄了一种情思。李广田于此对荒诞人生命运的表达,不似西方那种对人何以被莫名其妙地"抛"到这个世界上来的追问,而在于思索命运的庄严神圣性,以及导致命运变化原因的不可捉摸性。

概言之,对形而上的追索是李广田散文的一个突出特征。其对人生命运、生死拷问、生存的荒诞与意义,以及人性等诸多问题的关注与追索,本源还是对"人"作为一个鲜活丰富的个体的关注。对人生、人性问题的思索上可回溯到"五四"文学精神,早在1918年,周作人就强调,用人道主义为本记录人生诸问题的两种方法:"(一)是正面的。写这理想生活,或人间上达的可能性。(二)是侧面的。写人的平常生活,或非人的生活。"[①] 李广田认为"文艺的创造"是"一种神圣的事业",它的神圣性就在于它"也

[①] 周作人:《人的文学》,《新青年》第5卷第6号,1918年12月15日。

是为人生服务的"①。李广田的散文除了那些直接状写健康的理想人性，即周作人所谓"正面表现人性主体"的主旨外，也思索了"实然"中发现的"应然"，而且更有了终极的意义。

附录　本讲精读篇

导读语

文学与生命是难分的，文学的生命感往往也是全人类的话题。文学与生命的并重与合一，难免有着对生命的沉思、死亡的默想等人本问题的关注，以及对人类生命存在的叩问。这是纯文学的追求，也是京派散文的追求。加之，散文这种不重情节与故事的文学陈规更宜于表达生命形态的超约束性。精读下列选文，体会京派散文的终极情怀及其他。

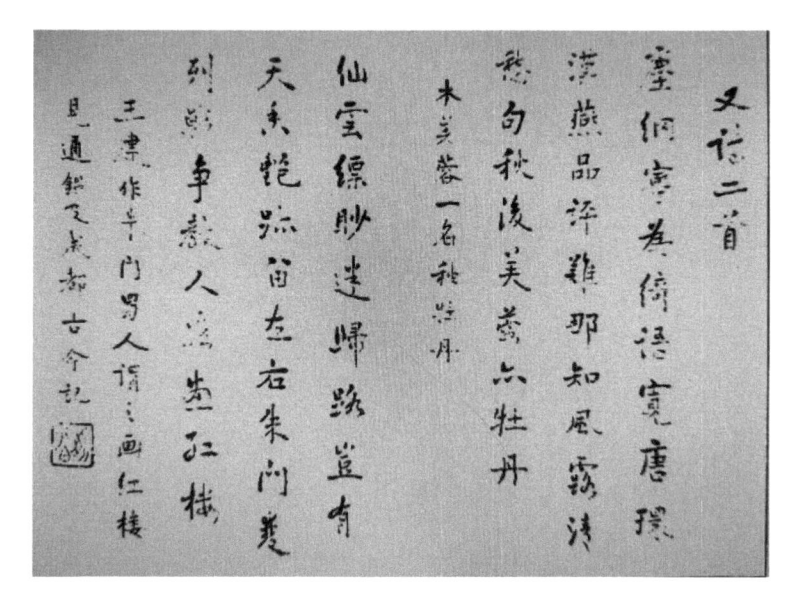

图8-3　俞平伯《咏红楼》手迹

---

① 李广田：《文艺书简·谈文艺创造》，载《李广田全集》（第二卷），第301、302页。

废名：《桥·洲》《桥·塔》《桥·送路灯》《碑》《芭茅》《放猖》《树与柴火》《枣》《打锣的故事》《五祖寺》《工作》

梁遇春：《人死观》《善言》《泪与笑》《黑暗》《"失掉了悲哀"的悲哀》《一个"心力克"的笑》《天真与经验》《又是一年春草绿》

沈从文：《湘行书简·横石和九溪》《虎雏再遇记》《辰河小船上的水手》《一个多情水手与一个多情妇人》《烛虚》《生命》《七色魇·水云》

李广田：《影子》《通花草》《秋天》《花圈》《上马石》《一个好朋友》《看坡人》《分担》《寂寞》《平地城》

第 九 讲

京派散文的城乡情愿

京派文人一个大致相同的人生经历是：从乡村到城里，从边缘到中心，从南方到北方，从地方到京城，且常常以乡下人自居，有着强烈的乡下人情结。这已是学术界不争的事实。他们带着对都市的幻想走出乡村，此后就基本处于一种"游"的状态。对于一个漂泊外乡的游子来说，其情感的反映方式难免有对家乡的思念。加之，都市的生存挑战及不同的价值观念、伦理形态等给来自乡间的京派文人造成了极大的心理压力。其当初来城市时的那股热情一时难以找到依托，严酷的现实碾碎了他们一个又一个的梦，更进一步加剧了其内心深处对家乡的怀念，同时也强化了"自我"与城市的对立。也正因如此，京派文人每每遇到"倒霉事"，便往往把家乡当作灵魂的避难所，这些在他们的散文特别是早期散文中都有反映。然而，对于心理结构相对复杂的文人来说，这种乡情不是简单地表现为"思"，而是一种交织着多种矛盾情感与痛苦的"思"，有着"城""乡"两个精神驿站之间选择的一种两可两难、两可两不可、无所依着的民族化的悲剧情怀。而且，这种"无所依着"还体现出带有传统意味的地方与京城文化的对冲及复杂矛盾。

一 "思乡"与"还乡"

首先，在面对城市的虚伪、冷酷（至少是当时还较年轻的京派文人所感觉到的）以及内在的精神压抑时，其直接的情感反映即是对家乡的思念，寻求自己灵魂的慰藉与精神的皈依，体现出很浓的传统文化乡愁情结。其实，中国文化从根本上来说就是一种乡愁文化。农工商兵各色人等，因各种原因难免要出家远游。远游必然隐伏着可能的曲折与阻厄，使其陷入"游"之困境。故此，"游人"甚至一离家即思家。"家"与"家乡"或"故乡"在绝大多数中国人的心里一直占有极其重要的地位，这是不争的事实。对于漂泊的游子来说，"家"是最值得思念之处，也是最大的心灵慰藉。因为那块土地是其生命的起源，蕴藏着祖先的精神。有着一种难以舍弃的感情，这种感情正如荣格所说的原型，扩充而广之就是怀乡情结。① 作为一种乡愁文化的反映，自古及今，绵延不绝。文学作为乡愁情绪的凝结，主要围绕故乡的温暖和漂泊的孤寂、凄凉之两极而展开。

　　显然，京派散文中，就体现了游子思乡的情感。然而，不同的是，由于京派文人内心深处始终有着"乡下人"和"城里人"两个世界的对比观照，以及负志受阻的悲剧心理，其乡情的反映又不是单纯的，往往以一种曲折回忆的眼光来抒写童年期家乡人事的美好，带有些许幻化的色彩。在其笔下，家乡充满着玫瑰色的亮光，哪怕客观上并不那么完美，以此寄托离乡的遗憾和思念。同时，他们也始终以一个"乡下人"的质朴情怀来写故乡，体现出很强的平民性。他们对其笔下的普通乡民以及乡民的平凡生活是肯定的，流露出对于俗人俗物的热爱和亲近。他们从普通的人生命运中细加品味，以一种"子不嫌母丑"的心态，贯之以自己的主观情绪，挖掘家乡平凡生活中的诗意和美。以乡情置于首位，通过对家乡人事景物的抒写来试图抛弃内心深处的失望、愤懑和不平。

　　代表性的如李广田，他漂泊于外，根系故土，始终纠缠于一个

---

① C. G Jung, "the Spirit in Man", in C. G. Jung, *Art and Literature*, New Jersey: Princeton University, 1971, p. 82.

怀乡的念头。家乡的风景人物，风俗人情，甚至一草一木，都系其灵魂。在其笔下，家乡之平常人事，随手拈来，皆有一种人生的醇厚与亲切。他对家乡的爱甚至有点偏狭，与家乡相关的一切点滴似乎都能勾起其乡情。但李广田更多的还是写童年期的寂寞，即使是寂寞，在他心里也还是温暖的。他是以成人的眼光考量童年期的家乡，来反衬寂寞的成年期的现在。诚如他在《悲哀的玩具》里所说的话，这寂寞已不是那寂寞，"现在想起孩子时代的寂寞，也觉得是颇可怀念的了"。他在《回声》里写寂寞的童年。说那时的自己喜欢到外祖家听"琴"，而这"琴"是为黄河西来向东流经外祖父屋后的河堤，堤身即琴身，堤上的电杆木就是琴柱，电杆木上的电线就是琴弦了。有风即有琴声。并说，深夜听琴难眠，易想神怪之事，琴声成为遐想的序曲。常常为不能到外祖父家而感到寂寞。接着讲述，慈祥的已故老祖母为了安慰我，想着法使我快乐。讲故事，唱歌谣，做玩具，特别是把一个小瓶子悬在风中叫我听"琴"。怀念那用来做"琴"的祖宗行医救人装药的小瓶子，怀念那同样大小的小瓶以及老祖宗的医术、灵药，以及那时的祖母不厌其烦地为我做着各种事情。教我学吹瓶口发出呜呜声，并说，系在杆上，风吹会响，恰似河堤之"琴"。详写祖母翻找麻线，系瓶口，搬椅子，冷风之中，摇摇晃晃，虽小瓶最终未响，但情至感人。另外，《山水》《扇子崖》等写景名篇，通过对故乡山水的奇丽风光，以及在人情、人事和神话故事的穿插抒写中，侧面寄托了对家乡的怀念与热爱。

沈从文则永远"对于农人与士兵，怀了不可言说的温爱"[1]。"人情同于怀土"，这种温爱当然有着对家乡的思念。他笔下的乡人朴野、勇敢、爽直、豪气，那带有原人意味的生活方式和生活形态，在沈从文看来，永远有着其做人的可敬可爱处，对于都市中的

---

[1] 沈从文：《边城题记》，《大公报·文艺副刊》第61期，1934年4月25日。

"扁平人"来说,他们更有着"人"的味儿。《市集》里的水手,生活简单,卖力气为生,到老了就死掉。爱说野话,常大笑大乐,"为了顺风扯篷,为了吃酒吃肉,为了说点粗糙的关于女人的故事"。"他们也不高兴,为了船搁浅,为了太冷太热,为了租船人太苛刻。"沈从文爱的就是他们生活的单纯。在《湘行书简·忆麻阳船》中,以所见麻阳船之一斑,彰显了湘西人那种简单、节欲、庄严的生活。他们说话粗字眼儿的运用,父子间也免不了,他们骂野话,却不做野事,人正派得很!"船上规矩严,忌讳多。在船上客人夫妇间若撒了野,还得买肉酬神。水手们若想上岸撒野,也得在拢岸后。"他们自得其乐,为爱而歌,这小地方的一切光、色、习惯、观念,特别是人的好处,无不使作者十分感动。"勇敢直爽耐劳皆像个人也配说是个人";更兼那乡情、乡音、橹歌、水声、紫山……好一幅美丽的乡村画。"一千种宋元人作桃园图也比不上。"《白河流域几个码头》中则极言家乡景物之美丽清奇:"夹河高山,壁立拔峰。竹木青翠,岩石黛黑。水深而清,鱼大如人。河岸两旁黛色庞大石头上,在晴朗冬天里,尚有野莺画眉鸟,从山谷中竹篁里飞出来,休息在石头上晒太阳,悠然自得啭唱悦耳的曲子,直到有船近身时,方从从容容一齐向林中飞去。水边还有许多不知名水鸟,身小转捷,活泼快乐,或颈脖极红,如缚上一条彩色带子,或尾如扇子,花纹奇丽,鸣声都异常清脆。白日无事,平潭静寂,但见小渔船船船舷顶站满了沉默黑色鱼鹰,缓缓向上游划去。傍山作屋,重重叠叠,如堆蒸糕,入目景象清而壮。"一派清芬的影像。沈从文对家乡风物的描写,灌注了太多的主观之情,橹歌、滩水的应和,山翠鸟鸣的迷人,以及声音的雍容典雅等等,同湘西人事一道,寄托了作者殷切的故乡归梦。

1931年,21岁的师陀来北京谋生,思乡也成为其久久挥不去的"结"。比如代表性的《劫余》,作者开篇就描写了一个处处洋溢着宁静、欢乐、温情、甜蜜和富足的乡间景象:"阳光愉快的照着山林村落，昨夜的露气尚未消尽。汲水的人将桶放进池里，发出淙——的一声响，溅出清亮的水珠。婆娘们在池边浣衣，一面笑语。孩子驱羊到山上去，不停地抽着响鞭。驴不时引吭大叫。猪仔蹒跚着在道旁走过。四周是这样甜蜜的宁静清和，催人欲醉！"处处充溢着欢快、宁静、甜蜜等等醉人的景象。美则美矣，但显然也有着一定的幻想的非现实成分。那种欢快、宁静、甜蜜的醉人景象，已经是主观化的了。再比如《行脚人》中写道："一个牧羊女正沿着溪走了下来。在她的面前，肚儿便便的山羊们懒懒的鸣着，或左或右，跑着一只牧羊狗……那姑娘从旁边跑过，向空中甩了一个响鞭。小狗则冲向溪去，溅起水花，快活的洗了个澡。上得岸去，抖下水滴，接着惬意的打着响喷嚏。"《乡路》中写道："白杨，翠柳，村落，丰饶的原野，向后滑行。绿的，绿的，绿的浩瀚的海。抖的一闪，是火一般的桃，烟雾似的棠梨……"这家乡的"美景"甚至有点空灵、缥缈，仿若仙境。同样，作家笔下的"家乡人"也多闪现着令人惊喜的光芒：他们平凡、素朴、乐观、倔强，但却总是有着一种实实在在的美好，自有一种光和希望。比如《老抓传》中的老抓，他是一个长工，在他身上，我们看到的是一种倔强、生命的性格：他赌钱但从不欠账；他不信神鬼，不信医生，一脖子死筋与病拼命；他一生孤独，但一直默默爱着他年轻时心中的恋人；他是"一个魔鬼的化身，旷野上的老狼"……即使生活有了变化，但他依然热爱自由、爱简捷，性倔强，执着于拼搏的本性。他永远孤独地但同时也永远年轻地活着。再比如《这世界》中的那个忍辱负重，为生活所迫，受尽人间沧桑的卖淫女，同样有着美好人性的闪光……这些闪光的民族性格，一如作者心中的黄花苔，"暗暗的开，暗暗的放，然后又暗暗的腐烂……"[1]

长久生活在城市底层的萧乾也一样。他的《过路人》（1934年

---

[1] 芦焚：《黄花苔·序》，上海良友图书公司1937年版，第2页。

5月）写自己一次坐船的经历。文中强调自己对城市的鄙薄，将之比喻为"好一条爬满了虱子的炕!"自己的所见所闻，总能不自主地引起对家的思念：眼前的硬的陆地，水泥的马路，水泥的楼房，则回念起家乡那"绿油油的高粱"；由绿的海又想起了绿的家乡，看到多的汽车，则想到家乡池塘雨后的蜻蜓；受茶房、胖女人欺侮，遭白人呵斥，路上被抢劫，坐统舱票的煎熬，夜宿船上被疑为坏人等等，也使其想起家乡的原野。作者采用对比的手法，意在强调城市的冷酷、欺诈与势利，家乡的温暖与对家的思念。

京派文人对故乡爱得深沉！有一种强烈的回望意向。"一掊故土万般情"，在他们心中，乡土具有母性的特征。京派文人对乡情的表达分为思乡与还乡两种形式。思乡多以回忆的眼光，写离乡前的故乡就是一个乐园。他们描写乡土人物的生活，其实乃是自己作为一个离乡者塑造"在家"情状的一种方式，用以填补"不在家"的空虚感和在外的失落感与漂浮感。这是一种现实不得已的精神还乡。这种还乡"象征着人类对于自己生命的源头、立足的根基、情感的凭依、心灵的栖息地的眷恋"[①]。人之离乡，也意味着对童年或少年黄金时代的远离，从此也便陷入了不能自拔的世智尘劳、人事纷纭。而"还乡"与回望，即是找回那种温暖的记忆，是一种心理情感的不自觉趋向。所谓家园，乃是我们内在精神的"投射"，并正因为如此才呈现出所谓"精神家园"的位相。还乡就是返回到对存在的源初之思上，还乡就是寻回失去了的自己的本真，因此还乡便具有了海德格尔所谓的现象学上的还原的意义。其实，"还乡"意味着对童年的回忆，故土的难离。那曾经亲历过的童年记忆。每次"回望"与"还乡"都是一种温暖的感知与生命激情的唤醒。如此，"还乡"本身即充满了诗意，且是一种非常特殊的文化经验，以及独具意味的文化诗意。

---

① 鲁枢元：《文学艺术与自然生态》，《海南师范学院学报》2000年第9期。

二 失落与悲鸣

应该说,乡土情感其实是一种退缩意识,它所体现出的是游子在面对曲折与阻厄或不安时内心深处对家乡温情的回归和怀念。然而,乡情中最核心的东西,被文化的意识压抑着的无意识,从本质上来讲,又是一种追求,是一种追求失落中的追求。乡情所意向的家,不是物质的家,也不是充满伦理温情的家,乃是精神的家。是生命的意义,是人在文化中的意义。是陷入困境下的个人对归宿的询问。

京派文人并不是所谓的脱离政治与现实,而是同样有着浓重的忧患意识,而且是高远的忧患意识,因为它一直凝注在文化的层面上。他们在向家乡寻求精神的家园时,看到的并不都是亮光、希望及温暖。他们尽管有着对家乡如醉如痴,甚至"愚忠"式的爱的一面外,同样有着对家乡变化了的、客观的现实的理智的思考。他们的试图从家乡寻求安慰的、美好的初衷到最终却变成了柔性的悲剧性的结果。也就是,他们无法平静地面对家乡所发生的变化,分明看到了家乡的可恶和失望处,看到了很多的混乱、残酷、破败、肮脏等等,有着自己对生活独特的思考、体验和切肤之痛,体现出其悲剧思想的深刻性,同时也是沉重的。由是观之,他们对精神家园的寻求是失望的,也是矛盾的。有着一种求之不得而又无所适从的悲剧情怀。于是,在他们的散文作品中,于幻美的同时,又充满着凄怆和失去童年期、富有孩子气的乐园意绪。在此方面,师陀表现得比较明显,如《劫余》中,在写着诗意的同时,同样有着一幅画中的,一个跪着的女人:"头发披在背后,双手向上伸开,眼睛得大大的,痛苦地仰望着天空"的不堪入目的,与童年期美好故乡极不协调的灰色对照,显然有着失望和无可奈何的心情。《苦役——掠影记》中写道:"这地方是痛苦的!在他看来,他们的所以活着仅仅是为着不幸。……他好象一个旁观者从此岸望着彼岸,所得到的只是莫不相关的烦躁和懊恼;假如不经别人的提起,他是还有着自己不知道有着而确实有着的悲哀,他倒自以为仅仅是惆怅。这里的事情,使他感到不可捉磨的空虚和奇怪……自尽的庚辰叔开始呻吟……在那里,一定伸出着被火光照红着的脸,沉醉在梦境中的脸。他想起庚辰叔怎样担负着一家的生活,怎样向前挣扎,忽然他听到'就是……活不下……去了……'"活着在他看来是一种苦役。可是人家从死的安息中把他救过来,他不能不活下去,他不能不继续挨受着自己的"苦役"①。另外,《行脚人》中爷孙三人生活的悲惨;《谷之夜》中的老牧羊人,贫困潦倒,以"羊"为妻的孤寂凄凉;《铁匠》中被逼得家破人亡的乡村铁匠;《这世界》中的被丈夫无休止殴打的、为生计而不得违信卖淫,同时也被无聊看客所看的妻子;《老抓传》中的老抓既美丽淳朴也闭塞孤寂,等等这些都从各种角度、不同层面反映着现实生活的血和泪。师陀是个个性理智、思想复杂的作家,其散文作品对农村社会揭露得客观、全面和深刻也是其他京派作家所不及的。在生活的苦难面前,他不是一味地回避,不是躲进"小楼"(也无"小楼"可躲),冷眼旁观,而是正视之,并有着深沉的忧患意识。当其笔名由原来的"芦焚"改名为"师陀"后,政治倾向愈益加强,创作上也脱离了原先"京派"的轨道。

李广田在以一颗朴素的心回忆着童年往事和家乡温暖的同时,也时或抒写着家乡灰暗与内心情绪的失望。他在《山之子》中除了描写"流水小桥,丛花破屋,鸡鸣犬吠,人语相闻"等的美景,听乡人乡事等之佳趣外,也写了"泰山的精灵"哑巴,于山崖采花、卖花以养家糊口,在父、兄因采花亡命山涧后,仍不得已继续着以生命为赌注的"山崖"生活。读来凄婉动人。《回声》中除了主要

---

① 师陀:《苦役——掠影记》,《文丛》第 1 卷第 1 期,1937 年 6 月 15 日,署名芦焚。

描写童年的乐事之外，于文末也写道："现在外祖家已经衰落不堪，只剩下孤儿寡妇，一个舅母和一个表弟，在赤贫中过困苦日子，我的老祖父和祖母也都去世多年了。"忧郁愤懑之情溢于言表。《桃园杂记》中写家乡的桃园往昔有着很好的景色："遍地红花，又恰好有绿柳相衬，早晚烟霞中，罩一片锦绣图画，一些用低矮土屋所组成的小村庄，这时候是恰如其分地显得好看了。"桃园的生活欢乐与美，在大城市里，偶尔听到鸟声，就能立刻把自己带回故乡的桃园去。而今：年头不好，桃树也逐年减少，回去打听幼年伙伴，也很多夭亡与走失，文末作者写道："我很担心，今后的桃园会更变得冷落，恐怕不会再有那么多吆喝的肩挑贩，河上的白帆也将更见得稀疏了吧。"读之使人难免黯然。《老渡船》中的老渡船，满身负荷，于种种非人的屈辱中，艰难地度着生命的余剩。《乡虎》中则写了乡间的一些土混人物，愚弄乡民，扰害地方，无法无天，任意行为。李广田笔下的乡间人生画面，有快乐，也有忧愁和忿恨，那里的事情永久使人歌、使人泣、使人皱眉。

　　沈从文在抒写湘西美的人性、美的风景的同时，也同样写到了那永远使人有点寂寞也忧郁的水面人生活的悲惨，以及使人担心的地方经济等。《桃源与沅州》中开篇就抹去了先在的，人们对桃源的神秘与牧歌的印象。这里无人自以为是遗民或神仙，也从不曾有人遇着神仙。这里有生活悲苦的妓女；经济形式低下、生死无依的舵手；残暴的虐杀、潜伏的强盗，以及荒落的地方经济。《老伴》中的老伴，是"我"十七年前从戎时要好的战友，如今，时间同鸦片已毁了他，也不认识"我"。文本感叹道："时间使我的心在各种人事上感受了点分量不同的压力，我得沉默，得忍受。"作者在此对"历史"有所埋怨和惆怅。《滕回生堂的今昔》写自己寄父的滕回生堂近十八年前后的变化。特别强调了回生堂如今所在的当地，烟馆黄吗啡烟具流行，而回生堂，铺子变小，没了牌号，生意萧条，文中作者总结说：是湘西人的负气与自弃的拒他性以使湘西萧条落后，年轻人应负起责来，民族复兴，事在人为。《沅水上游几个县分》中写了湘西边地的愚、穷、弱、凶，以及制造悲剧的鸦片的流行；过去那种生命洋溢的热情近年被无个性无特性的庸碌人生观所代替，养成此种人生观使人失掉了那点勇气而替代成了一点诈气；无书店，对知识重视不够；生存无目的，无所谓，混日子，"听机会分派哀乐得失"，在小小生活范围内转；并强调：青年觉醒势在必行。

另外，何其芳的《街》写自己凄凉地回到乡土，极写家乡县城的冷淡、陌生、阴暗、荒凉、忧郁、污秽、悲惨、冷酷、卑微，充满着不幸和痛苦，它让人沉默、孤独和痛苦，家乡的人尽是垂头丧气，失去希望，担着劳苦，充满着对乡土的不信任感。《炉边对话》中，"长乐老爹"所讲的"三个少年出去寻找他们的运气"的故事，第一个少年所发出的"我尊敬这里的一切"，但总觉得"我灵魂的乡土"在"召唤"，而以"我"的叹息以及长乐老爹自己出去冒险又回乡的疑问，其实表达的都是作者对乡土充满矛盾和痛苦的深长反思。……京派文人对家乡爱得深沉，恨得深沉！

三 "城""乡"两难

京派文人在"城里"和"乡下"两个世界中，是犹疑的，他们进退失据。当其处处受阻而悲时，他们思念着家乡，把情感的依凭放在了乡情上。但他们毕竟大部分时间又都是生活在城里，是面对着"城里"而生的失望与失落，所以他们转而把情感的重心放在了对乡情的思索和认识上，是立足城里对乡下的回望与重构，在梦幻般的感觉中捕捉对乡村的记忆。有温情、留恋、向往，也有幻象、残梦、失望，此种乡情是复杂的。

根据著名认知心理学家乌尔里克·尼塞的观点，往事的记忆往往是经验的碎片，记忆的主体也正由这经验的碎片来构建往事。其间的关系十分类似于古生物学家从恐龙化石的碎片中建构出恐龙来。"我们对自己所信,决定于我们对往事的记忆。如果记忆像摄像机那样,使我们能够把过去的全部细节重新播放一遍,那么,我们当可以参照一个对过去发生于我们生命历程中的事件的客观记录,来检验我们关于自己的种种信念。然而与此相反,我们必须利用的是我们的记忆为我们所留下的关于往事的各个片断和信息的点点滴滴。"[1] "在人那里,我们不能把记忆说成是一个事件的简单复现,说成是以往印象的微弱映象或摹本。它与其说只是重复,不如说是往事的新生,它包含着一个创造性和构造性的过程。仅仅收集我们以往经验的零碎材料那是不够的;我们必须真正地回忆亦即重新组合他们,必须把它们加以组织和综合,并将它们汇总到思想的一个焦点之中。"[2] 京派散文正是这样,京派文人以零星、断片式的过往点滴建构了情感中温情脉脉的乡村世界。然而,这种温情是幻化的,有着作者对往事叙述过程中主观的虚构成分,是修饰了的乡村,这种虚构了的叙述所揭示出来的,显然不是过去何时何地客观历史事件的本真,在虚构事件的过程中隐藏着个人内心的隐秘和意义。因为,每一个片段温情的潜在触媒都是现实的困难和超乎寻常的现实忧惧,他们是在面对城里的一切而产生失落的当儿,突然联想到过去和遥远的情景,就好像是一个失去的乐园又在他们面前飘忽过似的,成为一种"失落"后的心理补偿。

依前文所述,京派散文多用的是童年记忆。弗洛伊德说:"在所谓的最早童年记忆中,我们所保留的并不是真正的记忆痕迹而是后来对它的修改。这种修改后来可能受到了各种心理力量的影响。因此,个人的'童年记忆'一般获得了'掩盖性记忆'的意义,而童年的这种记忆与一个民族保留它的传说和神话有着惊人的相似

---

[1] [美]丹尼尔·夏克特:《找寻过去的自我——大脑、心灵和往事的记忆》,高申春译,吉林人民出版社1988年版,第88页。

[2] [德]恩斯特·卡西尔:《人论》,甘阳译,上海译文出版社1983年版,第65页。

之处。"① 生命作为一个时间历程，他所实际拥有和体验的是"此在"，京派文人以身在城里的"此在"生命体验回忆和反思过去的生命。此种"此在"的"回忆"和"反思"当然与真正童年期的体验与经历有着很大的差别。"它是由经过选择的印象组成的，而实际经验是一堆杂乱无章的景象、声音、情感、肉体紧张、期待和微细而不成熟的反应。回忆筛选了所有的材料，再把这些材料用一种有特色的事件构成的形式再现出来。"② 显然，京派散文是有意无意中放大了，与当下痛苦体验相反情感的童年往事，它是一种精神的还乡，也是祭奠童年的墓志铭，这本身就带有些许自欺的性质。

现实无所不在，"此在"时时鞭打，幻化的楼阁毕竟经不起现实的轰毁。家乡也有变化和不好的一面，家乡也断然不是一个美的所在。他们痛苦地思索和爱恨着家乡。

对于都市的情感何尝不也是如此呢？对于他们而言，都市代表着一种难以通约的另类文化，似一时的不适应或"高攀"不起。他们在表达厌恶"都市"，厌恶"城里"的冷酷、虚伪、势利的都市梦魇时，又同样依恋着都市，因为都市有着他们的抱负和梦想。诚然，都市是人类文明的标志，其丰富的物质生活和高雅的审美情趣对乡下人构成强烈的诱惑。一直以来，乡下人常常把自己成为城里人作为人生的奋斗目标，以"乡下人"自居的京派文人也是如此，尽管对都市有着这样那样的不满，但还是表现着对都市文化的皈依（只是这种"皈依"似乎又有一定的限度，如有的作家终其一生能接受北京，但不喜欢上海，沈从文就是这样）。一个基本有力的事实依据是，他们都没有离开城里，都选择了都市，都漂流在城里。套用今天的流行语：乡村放得下肉身，但放不下灵魂。正如师陀在

---

① ［奥］弗洛伊德：《日常生活的精神病原理》，载车文博主编《弗洛伊德主义原著选辑》（上卷），辽宁人民出版社1988年版，第150页。

② ［美］苏珊·朗格：《情感与形式》，刘大基等译，中国社会科学出版社1986年版，第395页。

《灵异——掠影记》中所说："都市里只有堕落和疯狂……是戕害人性、腐蚀聪明、消沉意志的地方，是罪恶的渊薮。虽然如此，却不知怎的终不曾离开。""爱着田园，又离不开城市"[1] 是其基本的心态。

显然，他们也没有对"城里"世界的一种决绝态度和离弃方式。他们来自乡下，和城市间存在着不可调和的矛盾。他们崇尚娴雅等都市的文明，却又向往着原始、朴貌，温情牧歌一般迷人的乡村。他们始终在"城里"和"乡下"的两个世界中，犹疑、徘徊、挣扎、痛苦，乡村和城市都有不尽如人意的地方，对他们来说，城市和乡村，都是一个幻象，京派文人遇到了血缘、祖籍认同与都市本地认同的双重尴尬，他们在乡村和都市间游移、彷徨。

思乡斥城，厌乡依城，无论哪一方为显，总隐含着另一方，其核心是一个"离"字。一方面有一种很深的被遗弃感，另一方面又必须自己承担起这一城乡两无凭的事实。它所透露出的乃是一种很强的世弃之怨。文化批评学者威廉斯曾说："乡村汇合了一切关于自然的生活方式的观念：和平、率真、淳朴的品质。城市则汇集了一个建设完善的中心的观念：知识、交通、亮光。强烈的厌恶的联想也同时发展起来：城市是一个充塞噪音、市侩、野心的地方，乡村则是一个满足、落后、无知、局限的处所。"[2] 京派文人恰是这样。其本是那穷乡僻壤里的真正的"土著"，但却自我丢开了。而在光怪陆离的都市新世界里，又难免局促不安。乡村有着令人留恋的往昔温馨与忧喜记忆及宁静的诗意，但也有着使人生厌的种种封建、落后与残酷。冷酷的现实逼迫他们把同情转化为愤恨和讽刺，作者仿佛是跨在两个时代与两个世界的人。一方面是对家的怀念和失望，另一方面也有着对城的留恋和憎恶，两方面都是矛盾的。我们今天常说的：进不了的城，回不去的乡，何其相似乃尔！京派文

---

[1] 师陀：《乡路》，载《师陀散文选集》，江苏人民出版社1981年版，第34页。
[2] Raymond Williams, *The Country and the City*, Oxford: Oxford University Press, 1975, p. 1.

人在庙堂之高的理想憧憬和江湖之远的本体追求中陷入了矛盾和尴尬；都市与乡村的两种情感很难在一己的矛盾情怀中长期并存，而又不得不在泪与悲的表面和谐中长时间并存。辗转忧郁，结果是两面耽误，两面的误解和无着，他们是痛苦的。既失去了家的温暖，也遇到了自我实现的阻碍。作为一个漂泊的游子，在曲折和失望面前，他们皈依于乡情，然而，家乡已变成了一个失去了的乐园。此种乡情的主调是一种柔性的悲。对于故乡的情，京派文人爱得深沉，爱得失望。然而，城市呢？"负志而往，受阻而悲"，城市也是一个伤心地。反是观之，他们对城市也是否定的，但在否定中，同样又有着对城市的依恋。城市毕竟代表着现代的文明，承托着他们的理想与抱负。对城市的依恋同样是爱恨难舍。他们是一种两难两可，两可两不可的复杂心态和悲剧情怀，但他们始终又是在追求的。

四 "挑战"与"应战"

人是文化的动物，当京派文人从乡村来到城里，其直接和表层的心理感应是一种乡情，但作为地方性的文化人在面对都市文明时，其内心的深层所显示的则更是两种或多重文化的碰撞。因为都市和乡村不仅仅是地域意义和社会形态上的区别，而且是文化形态和经验方式的区别，"都市空间"和"乡村空间"并非仅仅意指一种实在的生存空间，更是空间场所所生成与带来的诗学空间。两种异质"空间"经由京派文人这个"中介"的遭遇，势必导致京派文人涌现于内心的"挑战"与"应战"，这种"内部的自行调剂或自决的形式"[1]。而且，这种"都市空间"与"乡村空间"具之于京派文人及京派散文，还意味着"地域"与"京城文化"的对冲

---

[1] 参见［英］汤因比著，［英］索麦维尔节录《历史研究》，曹未风译，上海人民出版社1966年版，第251页。

体验，也便被赋予了特殊的意义。

（一）"土"的束缚

费孝通曾说："从土里长出过光荣的历史，自然也会受到土的束缚。"① 作为由乡入城的乡下人，既有着都市边缘人的感觉，又有着对乡村文化特别是自己属地文化无意识的心理皈依。其出生地、生长地的家就像他们漂流在外的基地和堡垒，"正如测量中的基准线对地图绘制以及地图上所有的点都非常重要一样"②。

沈从文、李广田、师陀等京派文人来自不同的文化区，这不同的文化区是各自有着相对独立的相似或相同文化特质的地理区域，即文化地理区。似中华民族文化内部一枚枚亚文化的徽章。其所属的文化区中，居民的语言、艺术、信仰、生活习惯、道德观念及心理、性格、行为等方面具有一致性，带有浓厚的区域文化特征。京派文人在表现对所属乡村文化皈依的同时，甚至时或有着乡下人情感的偏执或武断的色彩，这种"偏执"或"武断"在另外的意义上，反而更鲜明地呈现出它的区域文化的特性。究其散文，大可悟出中国文化的地理图。比较典型的以沈从文、李广田、师陀为代表。

沈从文在其散文中所描写的湘西之人事，坦诚、醇美，崇尚自然人性，强悍而又带有浓厚迷信色彩。这里的男人慷慨、豪爽、直率、好义，易激动，俗剽轻，做起事来，情感炽热，风风火火，这里的女人美丽、善良、淳朴，淳朴、侠义、重义轻利是其主要文化特色。如《一个戴水獭皮帽子的朋友》中的"老朋友"，懂人情、有情趣，"当他二十五岁左右时，大约就有过一百个女人净白的胸膛被他亲近过"，而且爱玩字画，爱说野话，"言语行为皆粗中有

---

① 费孝通：《乡土中国》，生活·读书·新知三联书店1985年版，第19页。
② 转引自［英］迈克·克朗《文化地理学》，杨淑华等译，南京大学出版社2005年版，第43页。

细,且带点儿妩媚",言行粗陋而不失文雅,在沈从文眼里"真可算是一个妙人!"一个活鲜鲜的人;他三岁起就喜欢同人打架,强悍爽直,读书虽不多,却善于用书,在一种近似奇迹的情形中,无师自通,写信办公,笔下可观。为人性情随和不马虎,"一切看人来,在他认为是好朋友的,掏出心子不算回事;可是遇着另外一种老想沾他一点儿便宜的人呢,他就完全不同了"。讲义气守信用。《五个军官与一个煤矿工人》中的"煤矿工人",为生活所迫,铤而走险:杀兵夺枪,做匪首,后被捉,为保存自己之英雄形象,被解途中机智投井。文本充满着浪漫、神奇且悲壮的色彩。《鸭窠围的夜》中,沈从文以想象的笔法描写了湘西特有的巫师禳土求神仪式:喧天的锣鼓,火燎与九品蜡,红布包头独作旋风舞的老巫,架上的黄钱,装谷米的平斗,新宰的猪羊,行将为巫师用嘴把头咬下的活生公鸡,猪血稀粥……仿若一派原人与自然景象。

  沈从文笔下的湘西人事之貌,显然源于楚地特有的水土因缘及精神个性。湖南俗称荆楚之地,钱基博说:"湖南之为省,北阻大江,南薄五岭,西接黔蜀,群苗所萃,盖四塞之国。其地水少而山多。重山叠岭,滩河峻激,而舟车不易为交通。顽石赭土,地质刚坚,而民性多流于倔强,以故风气锢塞,常不为中原人所沾被。抑亦风气自创,能别于中原人物以独立。"[①] 而湘西,更是一个与世隔绝之地。在这里,武陵山、巫山、雪峰山、长江,犹似道道屏障将其与外界隔绝。山地广漠,犬牙交错。公路未通,火车不行,仅沅江与澧水两条河流作为与外部世界交通的要道。居于此地的人民言语风习,特异华风,俗称苗蛮。面对恶劣的自然环境,他们终年奔忙于温饱之途。涉水撑船,援树登山,艰难地积累着本民族的历史文化和独特的人生形式:信巫鬼,重淫祀。人性淳朴、侠气、明朗、活泼、热烈,尊敬鬼神、生性强悍、知足守法。沈从文散文中

[①] 钱基博:《湖南近百年学风》,岳麓书社1985年版,第1页。

所特有的忧郁气质和浪漫情怀显然可见湖湘文化之一斑。

另外，湘人素有"留心经济之学"与"起而经帮"之特点。自王船山改造程朱理学，摈弃虚玄抽象之思考，强调"义必切理"，"言必征实"，到魏源、曾国藩、左宗棠等主张坐而言不若起而行，师夷之长技以制夷，兴办洋务、实业，以及企图由表及里，由器而道地剖析西方风俗政教，探究"强兵富国之术"的郭嵩焘等，湖南知识精英一直具有强烈的"经世致用"精神。[①] 这些似乎也潜在影响了沈从文散文中的经济意识。典型的如《常德的船》中除了形象具体地描写了常德之地形制不一，代表各地个性的大小船只外，还述说了各类船只的功能与船主的操守，如外来长江越湖而来，运盐为主的"三桅大方头船"；运粮越湖的"乌江子"；身黑，秀气的洪江油船；运石灰、煤炭的"辰溪船"；专载客人的桃园划子；等等。各种船只的功用，易于使人想象其热闹的经济往来之景象。沈从文散文文体所体现出的精彩绝艳、浪漫奇幻、鲜明多姿、汪洋恣肆正是湘楚文化的楚辞遗韵。

李广田为鲁人，齐鲁文化成为其散文创作所皈依的根。浓浓的理性、血性和神性的冲突等是其诸多散文文体的感性特点。如《银狐》中，原为武陵公子的孟先生未及中年，一贫如洗，他和太太以卖画为生，对贫困生活安之若素，在互相体贴、互相爱护中如鼓琴瑟，过着"和乐生活"。《花鸟舅爷》中的花鸟舅爷，是个在贫苦中有快乐的人，他会以几个小钱的胜负去抹把牌，会用极粗俗的腔调唱几支山歌，更会花费自己的精神与时间来种花养鸟。《五车楼》中的稚泉先生作为一个在乡间躬耕的读书人，至诚至情。为治母亲的病，偷偷割了自己的胳膊肉来煎熬。《宝光》中，作者则用记梦的方式，通过老牧人向小孙孙讲述有关"宝光"的传说，赞美那个"有福的人"虔诚、不贪婪的品性；如此等等，大可看出李广田散

[①] 包忠文：《现代文学观念史》，江苏教育出版社1992年版，第592、598页。

文中乡间人物的和乐知礼、忠诚质朴、不贪不伪。《种菜将军》中的伏波将军，绰号"神枪穆爷"，一个乡间的民团团长，忠厚、勇敢、慷慨、好义、和气，威震四方，得乡人好评。后来，将军的大少爷浪荡无赖，军队被裁，从此家道中落，朋党渐去，狭路仇雠，威风不再，晚年成了种菜人。伏波将军死后，"我"的父亲为其送丧，家人、乡人对其也极为惋惜、敬佩、怀念，其主要原因就是伏波将军的勇敢，他"一手两把匣枪，曾只身探过匪窟，三十个不能靠前，却被他击毙十数"。乡人对伏波将军所具有的勇敢血性人格的崇尚及崇拜，也是作者所要礼赞的。《山之子》中的哑巴坚毅勇敢、不畏险阻，在父兄相继葬身山谷后，仍每天冒着危险去百合涧采摘百合以谋生，"把自己的生命挂在万丈高崖之上"，显得"勇敢而大胆"。正因为此，当他站在"升仙坊"的峭壁上以洪朗的但别人听不懂的声音说着什么的时候，作者感到了"泰山的精灵在宣说泰山的伟大"。甚至《枣》中的那个傻子，也有一个坚定而执拗的信念"俺吃枣"。为了寻"枣"，他渡黄河北上，殉身而不顾，"傻"包含的"傻劲"似乎也成了勇敢的代称。

　　李广田所礼赞的理性、血性和神性无疑是齐鲁文化的标识。山东自古就是礼教之乡。制定周朝整套礼乐制度的周公旦即封于鲁国，鲁文化故此而被赋予了礼乐文化的品格。儒家学说的创始人孔子对"郁郁乎文哉"的周文化就非常向往并崇敬着周公，以致"久矣吾不复梦见周公"。孔子的思想核心即为"礼"与"仁"。墨子亦为鲁人，其基本思想是"兼爱""非攻""节用"等，浸透了浓厚的实践理性精神。孟子，也是山东人。荀子虽为赵人，但其主要文化活动却是在齐国的稷下。中国历史上的第一次思想解放及文化繁荣的"百家争鸣"，其主要阵地就是齐国的稷。著名大军事家孙武、孙膑亦是山东人，这似与齐人的先祖夷人勇敢善战的血统有关。典型的山东人的性格是：重礼仪、讲义气、尚豪侠、贵朴质。在理性与血性的矛盾之外，还有理性与神性的矛盾：齐鲁文化中，也有奇特玄奥的因子,山东傍海,海洋是充满着神秘与浪漫的,这是幻想得以产生和发展的地理条件。

来自中原河南的师陀,其散文中人物的朴实与狡黠、幽默与冷嘲、奇气与古异,则让人感悟出中原文化的厚重悠远。《老抓传》中的老抓,朴实坚忍、倔强执着。他赌钱从不欠账;不信神鬼,不信医生,一脖子死筋与病拼命;他是"一个魔鬼的化身,旷野上的老狼"。《程耀先》中的程耀先怪气、骨气、奇气,仆仆于风尘道上,流落于江湖之间。《风土画》中的"驮户"质朴厚重,静定知足。《河》中的"堂兄"质朴与狡黠,但不失其可爱,诸如此类,都标示着中原文化的厚重神韵。

中国古人一直认为自己居四海之中,故称"中国",而河南又是"中国"的"中原"。顾炎武在《天下郡国利病书》中论及河南的地势时称之"居天下之中","咽喉九州,阃域中华"。中国古代有七大古都:安阳、西安、洛阳、开封、南京、杭州、北京,河南独占其三,其中安阳有"六朝故都"之名(殷、后赵、冉魏、前燕、东魏、北齐之都)、洛阳号称"九朝故都"(东周、东汉、曹魏、西晋、北魏、后梁、后唐、隋、唐武则天朝)、开封号称"七朝都会"(魏国、后梁、后晋、后汉、后周、北宋、后金)。① 中国文化精神主流分儒、道、释三家,其中道家大哲老子、庄子是河南人,在"缘督以为经""柔弱胜刚强"之道家人生哲学中,有对"真人生"的向往。河南有奇气,朴实与狡黠、幽默与冷嘲的中原民魂。"豫省居土之中,受气之正。其天性朴茂,殆所谓难动以非,易感以义者乎。"② 师陀散文中所透露出的生命韵致无疑显露着中原文化浸染之生命之投影,广袤、沉寂,像北方母亲的宽厚、温暖的胸怀。

---

① 冯天瑜、何晓明、周积明:《中华文化史》(上),上海人民出版社1990年版,第43、44页。
② 胡朴安编:《中华全国风俗志》(上篇卷二),上海广益书局1923年版,第1页。

地域文化属于一种精神气候，对京派文人的影响方面"和自然界的气候起着同样的作用"①。它更是一种根，成为京派文人抹不去的胎记。京派散文彰显了许多世纪的华夏民族的精魂，以及潜藏在这一博大国土上的，各个地域文化中的人民的集体深层心理，即黑格尔所说的"普遍性意蕴"。

（二）"城""乡"文明的对冲

人是文化的动物，京派文人由乡入城，就恰似从乡村来到都市文化区的活标本。"城市""乡村"均代表着一种不同的文明，京派文人由乡入城，本质即是两种文明显现于作家内心的碰撞。在经验与积习的层面上，乡土中国所培养的情感依然游荡在他们的心里，乡村依然是他们情感的皈依或不自觉的灵魂避难所，这就在一定程度上影响了其对城里的一切的观感，往往以一种乡下人的眼光和标准来评判，甚至带有乡下人的武断色彩，以及强烈的个人化的民间价值立场；但在理念层面上，他们又同时认同于城市文明，城市给了他们一种审视乡村的个人视角。由于经历了城乡两个世界，能够有着较为开阔的眼光考量一切，亦能跳脱单纯地作为一个乡下人的偏狭（当然也有限度）。他们尽管来自乡下，但身份已经不再是一个单纯的农民。有着一种"商品经济"和现代意识观念的"后农民"眼光。而这两种矛盾心理在京派文人那里时常是混乱的，散文中具体表现为：

第一，在面对城里堕落、奢靡、腐化等现代文明的病症时，京派文人普遍倾向于带有各自地域特点的，丰富、充盈、自足、孤立而又中立的乡下人的价值依托；乡村成了他们精神的"乌托邦"和价值之本源。②

李广田由于看到都市的虚伪、冷酷以及都市人面对生活时的懦

---

① ［法］丹纳：《艺术哲学》，傅雷译，人民文学出版社 1988 年版，第 34 页。
② 王尧：《询问美文》，山东画报出版社 1997 年版，第 37 页。

弱,便把自己温厚的一支笔转向了乡村的"诚""勇敢"与"爱"。《银狐》中孟先生夫妇之间的那种互相体贴、互相爱护如鼓琴瑟;《五车楼》中的稚泉先生对母亲的至诚至情;《宝光》中对那个"有福的人"的虔诚、不贪婪品性的礼赞;《种菜将军》中对伏波将军忠厚、勇敢、慷慨、好义、和气的惋惜、敬佩与怀念;以及《山之子》中对哑巴的坚毅勇敢、不畏险阻个性品格的颂歌等等,都体现出李广田对乡间"诚""爱""勇敢"的诗化表达与精神皈依,甚至怀着一种"子不嫌母丑"式的主观情怀对家乡投以温柔的一瞥。相较于都市,乡间不寂寞,有温情,多活力。

  沈从文更多地看到了现代都市的低迷、丑陋、慵堕,无朝气,诚如他在《萧乾小说集题记》中所说的那样:"在都市住上十年,我还是个乡下人。第一件事,我就永远不习惯城里人所习惯的道德的快乐,伦理的快乐。我崇拜朝气,喜欢自由,赞美胆量大的,精力强的。……因为这种人有气魄,有力量。这种人也许野一点,粗一点。但一切伟大事业伟大作品就只有这类人有份。……曾经有人问我,'你为什么要写作?'我告诉他说:'因为我活到这世界里有所爱。美丽,清洁,智慧,……以及对全人类幸福的幻影,皆永远觉得是一种德性。'"[①] 这里需要指出的是,沈从文对都市的"恶"感,有北方城市(北京)的原因,更有都市上海的原因。自1928年至1930年间,沈从文先后居住于上海法租界的善钟路、萨坡路一带,三年的上海生活,带给沈从文的更多的正是都市的恶感。故此,在其散文中,充满了对湘西边地人事的坦诚、醇美、强悍,以及人与自然生命的和谐、原始意味的生命朝气等的抒写(这在前文已有论述)。有时甚至表现出一种汪洋恣肆以适己的完全个人化的民间自我价值标准。如《桃源与沅州》中水手们的吃荤烟、喝荤茶也被沈从文认为"潇洒多了","比起风雅人士来也实在道德得

[①] 沈从文:《萧乾小说集题记》,《大公报·文艺副刊》第15期,1934年12月15日。

多"。沈从文完全是以一个乡下人的心态和价值标准考量着一切，正如其言："我是个乡下人，走向任何一处照例都带了一把尺，一把秤，和普通社会权衡不合。一切临近我命运中的事事物物，我有自己的尺寸和分量，来证实生命的价值与意义。我用不着你们名叫'社会'为制定的那个标准。我讨厌一般标准，尤其是伪'思想家'为扭曲压扁人性而定下的庸俗乡愿标准。"（《七色魇集》中《水云》第一节）

质观之，京派文人的价值观，是一种丰富、充盈、自足、孤立而又中立的乡下人的价值观。它来源于自己生命的发源地，以及曾经生活过的乡村土壤。在乡土社会中，生产方式是小农经济，日出而作，日落而息，击壤而歌，帝力于我何有哉。生产力水平虽然低下，但人们靠天吃饭。此种生产及生活方式深刻影响了乡下人的价值观念，他们往往将自己的精神交付于自己所认定的最高存在（上天、祖先、神灵等），不质疑，不究诘，终其一生在心灵中只为这个最高的存在留出位置，与他人无涉，此种价值观必然是个人化的、民间化的。沈从文写湘西，李广田写山东，师陀写河南，显然都是一种自足、丰富、充盈、孤立的个人价值观，它依据的不是较为统一的社会的价值标准，而是属于自己的那杆秤，那把尺。

第二，能够站在较高层面上审视乡村，看到了乡村存在的不同程度的"落后"与"恶"。

京派文人来自乡间，但毕竟不是普通意义上的农民。他们属于现代意义上的高级知识分子，是学院派人。此种文化心理决定了京派文人在皈依乡村文化的同时，亦能够客观、冷静、辩证地看待乡村中存在的不尽如人意的"落后"与"恶"，带有现代性甚至是后现代性的属性。这不同于鲁迅、王鲁彦等，也不同于其所写的小说文体对乡村的反映。京派文人在发现乡村的迟滞与"恶"时，大都含有一种隐忧与切肤之痛及善意的微讽。

比如沈从文的《泸溪·浦市·箱子岩》中在描写了那富有朝

气、令人向往的酬傩神的愿戏场面时,作者也在强调:"现实并不使人沉醉,倒是令人深思。"因为,这使人"更容易关心到这地方人将来的命运,虽生活与自然相契,若不想法改造,却将不免与自然同一命运,被另一种强悍有训练的外来者征服制驭,终于衰亡消灭"。转觉发展之迟滞,隐遁之可羞,振作之必要。在《凤凰》中,除了述写湘西人的洁身信神、守法爱官,以及军人勇敢团结等外,也写出了游侠精神的不当其用而见出的种种短处,特别是对放蛊、行巫、落洞等落后习俗的描写,尤显沈从文对当时湘西的隐忧。

李广田的《乡虎》则写了乡间的一些土混人物,愚弄乡民、扰害地方、无法无天、任意行为。《谢落》中的朱老太太,在儿子们分得一份她辛苦经营的家私后,她却无家可归,显示出人性的自私、冷酷。《看坡人》中那个胆大、诡谲、无赖强悍而让村人惧怕的看坡人瞎子。师陀的《这世界》中的被丈夫无休止殴打的、为生计而不得不违信卖淫,同时也被无聊看客所看的妻子。《老抓传》中的老抓既美丽淳朴也闭塞孤寂,等等这些,都是乡间存在的不同程度的"恶"与落后。

中国自古以农立国,是一种乡村文明的形态,农村对中国的意义决定了自古以来,特别是近百年以来文学作品中对乡村的描写都是牧歌式的。即使有些讽刺批判,也是哀怜式的批判,京派文人也是这样。他们始终以乡村的一分子对乡村的迟滞和"恶"持以肯定中的微讽。在批判与讽刺背后的理论支撑显然是现代意义上的都市文明的理性。都市代表着先进的文化与文明,尽管在情感上,京派文人游离于都市,但都市的现代性毕竟给了他们书写乡村的视角和参照,故而能够站得高、看得远,只是这种视角和参照是建立在乡村中国所培养的经验层面上的、游荡于内心的情感之上,如此,京派文人对乡村的审视是现代性的、个人化的视角。

第三,现代"乡下人"对城市文明的深度思索以及个人永远的边缘性惶惑。

京派文人身居都市而写乡村。在反观乡村的同时，也在思考着城市，且以一个"乡下人"情怀和眼光思量着都市。对都市文明有失望，也有都市"边缘人"的惶惑，以及生存压力下的悲剧情怀。

都市对于京派文人来说，是一个新的场所、新的地点构成的新的环境格局。生存的根本性高于一切，为了在都市生存下去并成为一个都市文明人，必须要与这种根本性的生存威胁和压力进行有效的斗争。"挑战"的非理性和"应付挑战"的超理性相加就是京派文人内心的悲剧性。他们就是在这种悲剧性心理中自卑、沉沦、成长和前进的。

在城市社会中的价值领域，"上帝死了"（尼采语），笼罩一切的宏大思想似乎已然在消解，所有坚固的东西都渐渐烟消云散。人们的价值诉求在超验的意义上无所寄托，于是他人便成了价值寄托的对象。而城市社会中价值所寄托的他人，其根本点往往是对现实利益的推崇，在此尺度下，他人被剥夺了本身的丰富性，而成为扁平的他人。另外，他人属性的恶化迫使我们退回封闭的自身，形成空间的封闭性。林徽因的《窗子以外》就对这种现象做了很好的形象描绘。在城市的封闭空间中，人们怀有对他人的恐惧与仇恨，死死看守着自己的领地。乡村文化心理要求的是对"他人"存在位置的承认和允诺，即对己对人价值的肯定，而城市空间因为个人的自我封闭而变得封闭。突然来到这样一个完全异己的都市环境，他们显然有着明显的不适应，现实逼迫他们进行文化定位的思考，而思考的结果却又是没有任何结果的徒劳，所以其内心是悲剧性的。这在沈从文散文中表现得尤为明显，他强调自己始终是个"乡下人"，但已远离乡村，漂浮城里，城市中的生活却又始终让他感到生命只剩一个空壳，生存俨然只是烦琐继续着烦琐，什么都没意义。他在《烛虚五》中比喻自己如"坐在不可收拾的破烂命运之舟上，象一个小而无根的浮萍"。生计无着、爱情困顿、文稿滞卖、远离同情，终日空空洞洞、孤独畸零地活着。他诅咒人生，厌恶着周围寂寞、冷酷、势利、虚伪、隔膜的可悯世界，以及无意识的社会理性的桎梏，而自己所能做的仅是一个人单单地、烦躁地做梦，做一切的梦，甚至想结果自己。

萧乾的《过路人》，写自己一次坐船经历所表现出的胆怯、自卑、寒酸，由眼前硬的陆地、水泥的马路、水泥的楼房、水泥的人，总是回念家乡绿油油的高粱；三天同舱客的辛苦、茶房与一个白种人的欺侮、洋鬼和一个黄种人的抢劫、被疑为坏人等等，都在表明自己边缘化的自卑、惶惑与不安。

京派文人由乡入城的生存变化，决定了其散文文本中乡土文明与都市文明冲撞与融合的凸显。当京派文人面对都市的各种现代文明病症而失意时，其所寻求的是乡村文化对都市文化的心理补充；当后位审视乡村的各种不同程度的迟滞与"恶"时，则表现出都市文明对乡村文明的整合；当感到身处都市的边缘性惶惑时，则凸显了京派文人因脱离生于斯长于斯的乡村文化土壤而产生的委顿、困惑和不知所措。京派文人遇到了做一个乡村文明忠诚与叛逆儿子的内心尴尬。

（三）"地域"与"京城"

京派文人来自不同的文化地理区，但同到之地主要是北京。微观层次上即为地域文化与京城文化的对立、交叉、冲撞与融合。京派文人在游移城乡的内心矛盾中，最终还是选择了京城文化。产生这种结果的原因，主要就是北平文化天然的吸引力、包容力和同化力，无论哪种地方文化到了北平，就会在不知不觉之中有一种对北京文化的认可与归顺。北平（北京）有着八百年的帝业，集聚着丰厚的东方古国的文化，具有单纯而又迟缓，温文而又尔雅，知礼且又矜持的京城风度。正因为此，京派文人也深度认可着和眷恋着北平。1936年何其芳到山东半岛的莱阳去教书，那"几乎是带着一种凄凉的被流放的心境",离开了"第二故乡"北平。① 沈从文也有着"望着北平高空明蓝的天"就"使人只想下跪"② 式的近乎崇拜的感情,他喜欢北平是因为"北平罩在头上那块天,踏在脚下那片地,四面八方卷起黄土的那阵风,一些无边无际那种雪,莫不带点野气"③。废名同他的老师周作人一样,视北平如"情人",看重的就是北平的"素朴"、"清净"、大方、宽容、自由、清净、野气等。京派文人最终对北平的臣服无疑是对北平文化的臣服,但这种心理又很难说没有乡土文明长期浸染下的"边缘"向往"中心"的影响。

总之,京派文人散文创作,有着对中国文化所创造的那个温暖的、可作其退缩性堡垒的"家"的诗意营构与忧患意识的隐忧,也有着对都市文明的向往迷恋与出离愤怒的困扰,京派文人是双重的心理尴尬,这种悲剧性的心理尴尬又是柔性的,因为它充满着温情。既有着对家乡那般神奇飘忽、不可捉摸、超凡脱俗式的描写,也有着面对灾难深重的社会和生命的寂寞,在企图逃逸的外表里隐含着向上的追求之路。在深层的文化内涵上,是"乡"对"城"的向往,"边缘"向"中心"的张望。相较于京派文人各自地理区的空间文化,北平显然有着更强势文化的地位,同时又代表着都市文明,代表着现代性的、先进的物质、精神文明的程度。这对来自各自地理文化区的乡村文明,显示出无比的优越性和强悍性,也势必带来对弱势乡间文明不可避免的"文化殖民"。京派文人尽管有着对北平文化、都市文明这样那样的不满,但最终还是"投诚"于北平文明。京派文人所纠缠着的传统与现代、南方与北方、中心与地方、西方与东方等复杂文化内涵,其实质也是乡土中国向城市中

---

① 何其芳:《何其芳选集》(第二卷),人民文学出版社1982年版,第129—130页。
② 沈从文:《由达园致张兆和》,沈从文、张兆和:《从文家书——从文兆和书信选》,上海远东出版社1996年版,第36—41页。
③ 沈从文:《沈从文文集·如蕤》(第五卷),花城出版社1982年版,第26页。

国、传统中国向现代中国转变途中所必然会有的心路历程，是一代甚至几代人的文化宿命。但值得肯定亦值得思考的是，京派文人不回避，冷静地审视一切，他们以"小写的人"的心态关注着"小写的人"。读他们的散文，我们感到的不是虚无缥缈，也不是绝望，而是一种坚忍的执着和希望的亮光，因为他们自己也坚信"人是还要活下去，且在走着路"①。

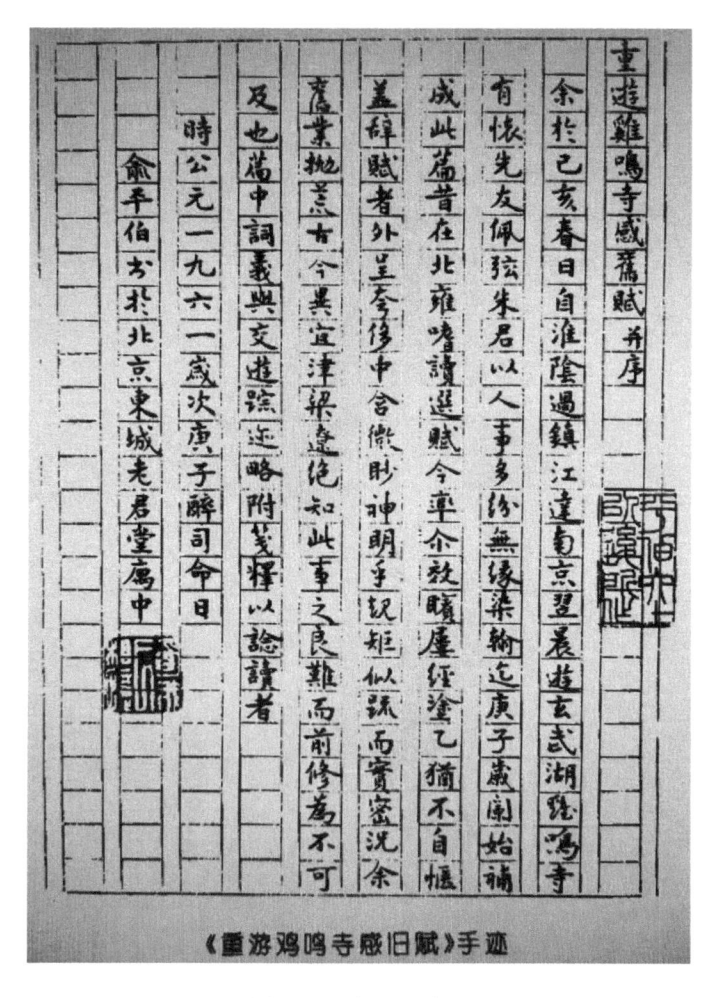

图9-1　俞平伯手迹

---

①　芦焚：《黄花苔·序》，上海良友图书公司1937年版，第1页。

附录　本讲精读篇

导读语

"城""乡"两难,"古""今"失据,"信仰"无依……这是乡土中国向城市中国、传统中国向现代中国转变途中国人必经的心路历程,也是宿命。20 世纪前半叶"京派"的"困惑"今天还在。精读下列选文,体会京派散文的"城乡情愿"及其他。

沈从文:《鸭窠围的夜》《市集》《一个戴水獭皮帽子的朋友》《五个军官与一个煤矿工人》《滕回生堂的今昔》《沅水上游几个县分》《常德的船》《湘行书简·忆麻阳船》《泸溪·浦市·箱子岩》《凤凰》

李广田:《种菜将军》《桃园杂记》《乡虎》《枣》《扇子崖》《山之子》

师陀:《劫余》《行脚人》《乡路》《风土画》《老抓传》《程耀先》《河》《这世界》《苦役——掠影记》《谷之夜》《铁匠》

何其芳:《炉边对话》

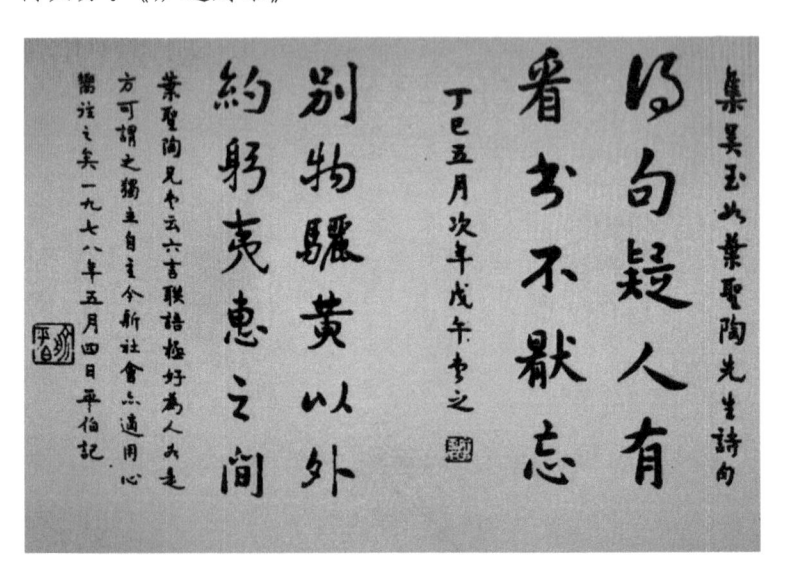

图 9-2　俞平伯联语手迹

第 十 讲

新文学教育活动与京派散文

京派散文是京派文学的一脉，讲新文学教育活动与京派散文的关系，还得先从新文学教育活动与整个京派文学的关系说起。

京派文学是一门显学，成果早已蔚成气象，但争议似乎也始终存在，比如京派文学何以成派、以何成派、其独特的生长环境与生长机制到底是什么、京派文学的组成人员到底是哪些、京派文学与北京地方文化的关系问题等等，学术界始终莫衷一是。即便是"京派"中人的萧乾等，都曾质疑"京派"之"派"的科学性。鉴于此，本讲的重点不在于考辨京派文学的显在特征，而重在由京派文学的显在特征逆向推演京派文学的生成过程，并进而思辨京派文学何以成派、以何成派、京派文学的组成人员到底是哪些等根本的问题。

一 "施教""受教"与"派"的特性

关于"京派"文学的由来，学术界基本达成一定的共识，即源于1934年前后北京、上海两地文人间的文艺论争。因京海两地文学观等的彼此对峙，于是有了"京派""海派"的称谓。作为文学的"京派"在京海论争的前后也因此得到身份的认定。① 由"京""海"论争的内容,我们不难看出,"京派"主要指居留北京(非本籍而言),文学态度与风气相近的作家群。它的形成应在京海论争之前,正因为先已有了思想与审美观念的南北差异才引起了京海论争,于是有了"京派"及"海派"的称谓。而这种称谓显然有着泛化的意味,对于实际的京派文人来说是失之偏颇的。诚然,就京海论争的内容看,京派有着大致趋同的审美态度,他们将文学作为一种事业,严肃、认真,甚至发狂发痴,并从中得到兴味与快乐的审美乌托邦理想,"以出世的精神,做入世的事情",在政治与商业的"超越"之外,重视审美与道德的"事功"②。批判将文学作为捞名得利的职业文学者,批判各种功利性的政治文学、个人化的趣味主义文学以及商业文学。然而,将这种"趋同"界定为"派"显然又失之笼统。学界也往往多从这一点出发,得出京派之"派"的松散性结论。但笔者并不尽以为然。京派主要存适于北京,作为

---

① 注:1933年10月18日,沈从文在天津《大公报·文艺副刊》第9期发表《文学者的态度》一文,重点谈论"伟大作品的产生"需有"厚重,诚实,带点儿顽固而且也带点儿呆气的性格"的态度。批判"在上海寄生于书店、报馆、官办的杂志,在北京则寄生于大学、中学,以及种种教育机关中"的"如票友与白相人"的"成了名的文学者"。批判他们的"放荡不羁"、"终日闲谈"、重在宣传等,尤其批判了政治于文学的干预而带来文学自身价值的丧失。可能因为沈从文所批判的文学现象在上海比较明显,于是,上海的苏汶(杜衡)在《现代》第4卷第2期1933年12月1日发表《文人在上海》,马上做出回应。他站在上海文人的立场上,对北平的文人作了一通挖苦与嘲讽。"京""海"论争由是拉开序幕。1934年1月7日,身在北平的沈从文因苏汶的回应文章,则在《大公报·文艺副刊》上发表了《论"海派"》,对"海派"大做文章,并明确界定了海派,指出:过去的"海派"与"礼拜六派"不可分,由"礼拜六派"到"新海派"自来承袭着一点历史性的恶意。并特意引申了"海派"的"投机取巧""见风使舵"。"名士才情"与"商业竞买"相结合,大抵可表达"海派"的概念。随之,南北文人森宝、姚雪垠、曹聚仁、青农、毅君、祝秀侠、胡风、徐懋庸、荆有麟、师陀、林希隽、韩侍桁等纷纷著文参与讨论。论争的最后,文坛耆宿鲁迅于1934年1月30日在《申报·自由谈》发表《"京派"与"海派"》(署名栾廷石),对京海文人各有臧否,得出京派是"官的帮闲",海派是"商的帮忙"的著名结论。鲁迅的文章似乎给京海论争画上句号。在上海文人姚雪垠、曹聚仁、胡风、徐懋庸等的批评中,北京的文人开始凝聚,作为文学的"京派"在京海论争的前后也因此得名。

② 朱光潜:《悼夏孟刚》,《朱光潜全集》(第一卷),安徽教育出版社1987年版,第76页。

明清帝都的北京文化语境自然会影响着居处此地作家的"神情"（鲁迅语）。北京文化的典雅、雄浑、规范等也始终暗示或影响着居留于此的文人。他们喜欢着北京，大都有着对北平（北京）莫名的好感。加之20世纪30年代北京政治中心地位的丧失，文人的言说相对自由，于是有了一种风气上的趋近与南北的不同，并也因此引起了京海论争及其"京""海"的称谓。如果仅仅如此，"京派"群体还是一个相当松散的自然群体，很难称得上严格意义上或狭义的"派"。然而，京派文人大多有着文学施教者与受教者的双重身份（这里所谓的"施教""受教"，意指狭义上的执教、受教育经历，非泛化的启蒙或功利意义上的文学救国思维），或大学，或中学，或小学，当然主要是大学。正是缘于京派文人的文学教育活动，才有了学院派文人个性、思想的接近，审美品位、创作立场的趋同，创作风格的坚持、文化品质的统一，以及他们之间繁密的交游，于是有了"派"的特性。

（一）师弟情缘与京派之"魂"

京派文人几乎都存在着直接或间接的师承关系。如果将"京派"作为考察的"终点"，溯源而上，直线寻找影响源的话，周作人大可算是京派风格最早的直接发送者。周作人没有直接参与1934年前后的京海文人论争。沈从文对待周作人的态度也较为复杂，批判他的趣味主义文学取向，也欣赏他超然于政治的态度与观察世事的秋水般的智慧。但周作人作为北方文学的精神偶像却形成了京派文学之"魂"，也因此赢得了"老京派"的称号。几乎所有代表性的京派文人无不直接或间接受过周作人的影响。比如废名，早在1921年11月，就与周作人通信，1922年入北大预科学习，两年后升本科，1928年毕业，一直是周作人的学生。废名的很多著作如《竹林的故事》《桃园》《枣》《桥》《莫须有先生传》等都是由周作人作的序或跋。"序"往往多为师长为后学者所作，既是对后学的肯定，也往往穿插表达自己的理想。废名又影响了何其芳、卞之琳、程鹤西、张充和等。李广田也是周作人的学生。他在北大读书期间，周作人不仅是他的日语老师，还为他的第一本散文集《画廊集》作序。李广田曾多次坦承周作人对他的深刻影响。① 另外，周作人身边的冯至、俞平伯、徐祖正、梁遇春、徐玉诺、李健吾等人，也都与之有着为学界熟知的师友之谊及其影响下的大致趋同的文学走向。年轻一代京派主将沈从文与周作人虽没有直接的师承关系，但20世纪30年代周作人在北京的影响，以及北平后门慈慧殿三号朱光潜家中"读诗会"的相交相识也无疑暗示与影响了沈从文对于诗史与宏大叙事的不屑，对性灵与善的关注，以及人性与美的礼赞，灵魂的升华等"人的文学"的追尚。沈从文又影响了萧乾、汪曾祺等。沈从文对萧乾"恩重如山"是20世纪30年代最早将萧乾引上文学道路的人。萧乾也一直将沈从文视为恩师。沈从文与汪曾祺的师生关系自不必说。除了沈从文，1940年西南联大时期，影响汪曾祺的还有朱自清、杨振声、闻一多等京派其他文人。始自周作人，直至20世纪40年代京派的终结，贯穿始终的是对纯正文学的坚守或启蒙。周作人极为推崇"个人的发现"与明代"独抒性灵，不拘格套"，"信腕信口，皆成律度"的文学主张，坚信"个人言志"的文学高于"集体载道"的文学。强调"真"与近情，以及文学取材的"无意不可入，无事不可言"。代表着"五四"至20世纪30年代现代"性灵"文学思潮。周作人的幽默、闲适、冲淡、平和的"笔调"与"文调"及其"五四"之后发展起来的个人本位主义思想，尽管有别于沈从文等新起京派文人对自我感受的重视，对外露心迹的强调，但自周作人开始的，对于文学本身的坚守与启蒙，以及对于个体生命意义的关注却是始终如一的。

---

① 参见李广田《自己的事情》，载梁理森编《李广田研究专集》，云南人民出版社1985年版，第8—13页。

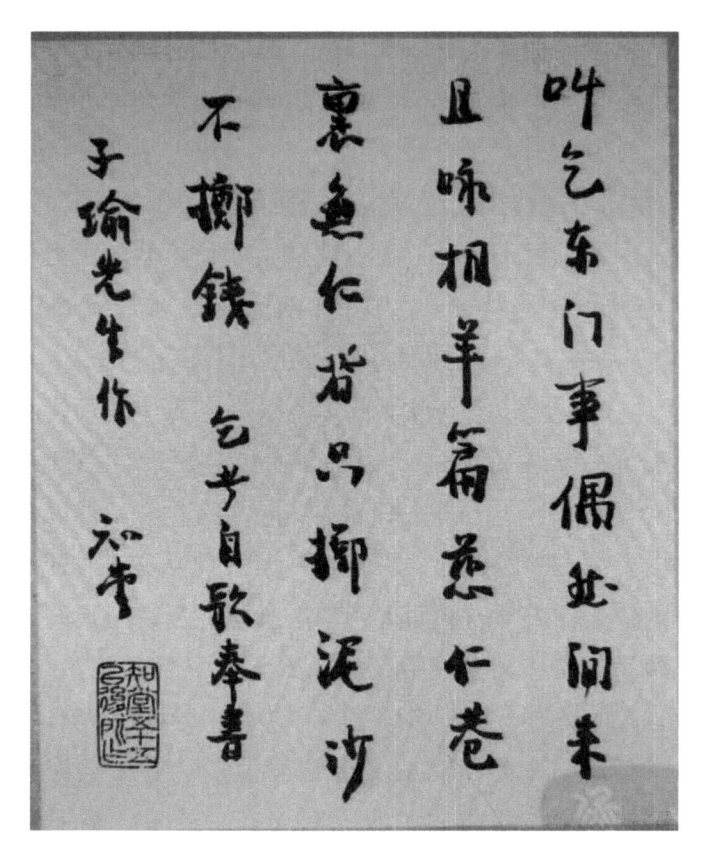

图 10-1 周作人字迹

徐志摩是新月派后期的盟主，但对于京派形成的意义却也非同凡响。同为新月派成员，徐志摩与胡适却也不同。胡适热心于议政，徐志摩醉心于文学。1931 年 1 月，徐志摩主编的《诗刊》（季刊）即表明徐志摩等人对于《新月》议政的不满。1932 年 5 月 22 日，胡适在北平创办《独立评论》，主要成员有胡适、丁文江、任叔隽、翁文灏、傅斯年、张奚若、蒋廷黻、陈衡哲等人，即以论政为宗旨。而 1934 年创办，以梁实秋、闻一多、叶公超、林徽因、凌叔华、沈从文、孙大雨、梁宗岱等为主要成员的《学文》月刊则标榜"行有余力，则以学文"。新月派的徐志摩等推崇纯美、古典和性灵的自由主义艺术精神，极大影响了京派对纯美的追求，对政治的远离。京派典型文人很多都与徐志摩有过密切的交谊。仍以京派主将沈从文为例，徐志摩与沈从文之间可谓是亦师亦友。徐志摩欣赏沈从文文风的自然美。或许缘于心有戚戚，故不断地提携他。早在1925年前后，徐志摩主编《晨报副刊》（徐志摩于1925年10月1日接手主编，后来离开）时，沈从文就是该刊的主力作者。在徐志摩的关照下，沈从文自1928年起，即在新月派的机关刊物《新月》上先后发表了《阿丽思中国游记》《落伍》《牛》《我的教育》《灯》《一个母亲》《医生》《若墨医生》等十多篇作品，在新月书店出版了小说集《蜜柑》《阿丽思中国游记》《好管闲事的人》《从文子集》等，让一个刚刚来自湘西的"乡下人"得以在文坛崭露头角。由于徐志摩的推荐，1929年8月，沈从文进入胡适任校长的上海中国公学任讲师，从而得到胡适赏识。当胡适离开中国公学后，徐志摩又把沈从文推荐给在武汉大学文学院任院长的陈西滢。同样是徐志摩的力荐，1931年8月，沈从文来到杨振声任校长的国立青岛大学任教。由是，沈从文也常被很多学者认定为新月派出身。徐志摩的"欣赏"与"关照"对于当时有着"乡下人"情结的沈从文来说是一种鼓励，更是一种暗示与影响。诚然，他的作品如果能给别人"一点力量"，"一点希望"，几许温暖，那也是徐志摩传给他的。① 他们对于文学"健康与尊严"② 的共同坚守也正表明了他们的一致。引起京海文学论争的《文学者的态度》对文学的尊重，对文学职业尊严的强调等基本观念就来自徐志摩。连文章的标题都类同于徐志摩的文题《〈新月〉的态度》。除沈从文之外，林徽因早在英国读书期间就与徐志摩相识来往并结下深厚的友谊。对于林徽因，徐志摩同样有着精神导师的意味。何其芳早在大学读

---

① 沈从文：《习作选集代序》，载《沈从文全集》（第九卷），北岳文艺出版社2002年版，第7页。

② 徐志摩：《〈新月〉的态度》，《新月》第1卷第1号，1928年3月10日。

书期间就很爱读徐志摩的诗文……概言之，京派文学在"文学自由"的标尺下所追求的诗化与浓丽，人生与艺术等都显示出徐志摩影响的痕迹。

周作人、徐志摩之后，沈从文、林徽因无疑算是师长级的人物，他们对年轻一代京派文人的影响也是明显的。同在 1929 年，沈从文与何其芳进入胡适任校长的中国公学，但沈从文任讲师，何其芳则为预科的学生，他们之间是有师生交集的。日后沈从文对何其芳的推重与提携也许多少与此有着一定的关系。萧乾走上文学之路与沈从文、杨振声、林徽因等亦师亦友的师长辈文人的提携密不可分。1935 年，刚刚大学毕业的萧乾就被沈从文延揽至天津《大公报》做文学编辑。而林徽因仅仅只是在 1933 年《大公报》上看到了萧乾发表的处女作《蚕》，即写信给主编沈从文表达欣喜之情。并且，在当年的 11 月 4 日，萧乾在沈从文的陪同下正式走进林徽因的"太太的客厅"。年轻的萧乾因此得以结交了朱光潜、梁宗岱、废名、何其芳、卞之琳、李广田等更多的京派文人，从而正式打入北京的文人圈。[①] 实际上，20 世纪 30 年代初，北大、清华、燕京等高校的李广田、卞之琳、何其芳、常风、萧乾、李长之、林庚等年轻作家，都可算是老一代京派文人的学生。而抗战爆发之后的西南联合大学，更多的青年作家如穆旦、郑敏、袁可嘉、杜运燮、汪曾祺、盛澄华、王佐良、金隄、周定一等则聚集于沈从文、废名、朱光潜、冯至等师辈的周围，形成了西南联大京派文学大本营，以及抗战胜利后 1946—1948 年期间京津地区京派文学的重聚与复兴。沈从文、林徽因等对青年京派文人的影响更多体现出一种自由与独立纯正文学的坚守及延续，让京派文学之血脉迁流蔓延，绵延不息。

[①] 注：萧乾虽然自我否认京派文人身份，并强调对其影响更大的是巴金、靳以、郑振铎等人以《水星》《文学季刊》等刊物为阵地的一批作家，尤其是巴金的影响，但其初期创作仍是属于京派的。

综上言之，周作人、徐志摩所流露出的趣味性、贵族气固然有别于新起京派文人的平民气息，但"人的问题"自周作人始，一直是他们共同关注的核心问题。无论是"自己的园地""希腊小庙"还是"太太的客厅"，其所内在追求的"人的问题"与"人的文学"都是密切相关的，其文学主张及文学创作所呈现出的"生命"与"人性"，"超越"与"纯净"，"自然"与"和谐"，"哲理"与"诗情"等，正是京派之为京派之"魂"，也源于这种师承，京派之"魂"得以流转与蔓延，以至构成20世纪三四十年代文学的"别一世界"。

图10-2 徐志摩像

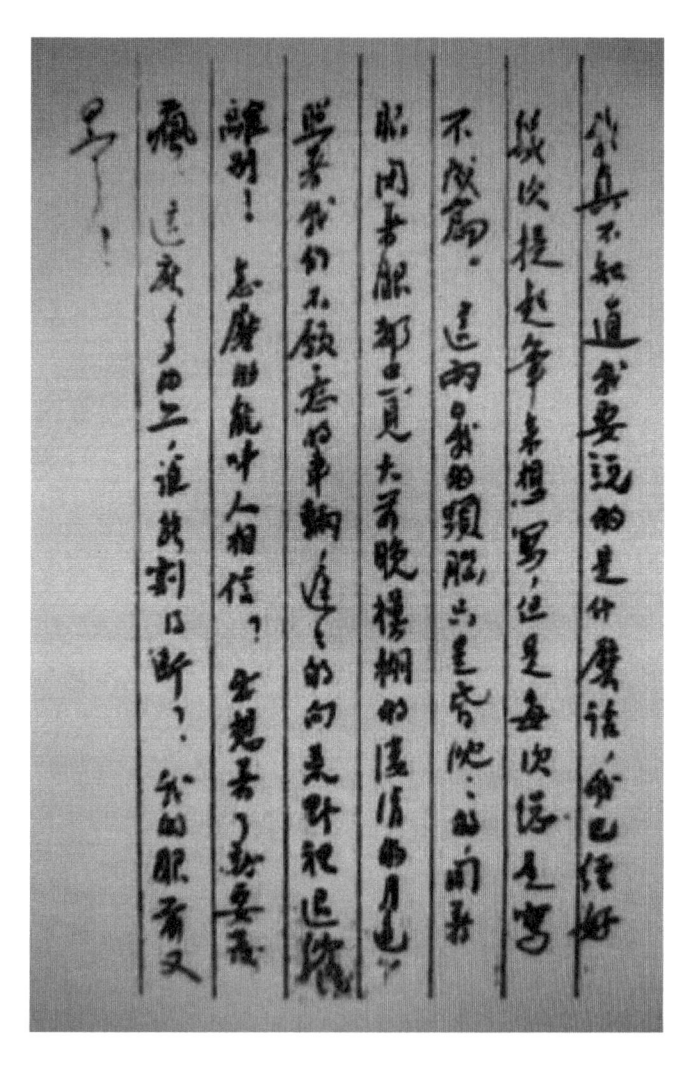

图10-3　徐志摩字迹

（二）师友雅集与差异趋同

京派作家常被称为京派"文人"。所谓"文人"，往往指远离于政治或失意于政治的知识分子。这种主动或被动远离政治的姿态使得文人的主体心灵具有相对自由的空间。具有相同境遇、相似心灵的文人也常常以不同的方式雅集酬唱,惺惺相惜。北京现代文人的雅集最早始于1924年前后,周作人八道湾胡同的"苦雨斋"文人圈是较为典型的。周作人和他的私淑弟子俞平伯、废名、冯至、徐祖正、徐玉诺、梁遇春等,时有雅集畅谈。另外,闻一多家里时常举行的新月社的诗歌朗诵会,徐志摩、胡适等在松树胡同七号定期举行的聚餐会的俱乐部,同是比较凸显的文人雅集。然而,由于20世纪20年代"语丝社"与"现代评论派","苦雨斋"同人与《学文》之间的分歧与争论,彼此之间并没有多少融通,其文人雅集也各自为政。20世纪30年代,北平文人的组成是复杂的。有新月派文人,1933年前后,胡适、闻一多、徐志摩、沈从文等南迁作家先后又返回北平任教。一批欧美回国的林徽因、朱光潜、李健吾等。校园作家如卞之琳、何其芳、李广田、常风、林庚等。另外就是"苦雨斋"的周作人、废名、俞平伯等。而20世纪30年代北京东城北总布胡同林徽因家里的"太太的客厅"文化沙龙与北大后门慈慧殿3号朱光潜家里的"读诗会",雅聚的特点则迥异于以前,其最大的特点即在于宽广,聚拢了文坛各派及老中青各年龄段名流巨子。"太太的客厅"主要成员有林徽因、朱光潜、梁宗岱、沈从文、胡适、叶公超、闻一多、陈梦家、何其芳、卞之琳、李健吾、费慰梅等。甚至文学之外的哲学家金岳霖、政治学家张奚若、物理学家周培源、考古学家李济等都是座上宾。林徽因夫妇作为沙龙的主人,有着极强的人格与学识魅力,特别是林徽因,号召力强,谈锋凌厉,思想独到,激情充沛,且不失机智与风趣。这样的中心人物易于产生普遍的影响力,也易于弥合各方的嫌隙。而她的热情、激情尤其利于文坛新人的发现与成长。林徽因常常在文学刊物上发现有关新人新作时,即写信约请他们参加"太太的客厅",如萧乾、李健吾、卞之琳等就是如此走向京派前台的。

朱光潜、梁宗岱、李健吾等是20世纪30年代欧美留学归来的学者。北大后门慈慧殿3号朱光潜家里的"读诗会"比之林徽因家里"太太的客厅"稍有不同,学术气息与文学实验的气息较浓。"读诗会"于1933年由朱光潜和梁宗岱等人共同发起,每月1或2次。北大后门慈慧殿3号先是朱光潜和梁宗岱共同居住,后梁宗岱离开北平。关于"读诗会",沈从文曾详细记录过如下情况:"长于填词唱曲的俞平伯先生,最明了中国语体文字性能的朱自清先生,善法文诗的梁宗岱先生,李健吾先生,习德文诗的冯至先生,对英文诗富有研究的叶公超、孙大雨、罗念生、周煦良、朱光潜、林徽因诸先生",都读过诗。总而计之,"参加的人实在不少。北大有梁宗岱、冯至、孙大雨、罗念生、周作人、叶公超、废名、卞之琳、何其芳诸先生,清华有朱自清、俞平伯、王了一、李健吾、林庚、曹葆华诸先生,此外尚有林徽因女士,凌叔华、萧乾、周煦良先生等等"①。"读诗会"气氛是轻松的,范围是广泛的。

而1933年之后,沈从文、萧乾等人发起的《大公报·文艺副刊》茶会、聚餐会等,则进一步加强了北平文人的团结,并以"派"的印象昭示于人。沈从文主编《大公报·文艺副刊》的时候起,几乎每月都要举办北平文人聚餐会,地点多在中南海的丰泽园与北海的漪澜堂,主要是丰泽园。参加聚餐会的是北平各路文人,以周作人为主,包括废名、俞平伯、朱自清、杨振声(字今甫)、余上沅、朱孟买、郑振铎、西谛、李健吾、梁思成夫妇等。1935年,萧乾接手《大公报·文艺》之后,茶会改在来今雨轩,由萧乾召集,杨振声、沈从文主持,与会者每次都有三十至四十人,而朱光潜、梁宗岱、卞之琳、李广田、林徽因、冯至等则是每次必到的。②

北平文人雅集具有自由与学院的性质,是关于文学与艺术的对话场域,更是重要的文学教育与传播的源地。有贵族性文人聚会的

---

① 沈从文:《谈朗诵诗》,载《沈从文文集》(第十一卷),花城出版社1983年版,第251页。
② 参见萧乾《萧乾文集》(第十卷),浙江文艺出版社1998年版,第406页。

意味，这自然起到文学圈子的过滤性作用。虽说"自由"与"宽广"，但小众性、圈子性的特征势必也是自然的结果，由是有着"派"的特性。经常地见面，利于感情联络、艺术的切磋、对后进的提携，也因此利于各路文人嫌隙或差异的融通与趋同，雅集主人的号召力与影响力也会进一步强化这种"融通"与"趋同"，于是，"派"的凝聚与统一愈益彰显。诚然，"苦雨斋"文人，留学欧美文人，青年作家文人等各群体逐渐有了相较统一的审美特征——那就是雍容、永恒、平和、稳定，重想象的美感，艺术的精深，人性的淳朴，呈"静穆"的艺术理想。[1]

（三）文学实践与文学理想

1928 年，迁都南京之后的北平高校文学系非常重视文学创作的实践，如周作人、俞平伯、废名、孙大雨等人在北京大学开设过"新文艺试作"课，以及清华大学开设的诗歌、小说、散文的习作课等。杨振声 1930 年在燕京大学开过"现代文学"课，清华大学开过"新文学习作"课，1939 年春在西南联合大学开设"现代中国文学讨论与习作"课。20 世纪 30 年代朱自清在清华大学开过"高级作文"课。沈从文、李广田 20 世纪 40 年代曾在西南联大开设"各体文习作"课等等。实际上，除了明确的"写作"课程以外，很多课程，比如在当时的清华大学，俞平伯的"词选"、朱自清的"诗选"，也都是一边讲作品，一边要求同学们写作。[2]

作家进入讲堂也自然会带来文学创作实践以及对艺术技巧的重视，这与他们自身的经验与经历密切相关。沈从文在辅仁大学、武汉大学、西南联大所开课程主要就是文学习作课。沈从文上课有一

---

[1] 参见朱光潜《说"曲终人不见，江上数峰青"》，载《朱光潜全集》（第八卷），安徽教育出版社 1993 年版，第 393—397 页。

[2] 林庚：《林庚教授自传》，载《燕大文史资料》（第三辑），北京大学出版社 1990 年版，第 159—160 页。

个特点，即主要是让学生写，然后认真批改，还会给学生介绍很多相关的中外经典。杨振声、周作人、俞平伯、废名、李广田等在大学开设新文学习作课的过程中，常常以写代讲。周作人、谢冰莹、冯友兰、熊佛西、徐祖正、俞平伯、杨振声、黎劭等任教燕京大学时，则要求每星期作文一次。实际上，当时高校文学系的主要任务之一就是培养新文学作家，并重视新旧文学贯通、中外文学结合，目的就是培养未来学生作家开放的眼光、接纳的胸怀。作为施教者的作家自己的文学创作也在无意中向着艺术的高境界飞升，有意无意中成为学子们的"示范性"写作。文学创作并不仅仅来源于天赋才情与生活的经验，技巧的训练同样非常重要。很多的写作技巧诸如谋篇布局、人物设置、叙事手段、矛盾冲突等都可以在总结与练习中得到提高。而且作家感悟文学也有别于单纯的批评家对文学的感悟，似乎更直接、更具体、更感性，但也更容易被接受。如此，也就形成了京派文学重技巧的突出个性。

另外，京派文人所在的北平高校与西南联大一直重视文学与文学史的并重，诚如谢泳先生所说："中国人有史学的传统，所以在现代意义上的大学建立以后，在中文系的学科建设中，文学史的地位是很重要的，也形成了相对稳定的传统。"[①] 文学史的重视易使其了解各代文学之变迁及派别，以及文学各体在历史递演中的意义，如此，也使得他们在文学创作中有意识地别具一格，独树一帜。

作为写作型作家一旦进入课堂又会向着研究型作家过渡。其在教学过程中形成的专著往往有着较高的理论价值，对新文学创作无疑有着指导与引导的作用。如朱自清在清华大学、西南联合大学任教期间形成的《诗言志辨》《新诗杂话》等就对京派诗歌以及整个现代诗歌产生过影响。

---

① 参见谢泳《从"文学史"到"文艺学"——1949年后文学教育重心的转移及影响》，《文艺研究》2007年第9期。

京派文人的新文学教育活动自然会吸引着很多青年走上创作的道路，其文学教育的立场、方式、内容等，都会对学生形成暗示与潜移默化的影响。而且，不同作家不同的施教内容、方式、风格自然又有着不同的影响。同时，作为施教者作家的施教者角色不仅影响着别人，也同样规约着自己的创作。因为，教授的内容特别是新文学写作课，一定程度上可以称之为示范课，是传授，也是自我写作的展示。施教者作家的写作会自觉不自觉地迁就于自我教授的目的。而且，大学与中小学文学教育的差异也会影响着作家不同的创作倾向，如废名在抗战期间，以自写的作品作为小学教授的内容，自然不同于周作人、沈从文等教授高校文学写作课时的写作心理。

京派同人刊物又何尝不可以看作是课堂文学习作的延伸？！在一定意义上，简直可以看作是"课堂"之外，另辟的一块私田。师承关系与师友雅集促进了他们之间的情谊，理想的趋同，也因此促进了同人刊物的产生。而同人刊物则又进一步增进着文人的交谊，并为京派作家队伍的进一步扩容创造了条件，同人刊物也由是成为他们文学创作与文学理想的实验场。比如京派文学的重要人物林徽因对于北京文人所办刊物的关爱与参与，既体现着她自己的文学理想，也意味着相较统一的京派文人的文学理想。京派的主要刊物如《大公报·文艺副刊》《学文》《文学杂志》等的刊头与封面就是由林徽因设计的。这些刊头封面的设计都有着雅致素洁的统一风格。这是林徽因的追求，也象征了整个京派的共同目标与文学的姿态。而林徽因本人的作品也常常发表在这些刊物的创刊号上，如《大公报·文艺副刊》创刊号发表了林徽因的《惟其是脆嫩》，《学文》创刊号发表了林徽因的《你是人间四月天》《九十九度中》，既是林徽因文学才华与文学成就的展现，也暗示了这些刊物的办刊宗旨，以及发文的倾向。萧乾主持《大公报·文艺副刊》时每月一次由天津到北平的中山公园来今雨轩的约稿会，林徽因几乎都是在场的，而且多有高论。她还支持《大公报·文艺副刊》发奖金，编选《大公报小说选》，支持萧乾1935年7月4日接编的《大公报》最有影响的通俗消闲副刊《小公园》的改革。并不辞辛苦与自己的夫君梁思成一起为《小公园》设计刊头画。清新典雅的刊头画设计所表现的恐怕不仅仅是对于刊物的喜爱，更包含着对于刊物的希望。萧乾也正是沿着林徽因暗示的方向让《小公园》撑起了一片纯文学的天地，集纳了沈从文、知堂、曹葆华、何其芳、李广田、杨刚、林庚、常风、刘西渭等众多京派文人。而且，刊物主编如沈从文、萧乾办刊经常向京津高校的教授学者约稿并常常以刊物为中心主持沙龙聚会，虽然主要为了组稿，但更意味着走到一起探讨刊物的发展，客观上有着小团体的性质。京派刊物的办刊宗旨本来是宽大自由的，在"纯正文艺"的笼罩下使得人人自由地发展。但因有了这种教谊刊友的影响与制约，又有着统一的"清新而严肃的境界"。而且，在事实上，正是京派文人创办的这些副刊与杂志，纯文学的发展方向得以保持，也因此使得京派文学后继有人，即便在北平沦陷期间，仍然有燕京大学、辅仁大学的陆志伟、吴兴华、孙道临、宋淇、黄宗江、叶嘉莹、张秀亚等为代表的校园文学团体在延续京派的纯文学血脉，[①]以致抗战胜利后的1946年至1948年间，京派文人与京派文学在京津的影响远远超过了左翼等其他文学。

诚然，京派文人都有着相当的个性，这也是天才文人必然具有的特性。但在这种师友交游、彼此影响的过程中，他们既忠实于自我灵魂的冲动，又有着相较统一的审美本位主义的坚守。尽管当时他们并没有想到要当什么"派"，也没有正式的组织与章程，但其创作风格、审美趣味的趋同，还是显示出相较统一的

[①] 参见陈芝国《抗战时期北平文坛的半殖民现代主义》，《海南师范大学学报》2014年第6期。

"派"的特性。

二 "文人"身份与"散文"京派

为学界熟知的是，京派文人大都是来自当时的北京大学、清华大学、燕京大学、辅仁大学、南开大学等校的师生，是典型的学院中人。学院派的出身决定了他们自身往往有着丰厚的文化修养、艺术修养以及相对自由的主体心灵，在一定的意义上，这恰恰迎合了作为中国土生土长散文文体的内在个性和审美要求。

散文比之于诗歌、小说、戏剧等，是最大的"民间性""个人化"的文体，同时亦有着最大的特殊性。从创作角度看，它可能对创作主体的文化修养和艺术修养有着比其他文体更高的要求。比之诗歌、小说等文体，散文是纯粹性的文人文体。诗歌、小说发端于口头文学，而且一直存有口头性诗歌、小说创作的存在。而散文从来都是文人的专利。其实，由于中国传统对实用理性的重视，以及散文文体的实用性，中国散文自古就与文化有着相较其他文类更为密切的关系。京派文人具有了写好文化性强的散文文体的身份资格前提。

散文是一种最具有个人性的心灵言说的文体，它重在主体心灵与情感打开的幅度，审美境界的高度与否反而居其次。作为文人，京派作家似乎多少有着传统中国"士人"入世济世的情结。在古代，"士人"位列农、工、商前面，居四民之首，属于"民"而又游离于"民"，远于"官"却又思考于"官"，集官、民、士三位一体，却又能出于其外，文化心态和情感类型颇为复杂。这些特点在京派文人身上都有所表现，只是较为隐蔽罢了。

入世情怀无奈地遮蔽于出世之举，并由此生成不愿与人相闻的寂寞与孤独，这种"寂寞"与"孤独"便内在驱使着他们心仪散文这一灵魂言说方式的充分个人性文体。在社会网络系统中，如胎记一般不可剔除的"士"人因子，使他们既有着四顾茫茫，难通之穷的寂寞、孤独与困惑，又有着"高处不胜寒"的苍凉与慨然。双顾两茫然的心态成为京派文人内在无以纾解的结。作为学院派文人，当面对社会与自我之间的困顿时，自然地，也易于产生对"天"与"人"、历史与人生、人性等形而上、终极性的思索与哀叹，这同样是典型的古代读书人的习惯心理。文人身份决定了他们可以超越现世视界而把自然的永恒作为人的自然生命的又一参照物。人与人性、人与社会、人与人、人与自然以及人生价值、人生意义、人生命运、人生哲学、人的存在、生命的有限与无限等等，自然都成了他们思索的域限，这种将形而下的审察与形而上的思索在自己心中从容裕如地运转，正符合、适应了散文文体对主体心灵自由宽阔的深层审美要求。

散文是人的精神创造物，而人又是文化的动物，从这个意义上来说，文化是散文的根本，散文是文化的散文。散文的文化根性在很大程度上决定着散文的内容和艺术以及对文化精神的传达。学院派出身会潜在决定着散文的知性与感性、文化理性与审美诗性的完美交融，有着浓厚的文化气质，或者干脆地说，学院派出身是利于散文创作的。京派文人更多的也是散文大家，连小说都是散文化的小说，恐怕这未必是一种巧合。

因此种种，京派散文作为"派"的特定是甚于小说、诗歌与戏剧等文体的，更体现出"派"的集中性。京派文学的第一份刊物《骆驼草》周刊（1930年5月12日创刊，同年11月3日停刊）其实就是一种散文刊物。《骆驼草》周刊的主要撰稿人是周作人、俞平伯、废名、徐祖正、徐玉诺、梁遇春等，都是散文大家。所刊作品主要是散文和废名的小说（废名的小说实在亦可看作是散文），"散文"之外，像冯至等人的诗歌、文学评论，以及外国文学的翻译等，占比很小。是一份典型的学院派精英刊物。在120多篇作品中，散文75篇，占绝大多数，倘不嫌以偏概全的话，《骆驼草》周刊是一个散文刊物。《骆驼草》同人是通过散文这一文体将其作为了开辟整个京派文学道路的武器。[1] 而对京派文学起着重要作用的《大公报》"文艺副刊"（指1933年至1937年间天津《大公报》先后附属的《文艺副刊》和《文艺》这两个文艺性的副刊），散文的"派"性特征尤其凸显。对于京派散文，《大公报》"文艺副刊"不仅仅是一种载体，而是一种共生共荣的关系。"文艺副刊"影响了京派散文的发展形态和变异，形成了京派散文作家队伍和京派散文的创作规范，制约了京派散文的文体形式。而之所以如此，与主编者的主观意图及京派文人不自觉的趋向是密切相关的。《大公报》"文艺副刊"非常重视对散文文学性的提升，不登杂文，且竭力推出较有代表性的李广田、何其芳、林徽因、沈从文等的优秀散文作品作为范本。极力推出一批名不见经传的散文新秀之作。这样，围绕着《大公报》"文艺副刊"的散文作家，虽没有统一明确的纲领和创作主张，但在一种潜在创作动力的制约下，共同的风格走向形成了，作家群凸显了，在当时及以后也产生了广泛的影响，京派散文已然成"派"[2]。沈从文在记载当时"读诗会"盛况时也曾这样说过："这个集会虽名为'读诗会'，我们到末了却发现在朗读上最成功的倒是散文。"[3]

京派文学的精神领袖周作人本人正是中国现代散文的主要创始者，其突出的贡献也正在于散文小品的倡导与创作上。京派文人的很多名家也往往是与"散文"联系在一起的。

---

[1] 参见陈啸《骆驼草、水星、文学杂志与京派散文的生成及运命》，《淮北师范大学学报》2012年第1期。

[2] 参见陈啸《大公报"文艺副刊"与京派散文》，《中国现代文学研究丛刊》2007年第5期。

[3] 沈从文：《沈从文文集》（第十一卷），花城出版社1984年版，第251页。

三 "京派"与北平（北京）

　　由以上的论述大可以看出，京派文学的生成更多源于新文学教育活动，而非单纯的北京地方文化。不是北京文化生成了京派文学，而是京派文人有幸遇到了北京并选择了北京。北京（1928 年 6 月 30 日，北京改名北平）对于京派文人的意义更多地在于提供了存适于此的可能性。20 世纪 30 年代政治中心地位的丧失给了居留于此的文人相对自由言说的空间。大学环境的幽雅，薪资待遇的丰厚，生活的稳定与雍容，让他们有条件崇尚意义与完美，得以坚持自己的纯文学理想。北京（北平）特有的生活氛围、文化特色当然也会影响着生存于此的文人，并进而影响其创作，但这种影响更多地体现在娴雅、雍容与大气。也正如孟子所谓的"居移气，养移体"。北京（北平）的文化环境提供了京派文人疏离于政治与革命的可能，而严酷的现实又让他们在北京的特殊文化环境中以文学的方式回应着现实与政治。这与海派文学是不同的。相较于京派，海派文学与海派文化有着直接的因缘关系，与海派文化的重合关系要远远大于京派文学，其形成的历史也早于京派文学。在沈从文与鲁迅的论争文章里，"礼拜六"派即被认为是早期海派文学的代表，它直接源于上海的洋场文化，带有工商文化的特性。而京派文学之"京派"与一般文化意义上的"京派"并不是等同的概念。"京派"作为一种文化现象最早出现于京剧界。京剧是发祥于北京的。由于京剧主要迎合于皇家、贵族、官僚们的欣赏习惯，故而，京剧自来是趋于雅的。是"帮闲"性质的艺术，即帮助皇家、贵族、官僚们消"闲"，是带有农本主义色彩的皇家都会文明。北京对于文学的京派似乎更像一个载体。政治环境的相对宽松给了这批京派作家以存适的土壤。正如周作人说的，在王纲解纽的环境更利于处士横议，百家争鸣。而正是因为他们的新文学教育活动，师友交游，以及南北文学论争的契机，文学京派随之生成。显然，用"京派"近于"官"文化意指 20 世纪 30 年代"京派文学"，如果确指，显然有点牵强，文学京派与文化京派是截然不同的。但如果将"官"理解为"官"文化，抑或是北方文化等，那倒是能说得通的，而且具有更深层的文化意义。

  1937 年，北平迅速沦陷，1937 年 8 月 6 日，伪北平政府成立。北平各大学师生数万人陆续离开北平。1937 年 8 月，南京国民政府任命北京大学、清华大学、南开大学组成新的学校，南迁长沙，定名为长沙临时大学。1938 年 5 月 4 日，国立西南联合大学在昆明开课。1939 年 9 月，北平师范大学、国立北平大学、国立北洋大学工学院在西安组成西安临时大学。京派文人朱自清、李广田、卞之琳、冯至、林徽因、沈从文、朱光潜等在北京之外的昆明西南联大、成都大学、武汉大学等地的汇聚与延续也正说明着文学教育与文人交游对于京派的重要意义。在他们的影响下，汪曾祺、穆旦、袁可嘉、鹿桥等新京派文人得以聚集，显示出京派文学的延续性。当然，随着抗战的爆发，北京为文人提供的平静环境，京城文化对京派文人的暗示与影响等均被打破，京派文人生存的环境也不复存在。严酷的社会环境使得京派的很多作家的作品开始充满着战斗的色彩。作家队伍也随之分化。而抗战胜利以后至 1949 年，京派作家随西南联大复校而入原属高校。北大有杨振声、沈从文、冯至、废名、朱光潜等，清华有朱自清、李广田（1947 年转入）等。虽仍然扎堆汇聚于京津（主要是北京），但再也找不到此前其乐融融的交游机会与可能。作家的分化与观点的分歧已势在必行。比如北大的杨振声、废名、沈从文等思考文学的新生与民族复兴的关系，以新的文学创作改变青年国民的思想，以新的道德观来造就新的国民。清华的朱自清、李广田等在时局及其地下党的争取与影响下开始靠近"社会主义""民族"的"新政体"。如李广田于 1948 年 7 月经学生地下党员的介绍加入中国共产党。主张"新文化"必须面对时代的矛盾。就明显有了分歧。随着 1949 年北平的解放，文学的京派也不复存在。

　　总之，北京（北平）作为外部的生长语境在京派文学的形成过程中固然起着重要的作用，但京派文人的新文学教育活动对京派文学的生成却有着直接的意义。或者说，正是京派文人的新文学讲堂使得京派文学得以成"派"，且有着在而不属于北京地方文化的特殊属性，以及持续延展的独特个性。而京派文人的学院派出身在一定意义上又决定了京派文学的"散文"有着更为集中的"派"性特征。京派文人文学教育及其文学创作的关系在现代文学的发展历程中显示出独特而复杂的意义。

参考文献

陈剑晖：《中国现当代散文的诗学建构》，江西高校出版社 2004 年版。

樊美筠：《中国传统美学的当代阐释》，北京大学出版社 2006 年版。

费孝通：《乡土中国》，香港三联书店 1986 年版。

冯天瑜、何晓明、周积明：《中华文化史》，上海人民出版社 1990 年版。

傅伟勋：《从西方哲学到禅佛教》，生活·读书·新知三联书店 1989 年版。

高秀芹：《文学的中国城乡》，陕西人民教育出版社 2002 年版。

韩林德：《镜生象外：华夏审美与艺术特征考察》，生活·读书·新知三联书店 1995 年版。

胡朴安：《中华全国风俗志》，广益书局 1923 年版。

胡山林：《文学艺术与终极关怀：人生视角读名著》，中国社会科学出版社 2005 年版。

胡志颖：《文学彼岸性研究：中国古典文学彼岸性问题的一种文化哲学阐释》，中国社会科学出版社 2003 年版。

林非：《林非论散文》，江西高校出版社 2000 年版。

林和生：《悲壮的还乡——精神家园忧思录》，四川人民出版社 2005 年版。

南怀瑾著述：《禅宗与道家》，复旦大学出版社 2002 年版。

钱少武：《庄禅艺术精神与京派文学》，中国社会科学出版社 2009 年版。

田广：《废名小说研究》，中国社会科学出版社 2009 年版。

王立娜主编：《禅文化》，内蒙古人民出版社 2006 年版。

王一川：《中国形象诗学——1985 至 1995 年文学新潮阐释》，上海三联书店 1998 年版。

吴国盛：《时间的观念》，北京大学出版社 2006 年版。

查振科：《对话时代的叙事话语——论京派文学》，春风文艺出版社 2005 年版。

张法：《中国文化与悲剧意识》，中国人民大学出版社 1989 年版。

张智辉：《散文美学论稿》，中国社会科学出版社 2004 年版。

张中行：《禅外说禅》，中华书局 2006 年版。

赵炎秋：《形象诗学》，中国社会科学出版社 2004 年版。

郑明娳：《现代散文构成论》，大安出版社 1989 年版。

郑明娳：《现代散文类型论》，大安出版社 1987 年版。

郑明娳：《现代散文现象论》，大安出版社 1992 年版。

郑明娳：《现代散文纵横论》，大安出版社 1986 年版。

周仁政：《京派文学与现代文化》，湖南师范大学出版社 2002 年版。

［美］雷·韦勒克、［美］奥·沃伦：《文学理论》，刘象愚、邢培明、陈圣生、李哲明译，生活·读书·新知三联书店 1984 年版。

［法］罗兰·巴特：《符号学美学》，董学文、王葵译，辽宁人民出版社 1987 年版。

［法］热拉尔·热奈特：《叙事话语　新叙事话语》，王文融译，中国社会科学出版社 1990 年版。

附　　录

京派文人字与人

［周作人］

周作人小像
（选自《周作人散文全集》，钟叔河编订，广西师范大学出版社2009年版）

周作人（1885—1967），浙江绍兴人。鲁迅（周树人）之弟，周建人之兄。中国现代著名散文家、文学理论家、评论家、诗人、翻译家、思想家，中国民俗学的开拓者，"五四"新文化运动的杰出代表。周作人最早在理论上从西方引入"美文"的概念，提倡文艺性的叙事抒情散文，系列名篇如《故乡的野菜》《乌篷船》《谈酒》《吃茶》等充分体现了周氏散文的"平和冲淡"之特点，打破了美文不能用白话的藩篱，是京派散文的鼻祖。

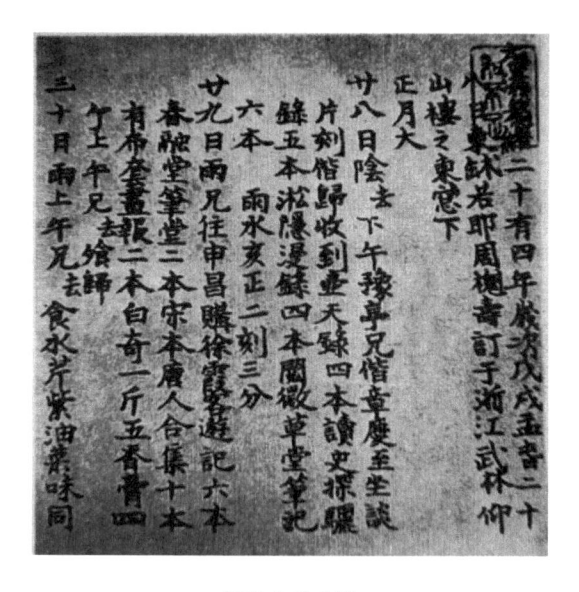

周作人手字迹

[朱光潜]

朱光潜小像

朱光潜（1897—1986），中国美学家、文艺理论家、教育家、翻译家。笔名孟实、盟石。安徽桐城人。是我国现代美学的奠基人和开拓者之一。父亲朱子香，是乡村私塾先生，颇有学识。他曾请桐城著名书法家方守敦题写"恒、恬、诚、勇"4字的条幅，作为座右铭，终生恪守不渝。北平解放前夕，南京国民政府派专机接"知名人士"去台湾，名单上胡适居首，朱光潜名列第三。朱光潜毅然决定留下。朱光潜学贯中西、博古通今。他以自己深湛的研究沟通了西方美学和中国传统美学，沟通了旧的唯心主义美学和马克思主义美学，沟通了"五四"以来中国现代美学和当代美学。他是中国美学史上一座横跨古今、沟通中外的"桥梁"，是我国现当代最负盛名并赢得崇高国际声誉的美学大师。

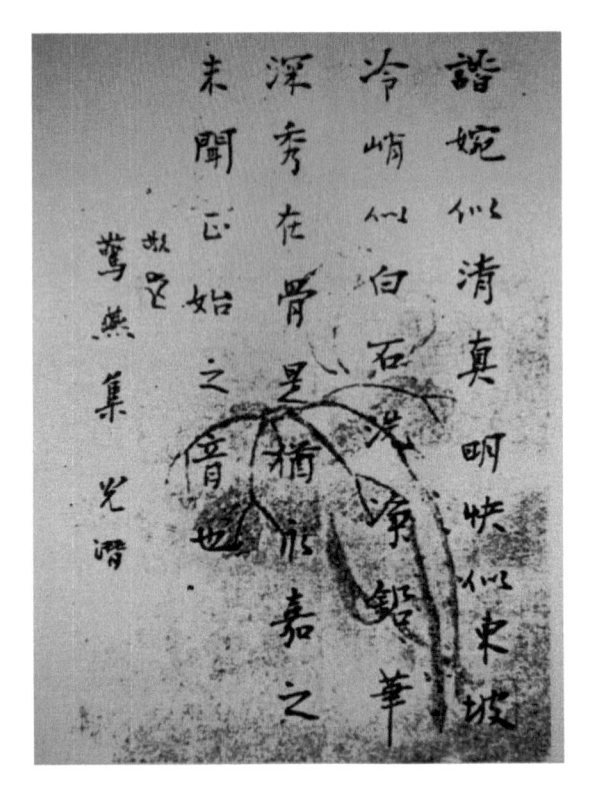

朱光潜字迹

[朱自清]

朱自清小像
(20世纪20年代，选自《朱自清全集》第1卷，江苏教育出版社1988年版)

朱自清（1898—1948），原名自华，号实秋，后改名自清，字佩弦。原籍浙江绍兴，出生于江苏省东海县（今连云港市东海县平明镇），后随父定居扬州。朱自清是"五四"爱国运动的参加者。是早期的文学研究会会员。创作以散文为主。发表于1923年的《桨声灯影里的秦淮河》显示了其散文创作的才能。1928年10月上海开明书店印行的《背影》是朱自清最早的散文集，也使其成为颇负盛名的散文家。朱自清散文以叙事与抒情见长，或抨击黑暗社会的现实，或描写人伦亲情，或抒写自然风景，大都缜密素朴，隽永洗练，清新流丽。

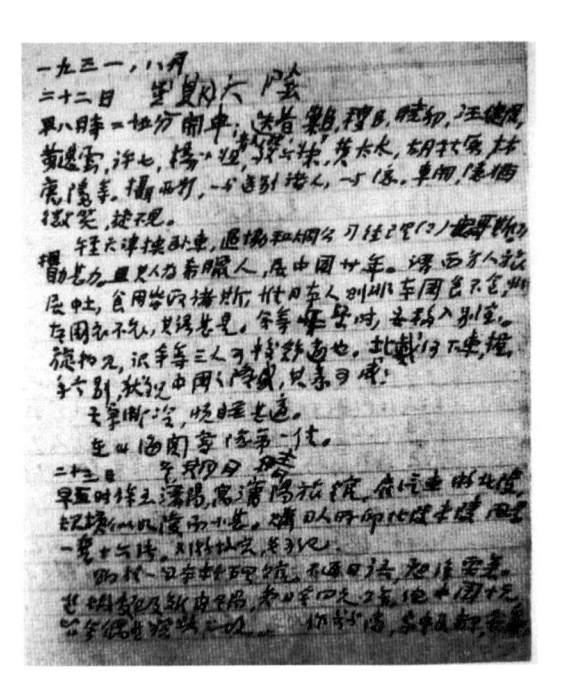

朱自清字迹

[俞平伯]

俞平伯小像

(摄于20世纪50年代，选自《俞平伯全集》第1卷，花山文艺出版社1997年版)

俞平伯（1900—1990），原名俞铭衡，字平伯，浙江湖州德清东郊南埭村（今城关镇金星村）人。清代朴学大师俞樾曾孙。早年参加"五四"新文化运动，为新潮社、文学研究会、语丝社成员。俞平伯最初以创作新诗为主。1918 年，以白话诗《春水》崭露头角。1919 年，与朱自清等人创办我国最早的新诗月刊《诗》。至抗战前夕，先后结集有《冬夜》《西还》《忆》等。亦擅词学，曾有《读词偶得》《古槐书屋词》等。在散文方面，先后结集出版有《杂拌儿》《燕知草》《杂拌儿之二》《古槐梦遇》《燕郊集》等。

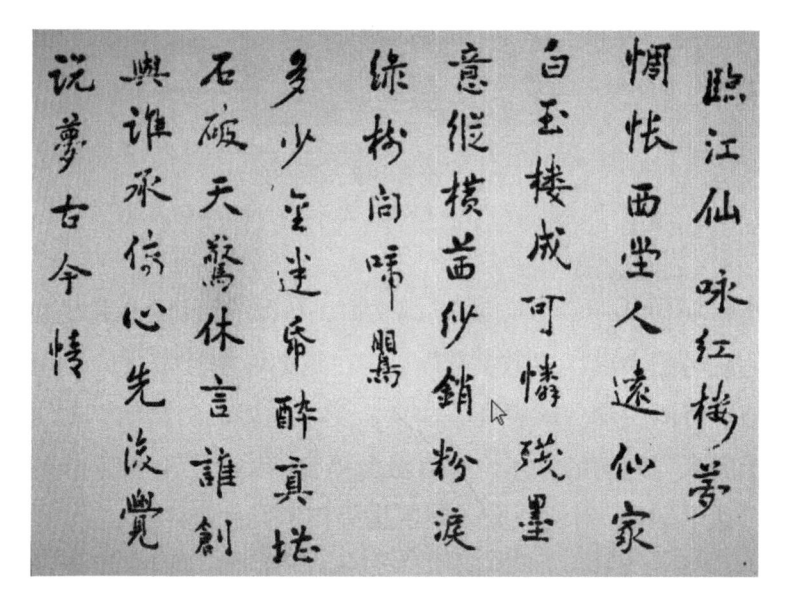

俞平伯字迹（《临江仙·咏红楼梦》手迹）

[废名]

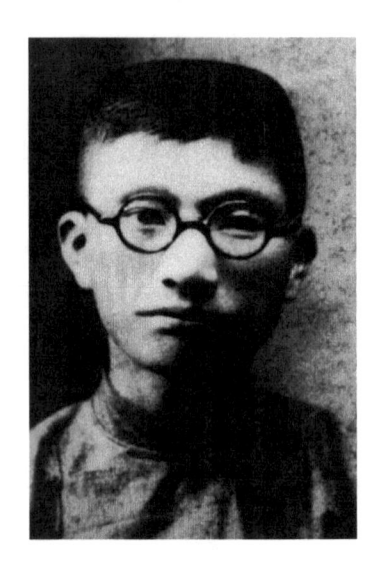

废名小像

（选自《废名集》第1卷，王风编，北京大学出版社2009年版）

废名（1901—1967），原名冯文炳，1901年11月9日生在湖北黄梅。废名的小说以"散文化"（实在是亦可视作散文）闻名，文体简洁，奇僻生辣。就表现手法上，受中国诗词的影响。他写小说类似于唐人写绝句的特点，不肯浪费语言。因此独特的创作风格被人称"废名风"，对沈从文、汪曾祺等作家产生过影响。

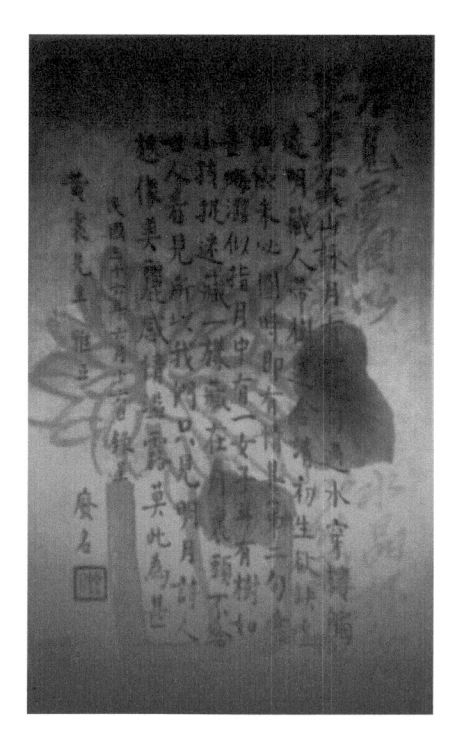

废名字迹（题笺）

（选自《桥》，废名著，桑农编，花城出版社 2010 年版）

［沈从文］

沈从文小像

（选自《沈从文全集》第 10 卷，北岳文艺出版社 2012 年版）

沈从文（1902—1988），湖南凤凰县人。原名沈岳焕，笔名休芸芸、甲辰、上官碧、璇若等，乳名茂林，字崇文，苗族，祖母刘氏是苗族，母亲黄素英是土家族，祖父沈宏富是汉族，曾任清朝贵州提督。沈从文一生创作的结集约有80多部，是现代作家中成书最多的一个。其散文结集有《从文自传》《记丁玲》《湘行散记》《湘西》等。沈从文由于其创作风格的独特，在中国文坛中被誉为"乡土文学之父"。

沈从文字迹（1929年1月26日致王际真）

[林徽因]

林徽因小像

(选自《林徽因画传》,张清平著,江西人民出版社2016年版)

　　林徽因(1904—1955),福建闽县人,汉族,中国第一位女性建筑学家,同时也被胡适誉为中国一代才女。清光绪三十年(1904)六月,林徽因生于浙江杭州,原名林徽音,据说名字是其祖父、前清翰林林孝恂所起。"徽音"一词出自《诗经·大雅·思齐》:"思齐大任,父王之母。思媚周姜,京室之妇。大姒嗣徽音,则百斯男。"林徽因出身于官宦世家。祖父林孝恂,进士出身,历官浙江金华、孝丰等地。父林长民毕业于日本早稻田大学,擅诗文,工书法,曾任北洋政府司法总长等职。文学方面,她一生著述甚多,其中包括散文、诗歌、小说、剧本、译文和书信等作品,均属佳作,代表作有《你是人间四月天》等。

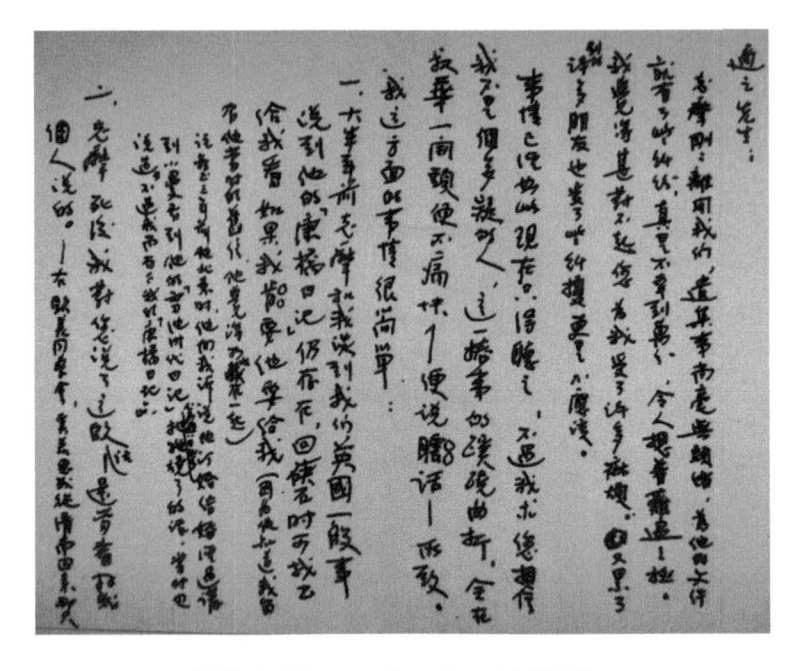

林徽因字迹（1932年1月1日致胡适信）

［冯至］

冯至小像

（选自《冯至全集》第2卷，刘福春编，河北教育出版社1999年版）

附录　京派文人字与人

冯至（1905—1993），原名冯承植，字君培。直隶涿州（今河北涿州）人。曾被鲁迅誉为"中国最为杰出的抒情诗人"。冯至的散文代表作是其散文集《山水》，以清朗而有情致的文字，在山光水色的描写中追求一种启示性的哲理，显示了他散文创作的艺术个性。

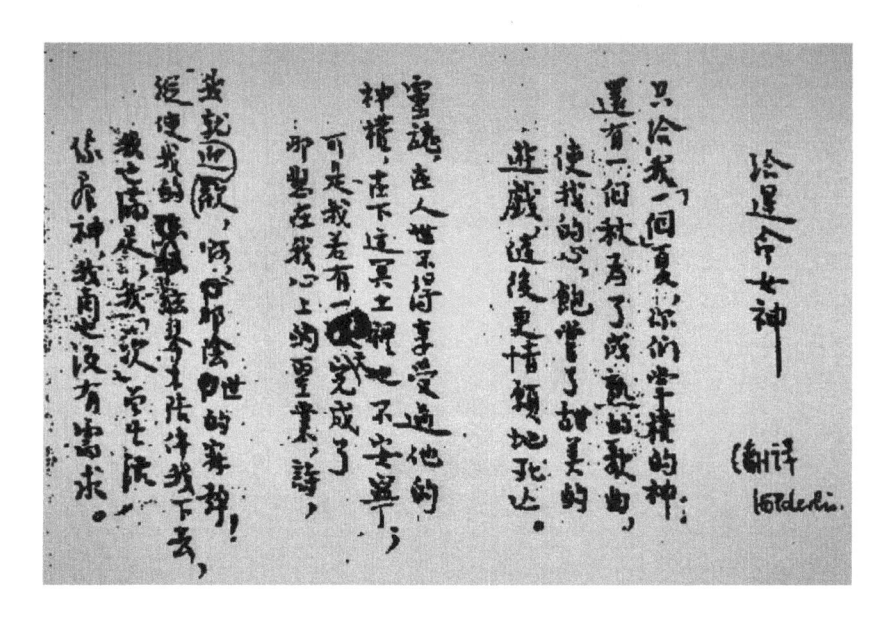

冯至手迹（冯至早年译荷尔德林《给运命女神》）

[梁遇春]

梁遇春小像

(选自《梁遇春散文全编》,吴福辉编,浙江文艺出版社1992年版)

梁遇春(1906—1932),福建闽侯人,1906年出生于福州城内一个知识分子家庭。梁遇春于大学读书期间,就开始翻译西方文学作品,并兼写散文,署名梁遇春,别署秋心、驭聪、蔼一等。其散文结集有《春醪集》和《泪与笑》。其散文总数不过五十篇,但都另辟蹊径,独具一格,在现代散文史上自有其不可替代的地位,堪称一家。好友冯至称他足以媲美中国唐代的李贺、英国的济慈、德国的诺瓦利斯。尽管梁遇春不是诗人,他的散文却洋溢着浓浓的诗情。这是一种融入生命狂潮里的写作,率真随性,有一种无人无我的流浪汉气质且不时闪现智慧的灵动与强烈的张力。

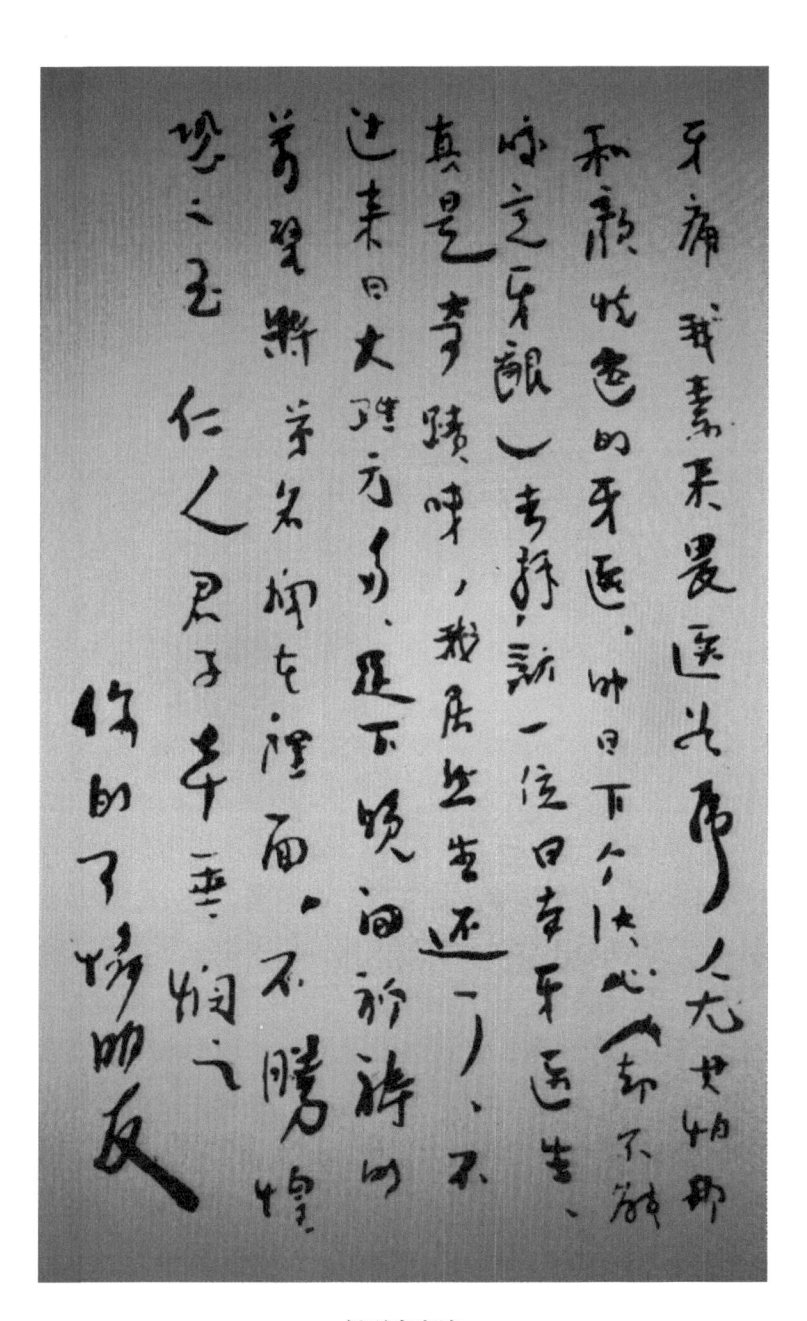

梁遇春字迹

（选自《梁遇春散文全编》，吴福辉编，浙江文艺出版社1992年版）

[李广田]

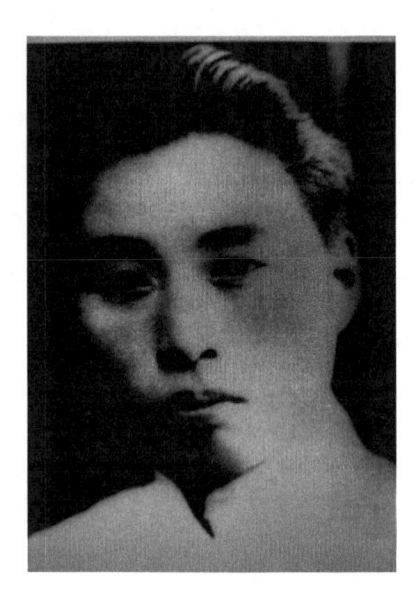

李广田小像

(选自《李广田全集》第 1 卷,云南人民出版社 2010 年版)

　　李广田(1906—1968),号洗岑,笔名黎地、曦晨等。山东邹平县小杨家村人。他出生于王姓农家,因家贫,自小过继给舅父,改姓李。李广田先后出版过八本散文集,以及散见于报刊的不少篇什,计有一二百篇之多,主要结集有《汉园集》《画廊集》《银狐集》《金坛子》《灌木集》《日边随笔》等。他的散文,篇篇都是"独立的创作"(何其芳语),都发人深思,融会了"诗的圆满"和"小说的严密",具有独特的艺术风格,自成一家。

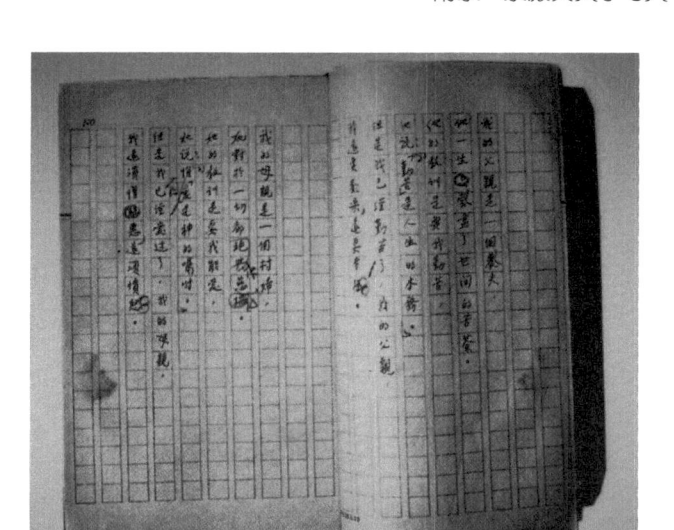

李广田字迹（《向往的心》手稿，1925—1929年）

（选自《李广田全集》第2卷，云南人民出版社2010年版）

［师陀］

师陀小像

（选自《师陀全集》第3卷，河南大学出版社2004年版）

师陀（1910—1988），原名王长简。1946年以前用笔名芦焚。河南杞县人。师陀的散文主要结集有：《黄花苔》《江湖集》《看人集》《上海手札》《保加利亚行记》《上海三札》等。

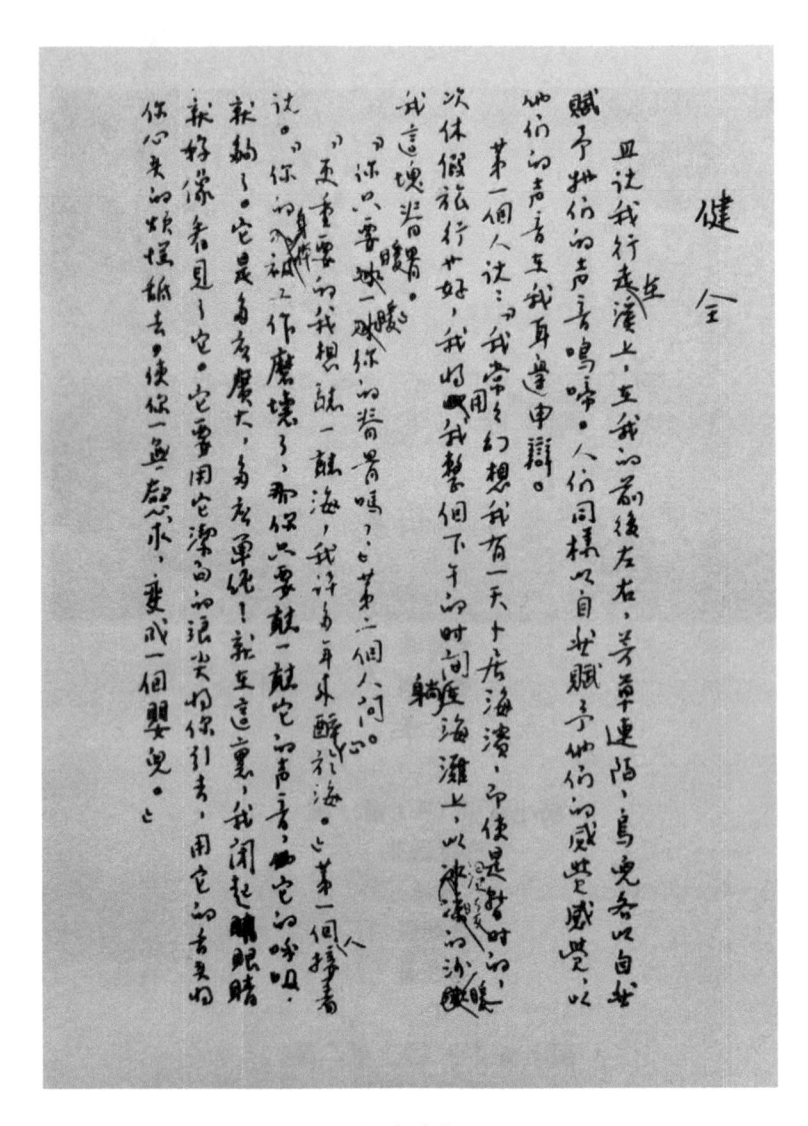

师陀手迹

[萧乾]

萧乾小像

（选自《萧乾文学回忆录》，华艺出版社1992年版）

萧乾（1910—1999），原名萧秉乾，蒙古族，著名作家，记者，文学翻译家。祖籍黑龙江省兴安岭地区，生于北京。13岁即成了孤儿。主要著、译作品有《篱下集》《梦之谷》《人生百味》《一本褪色的相册》《莎士比亚戏剧故事集》《尤利西斯》等。评论界一致认为，萧乾的作品，真诚坦荡，深邃警醒，读来发人深省，耐人寻味。萧乾是一生用"心"写作的人。

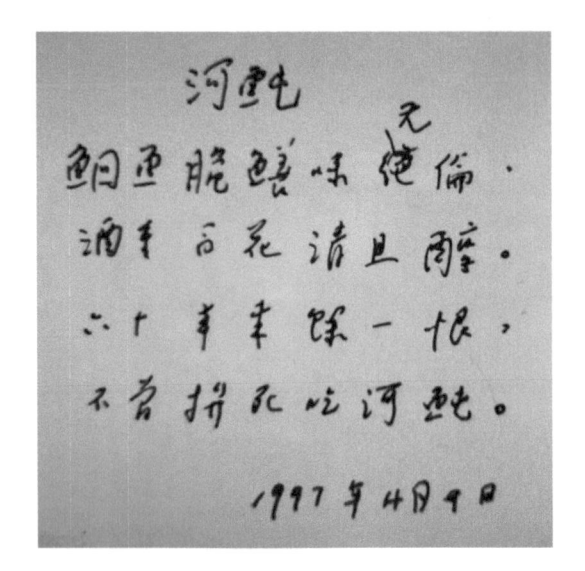

萧乾手迹

[何其芳]

何其芳小像
(选自《何其芳全集》第 1 卷,河北人民出版社 2000 年版)

何其芳（1912—1977），四川万县（今重庆万州）人。现代著名诗人，散文家，文学评论家。在散文创作上，他自称"我的工作是在为抒情的散文发现一个新的园地"，他善于融合诗的特点，写出浓郁缠绵的文字，借用新奇的比喻和典故，渲染幻美的颜色和图案，使其散文别具风格。

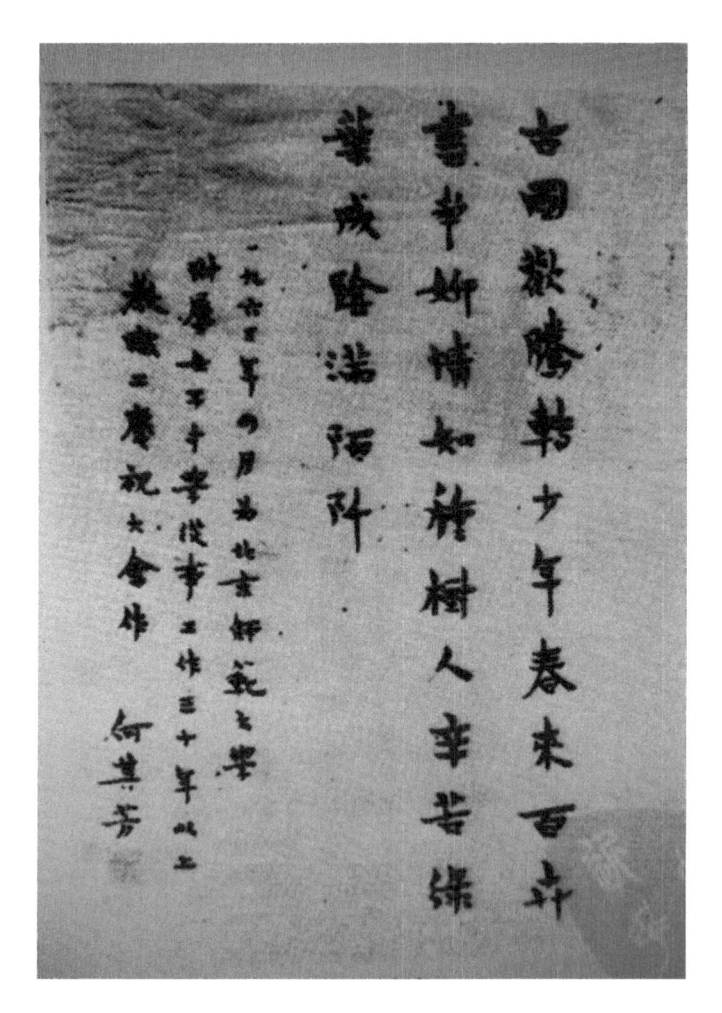

何其芳字迹
（选自《何其芳全集》第4卷，河北人民出版社2000年版）

[汪曾祺]

汪曾祺小像

（选自《汪曾祺全集》第1卷，北京师范大学出版社1998年版）

汪曾祺（1920—1997），江苏高邮人。中国现当代著名小说家、散文家、戏剧家，被誉为"抒情的人道主义者，中国最后一个纯粹的文人，中国最后一个士大夫"。汪曾祺深谙"绚烂之极归于平淡"及布莱希特标榜的"间离效果"，他将自己的散文定位于凡人小事，从内容到形式上建立了一种原汁原味的"本色艺术"或"绿色艺术"。

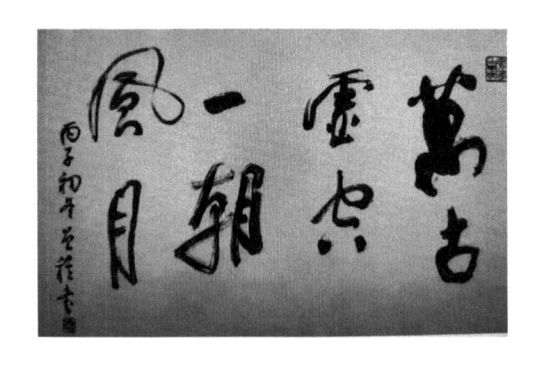

汪曾祺墨迹

（选自《四时佳兴》，汪曾祺著，百花文艺出版社2017年版）

后　　记

以一种散文的研究来管窥整个散文

　　近代以来，文体代兴，散文地位下降。加之，散文文体的宽泛无边，散文理论的长期缺失，散文研究一直鲜有突破性的进展。散文研究的实际困难，也让散文研究者望而却步，散文研究的阵容比之小说、诗歌等文体，一直很小。但长久以来，散文的创作却是异彩纷呈、异常发达的，凡"识文"者，几乎没有人没写过"散文"，也很少不用到"散文"。这又逼得人不得不面对散文，思考散文。而京派散文作为一种散文文体的自明性在整个中国散文史上，是极具代表性的。如此，对京派散文的集中"思考"就具有了普遍性的意义，通过对"京派散文"的研读，可望抵达全体散文的理解。写作本书的缘起正在于此。另外，写作意味着未来，写作能力更是中国语言文学，甚至所有文科专业学生的核心能力，新文科教学质量标准也强调了这一点。而"散文写作"又是写作类课程中最基本的，也是最常用的文体写作类型。本书着力于京派散文的"观察点"、意境意象、象征段片、赋形结构、语言形象、生命体验等最能体现散文文体本质特征的诸方面，考察京派散文的个性特征，以此为基础，提高学生对于散文文体的认识。尤其是，每一讲内容皆配套一组优中选优的京派散文作品，供学生反复研读并体会本讲内容及其他。"散文"的本质属性与"京派散文"的艺术追求都是学术界的难题。体认京派散文的独特性，努力抓住散文文体的本体性特征进行个性化的分析，以一种散文的观照来思考整个散文等，足以说明本书的编写充分体现了研究型作品的特点，即具有"提高"与"普及"兼顾的特点，既可供学生学习，也可供研究者参考。

  本书除了京派之"文"，还精选了部分京派之"字"（文人字或书法或手迹或墨迹。"字"的图片多取自京派义人全集、选集、文集或网络等）穿插书中，可互读鉴赏。文人字作为插页，其意义不仅在于图文并茂及行文的活泼，而在于从另外的角度抵达对京派文人的深刻认识。在一定意义上，"文如其人"不若"字如其人"，"文"与"人"常常分离还不易察觉。但"字"不一样，哪怕不看书写内容，仅从线条的轻重、疾徐、力度、质量、章法等，即可感知一个人的性情。一个人的"字"是最不容易"说谎"的。古人说："字如心画""书如其人""书道妙在性情"。清代刘熙载《艺概卷五·书概》中说："书者，如也，如其学，如其才，如其志，总之曰如其人而已。"套用张爱玲的一句话，一个人的字，"往往就介绍了他自己，也出卖了自己，即使什么也不说，却说了很多"。文人字极具有个性，像周作人字的苍古清秀、何其芳字的朴素拘谨、沈从文字的简约高古、林徽因字的秀丽劲挺、汪曾祺字的涩拙秀雅等，都各具其面，而有个性方才成为艺术。通过品读京派文人字，可望进一步逼近京派文人的精神魅力。而理解了京派文人的"人"，又可进一步促进对京派文人之"文"的理解。

  是为记！

陈 啸
2022 年 8 月 8 日